Ronso Kaigai
MYSTERY
257

踊る白馬の秘密

Mary Stewart
Airs Above The Ground

メアリー・スチュアート
木村浩美［訳］

論創社

Airs Above The Ground

1965

by Mary Stewart

目次

主要登場人物

ヴァネッサ・マーチ……………………イギリス人。元獣医の主婦。本編の語り手
ルイス・マーチ…………………………イギリス人。大手化学製品会社勤務。ヴァネッサの夫
ティモシー（ティム）・レイシー ……イギリス人。ヴァネッサの知人の息子
リー・エリオット………………………イギリス人。ウィーンの駐在員
ヴァーグナー……………………………オーストリア人。〈ヴァーグナー・サーカス〉の団長
アンナリーザ・ヴァーグナー…………オーストリア人の馬の曲乗り師。団長の娘
エレマー…………………………………〈ヴァーグナー・サーカス〉の団員。ハンガリー人の小人
シャーンドル・バログ…………………〈ヴァーグナー・サーカス〉の団員。ハンガリー人の綱渡り芸人
フランツ（フランツル）・ヴァーグナー ……〈ヴァーグナー・サーカス〉の団員。馬の世話係。団長の従兄

踊る白馬の秘密

わが父、フレデリック・A・レインボウに本書を捧げる

原題の“airs above the ground”とは、ウィーンにあるスペイン乗馬学校で飼われるリピッツァナーの白馬による華麗な跳躍とステップを指す。また、このたぐいまれなスリラーが最高潮に達する時点でもある。

第一章

彼女をお茶に連れて行くなら戦略を立てること。

『名声の愛』（エドワード・ヤング作）

カーメル・レイシーは、わたしの知り合いの中で一番愚かな女だ。こう言うからには並大抵のことじゃない。あのじめじめした木曜の午後に〈ハロッズ〉でカーメルとお茶を飲んでいたのは、電話でしつこく誘われて断り切れなかったからだ。それに落ち込んでいたし、カーメル・レイシーとのお茶であっても、自宅でぽつねんと座っているよりましだった。部屋には、先日夫のルイスと言い争った声がいまもこだましているようだ。あのときはどう考えてもわたしが正しく、ルイスは腹が立つほど間違っていたとはいえ、気が晴れなかった。なにしろ、夫はいまストックホルムにいて、こちらは相変わらずロンドンにいる。本来なら、ふたりでイタリアの太陽を浴びてビーチに寝そべり、二年前のハネムーン以来、初めて一緒に夏休みを過ごしているはずだった。ルイスが出かけてからロンドンは雨続きだという事実も、わたしの怒りの火に油を注いだ。毎日ガーディアン紙で海外の天気欄を見ては、ストックホルムが日々晴天に恵まれ、気温は摂氏二十度から二十五度くらいだとわかると、八月の南イタリアは雨と雷が多いという予報には目もくれず、わたしはルイスの過ちと自分の不平ばかり考え続けた。

「どうして怖い顔してるのよ?」カーメルが訊いた。

「怖い顔? ごめんなさい。お天気のせいで気が滅入ってるだけ。睨むつもりじゃなかったの! 話を続けて。あれを買うことにした?」

「まだ決めてないのよね。どうもなかなか決められなくて……」カーメルは言葉を濁してケーキの大皿を見つめた。手はメレンゲとエクレアのあいだで止まっている。「でも、最近のお店は取り置きをしてくれないでしょ。ぐずぐずしてたら、ほかの客に買われちゃう。そうなると、やっぱり欲しかった、って思うのよね」

エクレアを選んだカーメルを見て、わたしは胸の内でつぶやいた。ぐずぐずしてたら、あの服が入らなくなるわよ。なにも意地悪でこんなことを考えたわけではない。ふっくらした体形は典型的な金髪美人のカーメル・レイシーにお似合いだ。こういう女たちを美しく見せる淡い髪は中年になっても色褪せず、金髪が白髪になったら新鮮な魅力が身につくらしい。

カーメルは——まだ金髪のほうが多い——母の学校の同期生だ。当時はこうしたタイプの美人が好まれ、気立てのよさもあいまって、校内で人気があったという。母が言うには、愛称はカラメルだった。まさにぴったりという感じがする。母たちは校内では親しくなかったけれど、家族ぐるみでつきあいがあり、また父親たちに仕事上の取引があったため、休暇を一緒に過ごすことになった。カーメルの父親は競走馬を所有し、調教していて、わたしの祖父が、いわばお抱えの獣医だったからだ。学校を卒業して間もなく、ふたりの少女の道は分かれた。母は父親の若いパートナーと結婚してチェシャー州にとどまったが、カーメルは親元を離れてロンドンで〝首尾よく〟結婚した。つまり、お相手はロンドンの裕福な銀行員で、黒髪の華やかな容姿を見れば、四十代になったらジャガーに乗り、慎重に年齢差をもうけた三人の子供を慎重に選んだ学校に送り込むたぐいの男だとわかったのだ。でも、この結婚はうまくいかなかった。カーメルはどう見ても良妻賢母になりそうだったのに、独占欲から家族にしがみつき、温かい糖蜜のようにじわじわと溺れさせかけた。まずは長女が、カナダで仕事を見つけたと言い捨てて姿を消した。次女は十九歳で自立し、空軍勤務の夫に従ってマニラに行った。次は夫が出ていき、離婚する際の財産分与にしてはきまりが悪いほどの大金を残した。こうして末っ子のティモシーだけが残された。夏休みに彼の祖父の廏舎で会ったことがあるような気がする。やせた、移り気な少年で、むっつりと押し黙る癖があった。母に溺愛されている子供ならば、無理もないことだ。

ちょうどいま、カーメルはくつろいで息子の文句を並べていた。すでに（聞き取れる限りで）ドレスメーカーを、かかりつけの医者を、目下の付き添いを、父親を、うちの母をけなして、さらにクリームケーキを二個たいらげ、どういうわけか郵政大臣にもけちをつけていた……。

「……ほんと言うと、お手上げなの。あの子はへそ曲がりで。わたしの神経を逆撫でするコツを心得てるのよ。ついきのうもシュワップ医師《せんせい》が――」

「ティミーがへそ曲がり？」

「ええ、まあね。父親は素直だったわけじゃなし。実は、そもそものきっかけは父親なのよ。あの人はもうティミーの生活に口出しするべきじゃないでしょう？　あんな仕打ちをしたんだから」

「彼がまたティミーの生活に関わるの？」

「ねえ、そこが問題なのよ。事情がわかったから、ここまで腹を立ててるの。あの人、かなり前からティミーにたびたび手紙を出していて、会いに来てほしいみたい」

わたしは恐る恐る訊いてみた。「海外にいるのよね。あなたの——ティムのお父さんは？」

「グレアム？　ええ、ウィーンに住んでるわ。ただ、わたしは手紙のやりとりをしてないけど」カーメルにしてはすこぶる簡潔な答えだ。

「ところで、グレアムは離婚後もときどきティムに会ってた？」わたしはためらいがちに続けた。

「わたしは離婚の条件《アレンジメンツ》を知らないのよ、カーメルおばさま」

一瞬カーメルが覗かせたいらだちは、それまでに見せたどんな感情より本物だった。「頼むから、そんな呼び方しないで。年寄りになった気分よ！　あなた、離婚の条件を知らなかったの？　みんな知ってたわ。当時、お母さんからことこまかに聞かなかったとは言わせない」

こう決めつけられたので、つい冷たく言い返してしまった。「お忘れかしら、あの頃わたしは実家にいなかったのよ。エジンバラにいたの」

「そう、あなたが〝取り決め《アレンジメンツ》〟の意味で言ってるなら、グレアムには面会権があるわ。でもね、あの人は離婚してすぐに海外へ行ったきり、一度もティミーに会わなかった。わたしはふたりが手紙をやりとりしてることも知らなくて……。おまけに今回はこれ！」カーメルの声がうわずり、青い目が見開かれても、つらいというよりあんまりだという意味に受け取れた。

「聞いてよ、この前ティミーからいきなり言われたんだけど、ほら男の子って無神経だから、これまでずっと、わたしが父親と母親の役目を果たしてきたのに、あの子ったら……。わたしにはひと言もなし！　ヴァネッサ、こんなこと信じられる？　どう？」

わたしは躊躇して、先ほどより穏やかに答えた。「お気の毒だけど、無理もない話じゃないかしら。

ティモシーはお父さんと衝突しなかったのに、引き離しておくのはかわいそうよ。たまには会いたくなるわ。息子がときには父親を必要とするからといって、自分の存在感が薄れると思っちゃだめよ。あら――よけいなお世話だったわね、カーメル。偉そうな口を利いたなら謝るけど、訊かれたから答えたまでよ」

「でも、わたしに黙ってるなんて！　ひどいじゃないの！　このわたしに、母親に隠し事をするのは……」カーメルの声が震えた。「感じるのよ、ヴァネッサ。ここで感じるの」彼女は心臓があると思しき、左胸の豊かな膨らみの奥あたりを手探りしたが、見つけられず、あきらめて自分のカップにお茶のお代わりを注いだ。「聖書に〝感謝の気持ちのない子〟のことが書いてあるでしょう？　そういう子を育てるのは〝なんとかの前肢より鋭い〟とかいうくだりが（カーメルの勘違い。正しくはシェイクスピア作の『リア王』の「感謝を知らない子を持つことは、蛇の牙より親の心を鋭く刺す」）。そうよ、母親としてはまさにそんな気持ち！　なんだか知らないけど、鋭くて……。でも、あなたにはわかってもらえないわね！」

カーメルのおしゃべりが芝居じみてくると、わたしは同情できなくなり、ティモシーだけに同情を寄せた。それにしても、どこにわたしの出番があるのか、いよいよわからなくなってきた。話を聞いてほしいばかりに、カーメルが勢い込んで電話をかけてきたとは思えない。忠実なブリッジ仲間がいるのだから、この一件はとっくに知れ渡っているだろう。おまけに、わたしの世代からは共感も理解も期待しない、と本人が断言したではないか。

「突き放したような言い方をしてごめんなさい。理解しようとしてるのよ。ただ、どうしてもティモシーの立場も考えてしまうの。とにかく海外で休暇を過ごしたいんじゃないかと。すると、これは絶好のチャンスだわ。あの年頃の男の子なら、ふつうはオーストリアに行くチャンスに飛びつくわよ。

当時のわたしにも海外に親戚がいたら、呼び寄せてとしつこくせがんでいたでしょうね！　ティモシーのお父さんはどうしても会いたいと――」

「グレアムはあの子に旅費までよこしておいて、わたしには断りもなし！　わかるでしょ？　あの人が自立しろとけしかけなければ、子供たちを引き止められたのに」

なんたる言い草だと思ったが、顔に出さないようにした。「まあ、そこは目をつぶって、行かせてあげたら？　行かせた子は戻ってくるというじゃない。気持ちはわかるわ、本当よ。でも、母がよく言ってたの。子供たちにしがみついたら、向こうは自由になったが最後、寄りつかなくなるって」

そう言ったとたん、しまったと思った。わたしはティモシーのことばかり考えていて、カーメルに彼女と息子が一番苦しまないで済む行動を取らせようとしていた。けれども、母から聞いた話を思い出して、カーメルの痛いところを衝いたような気がした。でも、心配するまでもなかった。カーメルのような人は絶対に自分の非を認めないから、非難されてもけろりとしている。一家の三重の悲劇を持ち出されたと気づかなかったのは、自分のせいだとはとうてい思えなかったからだ。自分は愛されず、必要とされないとこぼす人たちが、はたして自分は愛すべき人間なのかどうか、尋ねないのと同じことだ。

カーメルが言った。「あなたには子供がいないものね。ルイスは欲しがらないの？」

「勘弁して。わたしたち、結婚して何年も経ってないし」

「もう二年よね？　子供を作る暇はたっぷりあったじゃないの。もっとも」カーメルはしつこかった。「ルイスは家を空けることが多いんでしょ」

「わたしたちの事情が、この話とどう関係があるの？」わたしがきつい声で言うと、カーメルはどんな攻め方をしていたにせよ、その戦法を捨てた。

「あなたも母親だったら、それほど軽薄でいられないわよ」

「わたしが母親だったら、子供たちを柵で囲わない分別が欲しいわね」きつい声で話し続けたのは、必ずしもカーメルに腹を立てたせいではなかった。このむなしい会話が、刻々と、わたしが少し前にルイスを囲おうとしていた柵を連想させていくからだ。「だいいち、ティモシーはもう子供じゃない。もう――いくつ？　――十七歳？　わかってないのはあなたよ、カーメル。男の子は大人《グロウ・アップ》になるの」

「極端な親離れ《グロウ・アウェイ》をしなければね。うちの末っ子は、ついきのうまで――」

「ティモシーのお父さんはいつ来てほしいと言ってるの？」

「あの子がその気になればいつでも。そりゃあ、本人は行きたがってるわ」カーメルが出し抜けに、底冷えのするような悪意を込めて続けた。「実はね、あの子が行くのはかまわない。それをグレアムのおかげだと思わせたくないの」

　わたしは十まで数えてから穏やかに切り出した。「じゃあ、すぐに行かせて、あなたのおかげだと思わせればいい」

「そうしてもいいわ。もしも、こう考えて――」カーメルは言葉をのみ、わたしには読めない表情を浮かべた。またワンピースの胸元をそわそわといじっている。今度は心臓ではなく、胸に留まっているとても美しいサファイアとダイヤモンドのブローチで、グレアム・レイシーが罪悪感から贈った物のひとつだった。やがて、カーメルの口調ががらりと変わった。「ほんと言うとね、ヴァネッサ、あなたの言うとおりよ。あの子を行かせなくちゃ。子供たちは成長して、母親の気持ちは置いてきぼりってことを受け入れなきゃいけないわ。子供には子供の人生があるんだもの」

しばらく様子を見ていた。わたしには前触れに感づく力があるとしたら、もう何かが始まっている。

「ヴァネッサ」

「なあに？」

カーメルはブローチを指でつつき、母親の世代の女性がよもや知っていようとは思わない言葉を口にして、指先についた玉状の血をナプキンで拭うと、再びわたしと目を合わせた。今度は、すがるような声に似合わない鉄の意志がこもっていた。「助けてもらえないかと思って」

「わたしに？　どうやって？」

「あなたの意見には全面的に賛成。ほんと言うと、しばらくティミーをよそにやっておけると好都合だから、ぜひとも行かせたいけど、ほら、あの子は十七歳にしては幼いでしょ。これまで家から離れたこともなくて。学校のキャンプなら行ったけど、それとこれとはわけが違うし。かといって、わたしは一緒に行ってやれない。できない相談よ……グレアムと会うなんて……。息子のためなら犠牲になれないわけじゃないけど、ティミーに言ってみたら邪険にされたわ。あの子がグレアムの元へ行ってしまうなら、わたしはひとりでここに残る。だって、外国は嫌いなの。居心地が悪いし、そもそも英語が通じないし。ええ、どうとでも言って。ただ、あの子をひとりで外国人の中に放り出せない。そこで、あなたを思いついたってわけ」

わたしはカーメルを見つめた。「いよいよわからないんだけど」

「あら、ごく簡単な話よ。今月、あなたはルイスと旅行に行くはずだったのに、彼が出張するはめになって……」カーメルという人は、わたしに頼みがあるときでも意地悪い好奇心に満ちた表情を隠さない。「でも、あとでルイスと合流するのよねぇ。だったら、向こうまでティミーと一緒に行けばいいいし、それで万事解決。わかるでしょ？」

「全然わからない。グレアムはウィーンにいるのに、どうしてわたしが――」

「あなたが向こうに行くからよ。それがわたしにとってどんな意味があるのか、わかってないのね。だって、ティミーをあっさりグレアムに会いに行かせたら、この先どうなるか見当もつかない。ティミーが手紙なんか書くもんですか。男の子はそんなものよ。グレアムとはすっぱり縁を切りたいの。でも、あなたたちが近くにいるなら――だって、ルイスはそろそろ外国の事情に詳しくなったはずだし、まあ頼りになる人よね？」

カーメルはどうにも歯切れが悪かった。その頃ルイスは意気消沈していたが、わたしはとっさに夫をかばった。「もちろんよ。でも、わたしはティムと一緒に行けないわ……。ねえ、カーメル、聞いて。ウィーンに行く予定があるのに頼みを聞かないわけじゃなくて、わたしたちの旅行先はイタリアで――」

「だけど、まずウィーンでルイスと合流すればいいわ。そのほうが楽しいし、取り損ねた休暇もちょっとは取り戻せるんじゃない？」

わたしはカーメルをまじまじと見た。「ウィーンでルイスと合流する？　でも――どういうこと？まさかルイスに頼んで――」

「旅費の問題なら」カーメルが口を挟んだ。「そうねえ、ティミーの付き添いをしてもらうんだし、今回はわたし持ちということで」

わたしはとげとげしい口調で言った。「それくらい払えるわ、お気遣いなく」

カーメルはあの持ち前の陰険な性格で、自分以外はみんな貧乏だと決め込み、化学製品会社で高給を稼いでいると見えるルイスでさえ、必要経費で認められなければ車を買えなかったと考えていた。しかし、わたしの基準とカーメルの基準は違う。わたしは冷たく言った。「イタリア行きの航空券と交換してもらえるはずよ」

「じゃあ、行けばいいじゃない？　ルイスの仕事が終わり次第、向こうで落ち合っちゃだめなの？　彼が帰国する手間が省けるから、観光の時間をたっぷり持てるし、たっぷり楽しめる。ねえ、ふたり分の運賃の差額は喜んで払わせてもらうわ。それにしても運がよかった。ちょうどルイスがオーストリアにいて、あなたは彼と合流するつもりだったなんて。だから、すぐ電話をしたの」

「カーメル。ね、その夢みたいな計画を披露しないで、とにかく聞いて。わたしはウィーンに行かない。いまでもあとでも。理由は簡単、ルイスはスウェーデンにいるからよ」

「スウェーデン？　いつオーストリアを発ったの？」

「発ってない。ずっとスウェーデンにいたのよ。ちなみにストックホルムにね。日曜日に行って、月曜日に連絡があったわ」

この四日間で受け取った伝言がごく短い電報だけだとは言わなかった。ルイスもやはり、あの言い争いを引きずっているのだ。

「あなたの勘違いよ。あれは絶対にルイスだった。モリー・グレッグも賛成したし、アンジェラ・スリップもそう。ふたりとも、〝ねえ、あれはルイス・マーチよ！〟って言ったの。実際、そうだったわ」

「なんの話？」

「それがねえ、きのうのことよ」カーメルの口ぶりだと、わたしはおめでたい人間で、それはティモシーの話をしていたときと変わらなかった。「わたしたち、買い物していたの。アンジーの帰りの電車の時間まで一時間あったから、どこかで腰を下ろしたくてニュース映画館に入ると、何か――災害かしら、よく覚えてないわ――オーストリアで、確かにそこであった出来事に、ルイスがばっちり映ったの。モリーが〝ねえ、あれルイス・マーチよ！〟って言うと、アンジーも〝ええ、間違いないわ！〟って。そうしたらカメラがズームインして、わたしにもわかったの。当然、すぐにあなたのことを考えたわ。もうじき向こうに行くんだろうって。だからティミーがウィーン行きの件でむくれたとき、あなたに電話したのよ」

暗にほのめかされていたときより、わたしはよほどおめでたい顔をしたのだろう。「ルイスを、わたしの夫のルイスを、オーストリアのニュース映像で見たっていうの？　そんなわけないわ。何かの間違いよ」

「わたしは間違えたりしない」カーメルがあっさり言った。

「でも、まさかルイスが――」わたしは口ごもった。無言の抗議は、おしゃべりに熱中していたカーメルにも通じていた。その目にまたしても意地悪い好奇心がひらめいた。頭の中で、アンジーとモリーとカーメルとほかのみんながしゃべる声が聞こえた……。〝彼女、ご主人が向こうに行ったことを知らなかったのよ。喧嘩でもしたのかしら？　ほかに女ができたとか？　だって、彼の居場所を知らなかった……〟

わたしは腕時計を見た。「ああ、もう帰らなくちゃ。力になれたらよかったけど、ルイスが本当にオーストリアのどこかにいたなら、ストックホルムから飛行機で移動したのね。まったく人使いが荒い会社なの。お次はどこに飛ばされることか……」わたしは椅子を下げた。「お茶をごちそうさま。

会えて嬉しかったわ。ねえ、例のニュース映画だけど……。間違いなくオーストリアのニュースだった？　どのあたりか、覚えてる？　どんな内容だったか思い出せない？　確か、災害の……」

「言ったでしょ、よく覚えてないって」カーメルは不機嫌な顔でバッグから財布を捜した。「ちゃんと見てなかったし、モリーと話してたら、ルイスが映って……。まあ、そんなところ。あなたがウィーンに行かないなら、ティミーも行かせないわ。ただ、気が変わったり、ルイスから連絡があったりしたら、教えてちょうだいね」

「もちろん。あなたの言うとおりだとしたら、家に知らせが届いているかもしれない」わたしはちょっと考えてから、何気ないふうを装って言った。「ところで、どこの映画館だった？」

「レスター広場よ。それから、あれはルイスだったわ。間違いなく。三人とも、ひと目でわかったの。彼の癖を知ってるでしょ」

「あの人の癖ならなんでも知ってるわ」思わず冷たい言い方をしてしまった。「とにかく、知ってるつもりだった。それより、どうしても映画の内容を思い出せない？」

カーメルはせっせと口紅を塗っている。「そうねえ、サーカスと、死んだ男の話だった。火事。そうそう、火事よ」彼女は首を傾げ、小さな鏡で唇のカーブを眺めた。「死んだのはルイスじゃなかったけど」

わたしは黙っていた。言い返したら、後悔するようなことを口走っていただろう。

そのニュース映画館は薄暗くて光がちらつき、煙草と湿ったコートの匂いがした。わたしは館内をやみくもに進んで座席に腰を下ろした。昼間のこの時間は半分が空席で、ありがたかった。後列の席を選べば、ひとりで座っていられそうだ。
カラーのアニメ映画が始まっていて、スクリーン上で動物たちがぶるぶる震えたり、ゆうゆうと歩いたりしていた。やがて、紀行映画になった。確かデンマーク、ハンス・アンデルセンの国が映っても、わたしはそれを見ずにじっと座っていた。長い時間が経ってニュース映画に変わり、さらに長い時間が経って主なニュースが終わったようだった。アフリカと中東からの最新ニュース、グランプリ、テストマッチ……。

突然、例のニュースが始まった。「オーストリアのある村で興行中のサーカスで火事……日曜日の夜……シュタイアーマルク州……。一頭の象が村の通りで野放しになり……」そこで映像が入った。火災そのものではなく、どんよりした早朝に黒く煙っている鎮火後の様子だ。警察官や、厚手のコートを着た青ざめた男たちが、焼け跡から取り出された物に身を寄せている。そこは空き地に作られたサーカスの施設で、現代的な流線形のハウストレーラーが並び、背後に大テントが張られていた。そのうしろに松の生い茂った丘があり、白漆喰塗りの教会の玉ねぎ型ドームを備えた塔がきらりと光った。前景は仕切り――一種の仮囲い――で、広告が貼られていた。写真は見えないが、誰かの名前と〝正真正銘の花形《アイネ・アプゾルート・スターアトラクション》〟とか書かれていて、料金表が出ていた。じきに仕切りは何かに押されたのか、踏みつけられた草地に倒れた。

そう、あれはルイスだ。仕切りの陰に立っていた。一瞬、カメラが向けられたとは思わなかったに違いない。じっと立ち尽くしている。周囲では大勢の人が警察の捜査を眺め、一様に残骸を見つめ、まだカメラに映らない何かも見つめている。そのときルイスがいつものように頭を動かして――そうよ、あの癖は知っている――驚いたことに、彼の表情が見て取れた。怒っている。本気で怒っている。

つい最近、あの怒りようを見たばかりだ……けれど、画面では誰もが一様に、真面目な顔か恐怖に凍りついた顔をしていて、彼の怒りはなにやら場違いで不安にさせられた。それに、そこは確かにスウェーデンではなくオーストリアであり、月曜日の朝にストックホルムから電報が届いていた事実はさておいても……。

ルイスの隣に若い娘がいる。彼女が動くと、夫の向こうに姿が見えた。若くて金髪で、目のぱっちりした小柄な美人で、早朝に襟の高い黒のてかてかしたレインコートを着ていても、とびきりきれいだった。長い金髪が光沢のある黒い襟でカールして、華奢で愛らしく見える。彼女は守られるようにルイスの体に押しつけられ、腕が回されていた。

娘が顔を上げると、ふたりともカメラに映った。彼女が背伸びをしてルイスに触れ、なにやら言っている。親しげなしぐさに似合うささやきだ。

あの状況で、九十九パーセントの人はカメラを見たらきまり悪そうな顔をするか、カメラに映らないほうを向くだろう。夫は周囲を見回すこともしなかった。さっと向きを変えて人だかりに消えた。あの若い娘も連れて。

そのとき画面からサーカスの外景が消え、ぐらぐらしているカンバス地のテントの内部が映った。象が係留ロープを一心に揺らしながら、つぶやいているように見えた。

「……死者は二名。警察は捜査を続けています」と、淡々としたナレーションが入り、画面は再び切り替わって、イギリス南岸の海水浴場になった。

ミラー紙にも記事が出ていた。六面の下段に十行ほどで、見出しはこうだ。

サーカス大火の謎

オーストリアのグラーツ付近の小村で発生した火災が恐怖の一夜をもたらし、警察が捜査に当たっている。巡回サーカス団のトレーラーに火が点き、象が暴れ回り、六歳の女児が転倒して負傷し、村が大騒ぎとなった。トレーラー内で眠っていた男性二名が焼死した。

ガーディアン紙は、十三面のブリッジ欄の真上に八行の記事を載せていた。

日曜日の夜、巡回サーカス団のトレーラーが火事になり、男性二名が焼死した。このサーカス団は、オーストリアのグラーツ近郊のシュタイアーマルク州にあるオーバーハウゼン村で興行していた。

翌朝、金曜日になって、ルイスから連絡があるにはあった。それは直筆の手紙で、日付は月曜日、消印はストックホルム、内容はこうだ。**こちらでの仕事はもう少しで片付く。二、三日中に帰りたい。見通しがついたら電報を打つ。愛を込めて、ルイスより**

同じ朝、わたしはカーメル・レイシーに電話をかけた。

「まだ息子さんの付き添いが必要なら、引き受けるわよ。ルイスの件はあなたが言ったとおりだった……。さっき手紙が届いて、いまオーストリアにいるから、そこで落ち合おうって。わたしはいつでも出られる。早いほうがいいわ……」

第二章

一人前の大人と言うには子供っぽいが、子供と言うには大人びている。豆が育ち切る前の莢と言うか、赤くなりかけた青りんごと言うか。大人と子供の分かれ目に立っている。顔立ちは整っているが、口をひらくとやかましい。まだ乳臭さが抜け切っていないようだ。

『十二夜』(ウィリアム・シェイクスピア作)

ティモシー・レイシーは変わっていた。大人が予期すべきなのに絶対にそうしない、子供ならではの大変な変わりようで。

すっかり背が伸びて、見たところ両親のどちらにも似ていないが、祖父譲りの力強い顔立ちをしている。敏捷でせかせかした身のこなしは、いずれ祖父のようにたくましくなりそうだ。目は灰色がかった緑色で、白い肌にそばかすが散り、豊かな茶色の髪は流行の長めにカットしてあった。母親が大げさに嘆いていた髪型をわたしはひそかに気に入った。ティモシーはロンドン空港の大ラウンジで母親からわたしへ正式に引き渡されてから――カーメルに甘やかされたスパニエルがうちの父の動物病院に預けられたときのように――よく言えば落ち着いていた。はっきり言えば、すねた男の子のようだった。

いまでは座席のシートベルトに手間取っている。その手つきを見れば、飛行機に乗った経験がないのはすぐにわかる。でも、わたしは手伝うと言わなかった。カーメルから涙ながらに――しかも、おおっぴらに――坊やを託されただけに、助けると申し出ていたら、彼の首によだれ掛けをつけることになっていただろう。

そこで、こう言った。「翼の前の席を取ったのは冴えてたわね。雲が出なければ、すばらしい景色を楽しめるわ」

ティモシーは胸糞悪いという視線を返した。艶やかで豊かな髪は、睨みつける目の絶好の隠れ家となり、あの甘えん坊のくせに用心深い犬に似てきた。彼はなにやらつぶやいたが、オーストリア航空機が滑らかに、うなりを発して滑走路へ向かうと、すかさず窓にかじりついた。

飛行機は定刻に出発した。いったん停止し、体勢を立て直してから、まっしぐらに空へ舞い上がった。いつもながら、ぞくぞくするスリルが背筋を駆け抜ける。ロンドンが遠ざかり、海岸が迫ってきて、飛びすさり、かすんだ銀青色のイギリス海峡が皺だらけの絹のように広がって、眼下をベルギーの区画化された畑が通り過ぎ、遠ざかるにつれてぼやけていった。飛行機は高度を上げて水平飛行に移り、ウィーンまで二時間の空路に入った。雲が眼下の風景を狭め、濃密にして、そこへ魚の鱗のように重なり、毛布を掛けた……。わたしたちは低い音を漏らしているエンジンの前で陽射しを浴びて静止したように浮かび、雲の華やかなショーを眺めつつ、下で打ち寄せる波ほどのスピードでたゆたっていた。

「天使の視点で見る眺めね」わたしは言った。「人間はいま、かつて神々だけに与えられていた特権をほしいままにしてる。いざとなったら一撃で都市を殲滅《せんめつ》することもできる」

ティモシーは押し黙っていた。わたしはため息をつき、気晴らしはあきらめて雑誌をひらいた。昼食が出た。飲み物はなんとも異国風で、りんごジュース《アプフェルザフト》か赤ワインかシャンパンだ。隣の少年は、見るからにわくわくしているのに何も言うまいとしていて、考え事にふけっていたわたしはちょっと腹が立ってきた。機体がやや右に傾いた。ニュルンベルクはあの雲の下のどこかにあるはずだ。次は南東のパッサウとオーストリア国境方面へ向かっていく。昼食のトレイが下げられると、乗客は立ち上がり、伸びをして、通路を歩き回った。いっぽう機内販売のワゴンも通路を通り、ちょうどトイレに向かう乗客に立ちふさがった。

紺色の制服を着た美人の客室乗務員が、わたしのほうに身を乗り出した。「お煙草はいかがですか？　香水とお酒もございます」

「いらないわ」

客室乗務員はけげんそうな目をティモシーに向けた。彼は窓から向き直っていた。「お煙草はいかがですか？」

「買うよ」ティモシーはすぐさま、聞こえよがしに答え、わたしにちらっと目を向けた。「どんなのがある？」

客室乗務員は説明して、ティモシーが選び、お金を出そうとポケットを探った。免税範囲の二百本入りカートンを渡され、ティモシーは目を丸くしたが、うろたえたとしても、うまく気持ちを隠して支払いをした。機内販売のワゴンは移動していった。彼は堂々と、しかしこちらを見ずに、煙草を航空バッグに詰め込み、ペーパーバックのミステリを取り出した。再び沈黙がたちこめ、いまにも打ちのめされそうだった。

わたしは言った。「ねえ、あなたが一日じゅう煙草を吸って、いっぺんに六種類のガンにかかって死ぬ気でも、別にどうでもいい。さあ、どうぞ。はっきり言って、早いに越したことはないわ。あなたほどマナーの悪い人に会ったためしがないわね」

ペーパーバックがティモシーの膝に落ちた。そのとき彼は目を丸くして口をぽかんとあけ、初めてわたしをまともに見た。わたしは続けた。「あなたがひとりで旅行できることくらい、よくわかってる。そもそも、ひとりになりたいわよね。わたしもなりたい。だって、自分の問題だけで手いっぱいなの。でも、わたしが付き添うと言わなかったら、あなたは家を出られなかった。子守りをつけられて頭に来たんでしょうけど、何事にも表と裏があるとわかる年頃じゃない？ あなたがひとりで大丈夫だと思っても、お母さんは安心できないから、自信満々に振る舞ったところで、それが他人を困らせるだけなら意味がないの。ここで肝心なのは、あなたが思いどおりにしたこと。このチャンスを最大限に生かしたらどう？ わたしたちは離れられないのよ。わたしがあなたを――それとも、あなたがわたしを――無事にウィーンへ送り届けるまでは。あなたがお父さんに会えれば、ふたりとも自分の問題に取り組めるわ」

ティモシーは息をのんだ。その動きに全身の筋肉を使ったように見えた。口をひらいたとき、声が一瞬ひどくかすれて甲高くなった。

「す、すみません」

「本を読んだり眺めを楽しんだりしたいようだから、話しかけたくなかったけど」わたしは言った。「わたしは離陸のたびに緊張するたちで、おしゃべりすると気晴らしになるのよ」

「すみません」ティモシーは繰り返した。顔は真っ赤に染まっていたが、声は元に戻った。飛行機が離陸する際に緊張する女をなだめる若い男はこうあってほしい。「そんなふうに思われてるとは知らなくて。ぼくはその――つまり、ずっと……いったいどうしたら……」彼は悪戦苦闘をやめて唇を嚙み、単純明快に言ってのけた。「あの煙草は父さんにあげるんだ」

公式な謝罪《アメンド・オーナラブル》としては満点だ。わたしの出鼻をくじく効果まである。しかも、ティモシーはそれを知っている。灰色がかった緑色の目がきらりと光るのが見えた。

「ティモシー・レイシー、あなたは危険な若者になる素質があるわ。お母さんがひとりで旅行させたがらないわけね。さてと、あなたをなんて呼ぼうかな。お母さんはティミーって呼んでるけど、それはちょっと子供っぽい気がするし。ティモシーがいい？　それともティム？」

「ティムにします」

「いいわ、わたしのことはヴァネッサと呼んで」

「とってもすてきな名前ですね。女優のヴァネッサ・レッドグレーヴにちなんでつけられたんですか？」

わたしは笑い出した。「嫌だわ、わたしは二十四歳で、彼女と同年代よ。名前の由来は知らない。母が本で見つけたんじゃないかしら。ただ、これはタテハチョウという蝶の、厳密にはその科の名前なの。とてもきれいな蝶で、青緑色とか極彩色とか、いろいろあるのよ。きれいで気まぐれ、それがわたし。花から花へ飛び回るように生まれついてるの」

「ふうん」ティモシーは言った。「それはぼくたちの共通点ですね。ぼくはプレップスクールで、ティモシーを縮めて蛾《モシー》だらけと呼ばれてた。ほら、雲の向こうが見えます。川がある……。ドナウ河かな？」

「かもね。最後は、ほぼあの川に沿って飛ぶのよ」

「着陸するときが心配なら」ティモシーはにこやかに申し出た。「手を握っててあげましょうか」

「ほら、かわいいでしょ?」ティモシーが言った。

このとき機影の一マイル上空をよぎった雲は、すでにオーストリアのものだった。雲の様子はまったく変わらない。ティモシーはちょっとだらしなくなり、どんどんくつろいで、わたしに写真を見せるまでになっていた。その一枚には、灰色のポニーに乗った少女が写っている。それは色褪せてきた古いプリントだった。鞍にしっかりとまたがる金髪のふっくらした少女は、なんとカーメルではないか。

「まあ、そうね」それまでティモシーが話したことはどれひとつとして——彼はカーメルがわたしに知られたくないであろうレイシー家の内情を話し続けていた——母親の写真を差し出す張り切りようにつながらなかった。わたしはしどろもどろに訊いてみた。「このとき、何歳だったの?」

「もうかなりの年だったんです。十五歳くらい。尻尾を見ればわかります」

「何を見ればわかるって?」

「尻尾。このポニーはウェルシュスターライト種で、すごく長生きする。老け込まないうちにぽっくり逝っちゃうんです」やがてティモシーは落ち着いた。「何やってんだろ、あなたに講義しちゃってさ! 獣医みたいなものだから、こんなの知ってますよね」

「〝みたいなもの〟はやめて。結婚する直前にちゃんと免許を取りました」

「そうなんだ? 知らなかった」

「さらに言えば」わたしは胸を張った。「わたしはね、あなたの言葉を借りれば、獣医みたいなもの、を務めてから勉強を始めたの――エジンバラにある王立獣医大学で。動物病院で育てば、獣医の仕事をさんざん学ぶことになるわ」

「でしょうね……。ぼくだって、おじいさんの家で馬と一緒に育ったみたいなものだから。治療をしたことありますか？」

「正式には半年間だけ。でも、獣医大の学生は、とりわけ最終学年に何度も実習するの。農場に出かけ、動物を世話して、自分なりに診断して、レントゲン装置を使い、手術を手伝い……あれやこれや。わたしは免許を取って、父の助手として働き出したけど、じきにルイスに出会って結婚したのよ」

「どんな仕事をしてるんですか、ご主人は？」

「〈パンヨーロピアン化学〉で働いてるわ。聞いたことがあるでしょう。〈ＩＣＩ〉ほどの大企業じゃないけど、めきめき業績を伸ばしてるの。ルイスは営業部員よ。いまは別の部への異動を考えてるところ。営業部は海外出張が多すぎて――独身時代は平気だったけど、めったに夫婦で過ごせないんだもの。新婚時代は、わたしは彼が海外滞在中に実家で父の助手をしてたけど、たまにロンドンの自宅の近くにある傷病動物を救う会《PDSA》を手伝うようになったの。おかげで腕が鈍らないのよ」

「そうかあ。〝みたいなもの〟なんて言ってごめんなさい。すごく失礼でしたね」ティモシーはしばらく黙って、ほかの写真をぱらぱらめくっていた。大半は馬の写真だった。彼はすっかりくつろいだ様子で、適当に何か言ったり黙ったりした。同年代の若者に交じっている気安さで。実は、わたしもそんな気分だった。妙なもので、わたしが女教師めいた怒り方をしたおかげで、どちらにも気安い雰囲気が生まれていた。まるで、喧嘩して対等に仲直りして、思ったことを言う許可をもらったかのように。

出し抜けにティモシーが言った。「ロンドンは大嫌いだ。おじいさんが生きてた頃はよかった。学校の休みにしょっちゅう遊びに行かせてもらえて。あの頃、母さんはぼくが邪魔だったのかな。まだ姉さんたちが家にいたから。母さんがあの土地を守ってくれたら……売り払わなかったら……」彼は写真をまとめ、封筒に押し込んで、躊躇せずバッグに詰めた。「学校を卒業したから、夏じゅうロンドンにいることになりそうだったけど、あの町には我慢できない。だから、思い切ったことをするしかなかった。そうでしょ？」

「哀れなママをせかして子離れさせるとか？　心配いらないわ。お母さんは大丈夫だから」

ティモシーはぱっと明るいまなざしを向け、何か言いかけたようだが、考え直した。口に出したのは、言おうとしていた言葉ではなさそうだ。「ウィーンに行ったことありますか？」

「いいえ」

「スペイン乗馬学校に興味があるんじゃないかと思って。ほら、音楽に合わせて高等馬術《オート・エコール》を披露する、リピッツァナーの白い牡馬の一団です。ずっとこれが見たかったんだ」

「名前は知ってるけど、詳しくはないわね。ぜひ見てみたいわ。ウィーンに来てるの？」

「ウィーンが本拠地です。ホーフブルク宮殿の中にある、十八世紀の大広間みたいに豪華な馬場で、馬術エキシビションをするんです。毎週日曜日の午前中だけ、じゃないかな。八月はお休み。九月になったらまた始まる……」ティモシーはにやりとした。「それを知ってたら、まだイギリスにいたんだけど。でも、厩舎の見学は年じゅうできるし、馬に会える。調教の様子を見てくるといいですよ。父さんは半年前からウィーンに住んでる。そろそろお偉方の知り合いがいて、コネでぼくを中に入れてくれるといいな」ティモシーは窓の外に目をやった。「降りていくみたいですね」

ティモシーのそっぽを向いた横顔を、わたしはしげしげと眺めた。またしても変化があった。心を惹かれたこと、本当に大切なことを話し出すと、さっきまでの不器用な少年の口調は消えていた。この若い男は、馬の話題にかけては披露するよりはるかに詳しいと見える。だが、まだ目的地が定まっている気配はなく、かすかに反抗的な態度が残っていた。

ティモシーに話を続けさせようと、問いかけてみた。「なぜ〝スペイン〟乗馬学校という名前なの?」

「えっ?　ああ、リピッツァナーの牡馬はもともとスペイン種として作られたから。たぶん、ほぼ世界最古の品種で——ローマ帝国にさかのぼります。スペインにいたローマの騎馬をアラブ種などと交配させたら最高の軍馬ができて、中世のヨーロッパではあっちこっちで売れました。このオーストリアの牡馬がリピッツァで生まれたときも、スペイン種だから売れたんです」

「だからリピッツァナーと名付けた……。なるほどね。第一次大戦後、オーストリアはリピッツァをイタリアへ割譲しなかった?」

ティモシーは頷いた。「オーストリア＝ハンガリー帝国が解体されて、リピッツァナーが絶滅しなかったのは奇跡と言えます。共和制に移行したとき、誰も貴族社会の名残に関心がなかっただろうに、乗馬学校は一般公開を始めて——国有財産になって——いまではオーストリア国民の自慢の種ですよ。第二次大戦の末期にもピンチが訪れた。ウィーンが爆撃されたんです。校長だったポドハスキー大佐が牡馬をウィーンから避難させ、続いてアメリカ陸軍が牝馬をチェコスロバキアから救出した。飼育場は北部のヴェルスに作られた仮施設に置かれて、やがてピーバーに落ち着いたんです」

「ええ、それは知ってる。ピーバー、だったわね。どのあたり？　南部のどこかでしょ？」

「シュタイアーマルク州のあたり。グラーツの近くです。どうして気になるんですか？」

「別に。さあ続けて。リピッツァナーのことを教えてちょうだい」

本当に興味があるのかどうか確かめるように、ティモシーはこちらをちらっと見てから先を続けた。その口ぶりには、説教臭さと少年らしい意気込みとがいじらしくも混じっていた。

「ええと、リピッツァナーはピーバーで繁殖されます。四歳になると、優良馬はウィーンへ送られて調教されるけど、それ以外は売られる。ウィーン組は何年も調教を受けるんです。どうしてあの演技にわくわくするかっていうと、馬が美しいだけじゃなくて――」ティモシーはまたわたしを見て、ちょっと考えてから、はにかみがちに言った。「ねえ、なんだかわくわくしません？　この古い歴史に。ステップや動きは一歳馬の頃からクセノポーンの流儀なんです。ほら、『クセノポーンの馬術』を書いた古代ギリシャの軍人。高等馬術の理論は紀元前五世紀に始まるなんて、すごいですよね？　でも、リピッツァナーの場合、並みの高等馬術じゃない。並みのドレサージュなら、どこのショーでも見られる……。何がそんなに美しいかって、ドレサージュの動きを溶け込ませた〝フィギュアダンス〟をすること。何頭もの馬が踊るスクールカドリルとか、もちろん、〝人馬一体の空中馬術《エアーズ・アバヴ・ザ・グラウンド》〟もある」

「えっ？　ああ、馬が披露する見事な跳躍のことね」

「うん、ドイツ語にすると〝シューレン・ウバー・デア・エーアデ〟」ティモシーは言った。「その技も大昔からあるんです。軍馬が覚えなくちゃいけない戦闘時の動作なんだ。少しでも人の役に立とうとしたら――ええと、騎兵は両手に盾と剣とかを持ってるから、命令次第で馬が四方八方へ跳んでくれないと困る。ちょっと待って――これを見ますか……」

ティモシーはかがんでバッグの中を探った。飛行機は雲の中を降りていき、だんだん高度を下げ、そこかしこで乗客が着陸の準備に入っていた。ところが、ティモシーには空の旅の物珍しさも消え失せたようだ。

ティモシーは背筋を伸ばし、頰を上気させて、写真が満載の本をいそいそと取り出した。

「ほらね、これが跳躍技で、こっちは別のフィギュア」ティモシーは目にかかった髪を払い、わたしの膝に本を広げた。「どの牡馬も普通のドレサージュはできるようになるんです。その場でする速足みたいなピアッフェや、スペイン式速歩と呼ばれる美しい並足とか。でも、実際に跳躍まで進めるのは優秀な馬だけだと思う。ほら、わかる？　これは超難度の技で、どうしてもできない馬もいるんです。調教には何年もかかって、馬体に立派な筋肉がついて……。この馬を見て……ルバードという技をしてる。後肢で立ってるだけに見えるけど、膝を曲げてるから、頑張ってこらえてるはずです」

「そうね。昔の騎馬像とか、戦いの絵によくあるポーズみたい」

「それそれ！　戦闘中にガツンとやられたら、馬は騎兵と敵のあいだに入ることになってたんだ。かわいそうに」

「じゃあ、馬にも甲冑を着けてほしいわ」わたしは言った。「すてきな写真ね、ティム。まあ、この牡馬の美しいこと。この頭を見て。賢そうな目。この子は抜け目がなさそう」

「同感」ティモシーが言った。「これはプルート・テオドロスタ。確か最優秀馬だったけど、つい最近死にました。校長のお気に入りだったのに。いまはどれが最優秀馬なのか知らないけど、マエストーソ・メルクリオかな。ほら、この写真。こっちはマエストーソ・アレア。この二頭の頭の形が似てるのは、血統が同じだから……。これはコンヴェルサーノ・ボナヴィスタ。先代の校長のお気に入りだった。ねえ、これは最高の一枚じゃない？　ナポリターノ・ペトラがクルベットをしてる。数ある跳躍でも一番難しい技だろうな。この馬のことだと思うけど、ある噂があってね。学校が馬を東洋の君主に献上しようとしたら、騎手が馬を殺して銃で自殺してしまった。引き離されないようにって」

「まさか。それ、本当の話？」

「わからない。その手の話はどの本にも載ってないけど、ぼくはオーストリア人の調教師からさんざん聞かされた。イギリスに何年も住んでて、おじいさんのところに通ってた人。ぼくが話を聞き間違えたのかもしれないけど、それが事実でも驚かないな。ほら、馬には情が湧くじゃない……。それに、毎日一緒に——ああ、二十四年も働いたら、ひょっとして……」

「そうね。あら、黒い馬もいるわよ、ティム。白馬ばかりだと思ってたのに」

「これは鹿毛のナポリターノ・アンコーナ。昔はどれも色があったけど、だんだん色を抜かして繁殖させ、鹿毛だけを残したんです。いまでは、伝統に従ってショーに必ず鹿毛を一頭出すことになってます」

「名前はどうやってつけるの？　ナポリターノとマエストーソが二頭ずついるけど」

「リピッツァナーは六種類の種馬を交配させてできました。ファーストネームは種馬から、セカンドネームは母馬からもらう決まりです」

わたしは感心した口調で言った。「スペイン乗馬学校にずいぶん詳しいのね」

ティモシーはためらい、赤くなったと思うと、きっぱりと言った。「雇ってもらえたら、向こうで働くんです。そのために来ました」

「ガンには本当に六種類もあるんですか?」ティモシーが訊いた。

「何があるって?」さっきの爆弾発言を聞いて、わたしが返事をする気にもなれず、というより返事ができず、だんまりを続けていたあいだ、客室乗務員はドイツ語と英語でアナウンスをしていた。当機は間もなくウィーン国際空港に着陸いたします。シートベルトをお締めになり、お煙草の火を消して……。

飛行機が雲を抜けると——いまではすぐ下に思える——オーストリアの切り株畑が広がって傾いた。前方のぼやけた夏の夕暮れあたりがウィーンだ。森とくねった灰色の川がある。

ティモシーは陽気に話しかけ、着陸時の恐怖を紛らわせようとしてくれた。

「煙草を吸うとかかるガンは六種類あるんでしょ」

「ああ、そうそう。あるはずだけど、お父さんのことを心配してるなら大丈夫よ。自分の健康には注意するわ」

「父さんの心配はしてません。とにかく、あなたの言うような意味ではね」

ティモシーの声には、これは単なる気晴らしのおしゃべりではないという響きがあった。それどころか、わざとらしい言い回しがわたしの目の前に餌のようにぶら下げられた。

わたしは餌に食いついた。「じゃあ、何を心配してるの?」

「ご主人は空港に迎えに来ます?」

「いいえ。夫は——現地に着いてから連絡を取るの。ホテルは予約してあるわ。だから、お父さんに車で町まで送ってもらおうかと思って。もっとも、あなたが子守りを追い払ってからお父さんに会いたいなら別よ」

ところが、ティモシーは笑わなかった。「実は、父さんは迎えに来ないんです」

「でも、お母さんの話では――」

「知ってます。でも、来ないんです。ぼくが――ぼくが母さんに、父さんは来ると言った。そのほうが話が早かったから。嘘をつきました」

「なるほどね。まあ――」わたしはティモシーの表情の何かが気になり、口をつぐんだ。彼は豊かな髪をかきあげていて、半分こちらに顔を向けた。もうぶすっとしていないが、進退窮まり、弁解しようとしていた。シートベルトが追い詰められた感じを強めている。「大したことじゃないでしょう?」

「まだあるんです」ティモシーが咳払いした。「ええと――大丈夫だろうと思ったけど、気になってきました。たぶん」彼は急に棘のある言い方をして、わたしをびっくりさせた。「たぶん母さんの言うとおり、ぼくは野放しにしちゃいけない間抜けだけど――」彼は息をのんだ。「ホテルを予約してある、って言いました?」

「ええ。街の中心部よ。シュテファン広場の、シュテファン寺院の向かいにあるホテル。どうして?ひとまず一緒にそこへ行く?」

「もしよかったら」

「いいわよ」わたしはてきぱきと言った。「行きましょう。ねえ、あなたのバッグにこの雑誌を入れられる?」

「はい、ここに入れときます。ミセス・マーチ――」

「ヴァネッサと呼んで。それから、言いたくないことは言わなくていいのよ」

「言ったほうがいいかなと思って」

「さあリラックスして、ティム。大騒ぎする話じゃないわ。何をしたの？　何日に着くか、お父さんに伝え忘れた？」

「もっと悪い。父さんはぼくが来ることも知りません。そもそも、遊びに来いとも言わなかった。ここへ来るために、ぼくが話をでっちあげました。それどころか」ティモシーは破れかぶれといった調子で続けた。「父さんが家を出てから手紙をもらってません。一通も。ああ」わたしの顔に浮かんだに違いない表情を見て、彼は言った。「別に平気です。仲のいい親子じゃなかったし。父さんが仲よくしたくなかったなら、その、親の責任でしょ？　誤解しないでください。父さんから手紙をもらってると母さんに嘘をついたのも——父さんは手紙を書くべきだったとか思ったせいじゃありません。家を出るための方便です」

　ティモシーは弁解がましい口ぶりであきれた告白を終えた。わたしは彼の顔を見られなかった。やっとのことで、彼の両親をどう思うかを正直に言わずに済んだ。「要するに、家出してきたのね」

「はい。ある意味で。そうです」

「ところが、つきまとう子守りからお父さんへじかに引き渡されそうだから、白状するしかなくなったと？」

「そうじゃありません」ティモシーはわたしの穏やかな物言いにほっとしたようだ。「あなたから逃げようと思えば、わけなくできたはずです。でも、後始末を押しつけるのはひどいかなって」

「なるほど。お気遣いありがとう。じゃあ、よく考えましょう。お金はいくら持ってる？」

「二十ポンドくらいです」

「お父さんが旅費を送ってくれなかったのに、どこで手に入れたの？」

「ええと、盗んだのかなあ」

「ティムったら、また始まったわね。じゃあ、誰から盗んだのよ?」

「誰からも盗んでません。自分の郵便貯金です。十八歳の誕生日まで手をつけないことになってました。その日は」ティモシーはきっぱりと言った。「もう目の前なんです」

「お父さんには全然連絡を取らなかったわけね? お父さんがウィーンに住んでる事実を家出の口実に使っただけ?」

「そうじゃありません。仕事が見つかるまで住むところが必要だし、二十ポンドじゃいずれ行き詰まる。思いがけないこともあるだろうけど、それは切り抜けられます」

ティモシーはこれといった不安を見せずに話したので、わたしは安心した。思っていたより強い子のようだ。強くなるしかなかったのだろう。

「まず、わたしが予約したホテルまで一緒に行きましょう。さっぱりしたら、お父さんに電話をかけて。迎えに来てくれるはず……といっても、家にいたらの話よ。お父さんがいまウィーンにいるかどうか、知らないんでしょう? 八月だもの、旅行中かもしれないわ」

「そのための二十ポンドですよ。その——ええと、空白期間に備えるため」

それを聞いてピンときた。ティモシーをじっと見ると、豊かな巻き毛の陰に戻り、また警戒の目を向けてきたが、今度は——なんとなく——愉快そうでもあった。

「ティモシー・レイシー! あなた、お母さんに嘘をついて、お父さんの居場所を知りもしないのに飛び出してきたのね?」

「いやいや、父さんはちゃんとウィーンに住んでます。それは知ってる。そこからお金が——ぼくの学費とかが送られてくるから」

「でも、住所は知らないのね？」

「はい」

思わせぶりな沈黙が流れた。ティモシーはわたしの沈黙を勘違いしたらしく、慌てて言った。「迷惑はかけません。父さんの勤め先の銀行かどこかと連絡がつかなかったら、月曜日までホテルに泊まりますから。ぼくのことなんか気にしないでください。大丈夫です。やりたいことはいっぱいありますし。ところで、ご主人とはいつ落ち合うんですか？」

「はっきりしないの」

「今夜、電話をかけるんでしょう？」

またしても沈黙。わたしは息を吸って話そうとしたが、その必要はなかった。灰色がかった緑の目が見開かれ、巻き毛がかき上げられた。

「ヴァネッサ・マーチ！」ティモシーはさっきのわたしの口調を意地悪くも完璧に真似ていた。「それがわたしたちの最後の壁を崩した。「あなた、うちの母さんに嘘をついて、ご主人の居場所を知りもしないのに飛び出してきたんだね？」

わたしは頷いた。ふたりで顔を見合わせた。いつの間にか、飛行機は滑らかに着陸していた。窓の外をシュフェカットの町の畑が次々と流れ、黄昏どきに明かりがぽつぽつと灯った。周囲で何カ国語もの声があがり、乗客がコートや手荷物を探している。

ティモシーは気を取り直した。「嵐の中の孤児か」彼はつぶやいた。「まあいいよ、ヴァネッサ、面倒は見てあげる」

第三章

同族を呪うあらゆる嘆きには
女性が絡んでいるものだ。

「落ちた妖精」（W・S・ギルバート作）

結局、ティモシーの父親はあっさり見つかった。電話帳に名前が載っていたのだ。当のティムがそれに気がついた。わたしのほうは、〈ホテル・アム・シュテファンスプラッツ〉の広くて居心地よく、広場の喧騒が響く客室のベッドに座り、フロントにおずおずと電話をかけて、まずはウィーンの銀行の営業時間を尋ねていた。

「父さんに違いないよ」ティムがわたしの鼻先に電話帳を突き出した。「見て、ほら。プリンツ・ユーゲン通り八十一。電話番号は六三─四二─六一番」

「銀行はもう閉まってるから、お父さんは家にいるかもしれない。いなくても、誰かが居場所を知ってるはずね。家に家政婦がいるでしょう？」わたしは受話器を上げ、脚を勢いよくベッドから下ろした。「ああ、ルイスもこれほど簡単に見つかれば、わたしたちの悩みは夕食前にきれいに片付くのに。せめて」そこで言い直した。「いくつかは。さあ、電話を好きに使っていいわ……交換手は英語を話せるから」

「そこは大丈夫。ぼくはドイツ語がちょっと得意でさ、成績はAだったんだ。どうしても使ってみたいんだよ」

「じゃあ、使ったら？」ところが、ティムはまだもじもじしている。「しっかりしなさいよ、ティム」

ティムはむっとしたものの、笑って受話器を持ち上げた。わたしはバスルームに入ってドアを閉めた。

事情が事情だけに、恐ろしく短いやりとりに思えた。わたしが寝室に戻ると、ティムはすでに受話器を戻して、窓台に寄りかかり、シュテファン寺院の外の舗道を行き交う人波を眺めていた。

ティムは振り向かなかった。「父さんは怒らなかったよ」

わたしはスーツケースから荷物を取り出していった。「あら、家にいたのね？　よかった。これで悩みがひとつ消えそう。ほっとしたわ。お父さんは迎えに来てくれる？　それとも、タクシーを呼ぶ？」

「実は、父さんは出かけるところだった」ティムは言った。「帰りは遅くなる。婚約者とコンサートに行くんだって」

わたしはワンピースを慎重に振って広げ、クローゼットに掛けた。「その女性のことは知らなかったのね？」

「うん。ほら、父さんは一度も手紙をくれなかったから。クリストルっていう人。クリスティーナの略称じゃないかな」

「そうなの。オーストリア人？」

「うん。ウィーンの人だよ。すてきな名前じゃない？」

わたしはスーツケースから服をもう一着出した。「電話ではあまり話せなかったのね？」

「あんまり。あなたが来てることは教えた。コンサートを抜け出せないけど、あとで夕食を……ええと、メモしたんだよね……〈ザッハー・ホテル〉でどうか、って。オペラ座の近く。今夜十一時にブルー・バーで会う約束だよ」

ティムは振り向いてこちらを見ていた。その顔を見ても、何を考えているかはわからない。わたしは眉を上げた。「巣立ちした夜に大きく羽ばたくのね。〝今夜十一時にブルー・バーで〟。イアン・フレミングが書いたスパイ小説のせりふみたい。ここで乳離れしてどうするの」

「だってさ」ティムは言った。「これがぼくの望んだことだから」

「ねえ、本当にいいの？」

「正直言って、わからない。わからなくちゃだめ？」

「わからなくて当然よ。片方の親が再婚する話をあっさり聞かされたらたまらないわ」

「そうだよね。ああ、母さんも再婚するんだ」

それはよくある、返事に困る言葉だった。なんと言えばいいのか。わたしはストッキングを持ったまま立ち尽くし、心の中が丸見えの、間の抜けた顔をしていたのだろう。「全然知らなかった」ようやく口に出した。

「正式の結婚じゃないからね。母さんにずばりと訊いたら否定されたけど、ぼくはかなり自信がある。ちょっとなら賭けてもいいよ」

「相手の人は好き？」

「まあまあ。ジョン・リンリーっていう出版業者だけど、知ってる？」

「いいえ。でも、お母さんから名前を聞いたような気がする」ほっとした口調になっていませんように、とわたしは思った。カーメル・レイシーがつきあった〝町じゅうの男たち〟の中では、出版業者は上出来の部類だ。この先、カーメルはどうなろうとかまわないが、ティムがどうなるのか気になってきた。

ティムは母親の再婚話を切り上げた。「このホテル、朝食付きで一泊いくら？」

わたしは宿泊料金を教えた。「お父さんには手配する暇がないわね。あなたのスーツケースを〈ザッハー〉に持っていかないとだめかしら。それとも、あとで取りに来る？」

「うん」ティムは言った。「そこが問題だね。父さんは家に来いとは言わなかった。むしろ、それだけは困るって感じでさ。ああ、ぼくがウィーンに来たことじゃないよ。驚きから立ち直ったら、親切にしてくれた。父さんは――ぼくを送り返そうとはしてない。仕事の面倒を見てくれそうな気がした。さっきは出がけだったから詳しく話せなかったけど。こう言われたよ。働くには就労許可が必要だ、あとでよく考えるように、まずは休暇を楽しめ、現金は足りるのか、って」

「最後はちょっといい感じね」わたしは言った。「とにかく、今夜会ったらあれこれ解決するわよ。明日、家に移ってほしいんじゃないかしら」

「それはないよ」ティムが反論した。「さっきも言ったよね、父さんはぼくがこうしてひょっこり現れても怒らなかったけど、まごついたと思う。そりゃまあ、会いたかった。でも、一緒に暮らしたくない。そのせいもあって、慌ててお金の話を持ち出したんだ」これはひねくれているのではなく、状況を冷静に観察しただけだ。親は子供たちに内面を知られているとわかったら、たいていすくみあがる。「しかも」ティムは続けた。「父さんはもう誰かと暮らしてるみたいだった」

わたしはティムにちらっと目を向け、見たものに満足した。「じゃあティム、相手はクリストルだといいわね。さもないと、話がややこしくなる」

「気の毒な父さん」ティムがつぶやいて、笑い出した。「ぼくが追い詰めちゃったんだね？　いまごろ汗びっしょりかいてるだろうな。まあ、このホテルに泊まれるかどうか、調べたほうがいいね。部屋が空いてるといいけど。ここって、全室スイートか、専用のバスルームとかが付いた高い部屋しかなさそうだね」

「ね、いまから別のホテルを探すのは無理だし、お父さんはあなたに軍資金を出そうとしたのよ。わたしならやってみる。さあ、お父さんにせめてひと晩の宿代を出してもらいましょう！」

「そうだね。なんなら脅迫するっていう手もある。ぼくの未来は薔薇色じゃない？」そう言って、ティムは電話に向かった。

わたしは靴の最後の一足を片付けながら考えた。そう、これはまさにティムが望んでいたこと。でも、もっと簡単に大人になる方法があるはずだ。無理に乳離れして、無神経な男の手で異国の風に投げ出され、背中に硬貨を数枚放られるよりも簡単に。まったく、よくもティムは当たり前の、感じのいい顔をしているものね……。

「それでけっこうです」ティムは受話器を置いた。「二一六号室が取れた。ひとつ上の階だよ。ぼくのほうは解決した。さあ、あなたのほうは？　部屋に残って電話をかけるの？　まずは腹ごしらえ？　あなたはどうか知らないけど、ぼくは十一時まで待てないよ。腹ぺこだ」

わたしは顔を上げた。「あれこれ気を回してるのね。痛いところを突かれた？　わたしが何をしてるのか、知りたくてたまらないんでしょ」

ティムはにっこりした。「まあ、とやかく言える立場じゃないからさ」

わたしはクローゼットの扉を閉め、肘掛け椅子に座った。「五分だけ食べ物の話を我慢できるなら、説明してあげる」

「話したいなら、どうぞ」

「今度は聞き役になってよ。誰かに話したいの。すごく単純で、うんざりする、聞くに堪えない話。おまけに、よくあることなの。ただし、まさか自分の身に起こるとは思ってもみなかった。わたしたち、ルイスとわたしは旅行に行くところだったの。二年前に結婚してから初めて取れた長い休暇だった。さっきも話したとおり、彼はＰＥＣの社員で、こき使われてるわ。でも、稼ぎはいいし、これまでは出張を楽しんでた。次の行く先は香港かオスロかわからない。そんな働き方が性に合ってたのね。そしてわたしと結婚した。そのうち異動すると言ったけど、後任に引継ぎをする時間が必要だから、二年くらいは流れに任せようとふたりで決めたの。言い出したのはルイスのほうで、わたしじゃない。確かにわたしの態度もほめられたものじゃなかったけど、そもそも彼が考えたことだったのよ。ほら、ふたりとも家族が欲しいのに、いまの生活では……子供たちが犠牲になるし」

ティムは何も言わなかった。窓辺に戻り、シュテファン寺院の巨大な外壁の石を一個ずつ目でたどっているようだ。

「とにかく」わたしは言い訳がましく聞こえないようにと躍起になった。「ルイスが八月中旬に営業部を辞めるとようやく言ったから、わたしたちはまる一カ月休暇を取って、わたしが行きたかった場所へ出かけることにした——彼はどこでもよかったの。世界じゅうを見てきたし、きみと一緒にいられればいい、と言って。いわば二度目の新婚旅行ね。一度目はたったの十日間だった。さて出発する間際になって、ルイスがもう一度だけ出張してくれと言われたの。一週間か二週間か、期間はわからないんですって。ちょうど旅行の準備をしていた頃よ。航空券も取って、荷造りを始めていたのに」

「ひどいなあ」ティムは寺院に向かって言った。

「わたしもそう思った。事実、そう言ったわ。実は、今回の出張は命令じゃなくて依頼という形だったのに、仕事を断れない、代理はいないから自分が行くしかない、とルイスは言ったのよ。じゃあ、引継ぎをしている人はどうなったのと訊いたら、前の仕事で発生した案件だから、彼が処理するしかないんですって。もうわたしはがっかりして、いかにも女らしくヒステリックになって、大騒ぎしたの。典型的な夫婦喧嘩よ。〝わたしより仕事が大事なのね〟とか言って。そんな女にだけはなりたくないと思ってたのに。男にとって仕事は命だから、女もそれを大切にしなくちゃいけない……。でも、できなかった」

「うーん」ティムがうなった。「無理もないよ。誰だって頭に来たんじゃないかな」

「問題は、ルイスもすごく腹を立てたこと。計画変更を余儀なくされたんですもの。こう言われたわ。出張になんか行きたくないのがわからないのか、きみと一緒にいたくないわけじゃない、しかたないんだ。そこで、今回だけはわたしを同行できないかと訊いたら、それも無理だと言われた。いまでは納得したけど、あのときは逆上しちゃって。ついに彼もカッとなって、大喧嘩を始めたわけ。わたしはさんざんひどいことを言ったわ、ティム。気になってしかたないの」

ティムがこちらに向けた生真面目な顔は、とびきり若々しく見えた。「ずっと自分を責めてるのは、ご主人の気持ちを傷つけたから？」

「ルイスはね」わたしは慎重に答えているうちに、一瞬、誰と話しているのか忘れてしまった。「身勝手で、頑固で、傲慢な人よ。気持ちなんかあるもんですか」

「そうだね」ティムは言った。「ない、ってことだよ。だけど、ご主人に同行する気がないとわかってるのに、どうして来たの？　まだご主人に腹を立ててるなら、なおのことだ」

わたしは膝の上で握り合わせた両手を見下ろした。「これがますます聞くに堪えない話よ。ルイスは女と一緒にいるみたい。あなたのお父さんの場合は笑って済ませたけど、相手が夫ではそうもいかないわ」

「ヴァネッサ――」

「ごめんなさい、ティム。みっともない真似をして。わたしはあなたの付き添いにふさわしくない。まして厚かましく説教なんてできないのに、悲しくて何かせずにいられなかった。だから、ここに来たの」

「悲しまないで」ティムは慰めるのが下手で、それはどんな男でも、年齢を問わず似たようなものだが、彼の言葉には温かみがあった。「きっと勘違いだよ。誰かに何か言われたとしても、根も葉もない噂だってわかるさ」

「ええ。ええ、そうよね」わたしは背筋を伸ばした。そうすれば嫌な考えを振り払えるかのように。「誰かに何か言われたわけじゃなくて、自分で受けた感じだから、きっと勘違いだったのね。とにかく、自分の言葉に気がとがめているのよ。ルイスがすぐに出発しなければよかったのに。ティモシー、あなたは結婚したら――」わたしはティムにほほえんでみせた。「出がけに喧嘩しちゃだめよ。最悪だから。いま考えてみると……。ルイスはフラットを飛び出そうとして、玄関で、ふと何か思いついたみたいに立ち止まって戻ってきたの。わたしは見向きもしなかった。でも彼は、行ってきますのキスをして、それから出ていったわ」

　わたしは沈んだ顔でティムを見上げた。ようやく言葉に出せてほっとした。「あとで気がついたけど、危険なことをするとわかっていて、こういう別れ方をしたくないと思ったときのような、そんな別れ方だった。いまではそれが本当だとわかったの。だから、ここに来たのよ」

　ティムはわたしを見つめている。「どういう意味？　危険って？　どんな危険にさらされるっていうの？　どうしてそんなことがわかるの？」

「なんとも言えないけど。とにかく最後まで聞いて。なるべく手短にするから」こうして、ニュース映画と一連の出来事をティムに打ち明けた。オーストリアまでやってきて、ことの成り行きを自分の目で確かめることにしたのだと。

　ティムは別の椅子の肘掛けに座って、じっと耳を傾けた。

　わたしが話し終えると、ティムは一、二分黙っていたが、やがて額にかかった髪をかき上げた。これは彼が心を決めたしるしだと、わたしにもわかってきた。

「うん、そのサーカスの居場所を突き止めるのは、すっごく簡単だよ。大テントを設営するサーカス――移動サーカスだね――は、最近じゃ珍しいから、オーストリア人なら誰だって興行した場所を知ってるさ。まず、ここのコンシェルジュに訊いて、ほかの人にも訊いてみようよ。すぐ行こうか？」

　わたしは立ち上がった。「いいえ、まずは食事よ。本格的なウィーン料理を出す店に入って、堂々と振る舞いましょう。ちょっと元気が出たら、わたしは〝消えた夫の事件〟に取り組むから、あなたは〝父親とご婦人の事件〟を引き受けてちょうだい」

「一緒に両方取り組もうよ」ティムは肘掛けから体を伸ばして立ち上がった。わたしより頭半分だけ背が高い。彼は急におずおずして、こちらを見下ろした。「けさのぼくは最低だったね。あのさ——やっぱり一緒に来られてほんとによかった」

「わたしもよ」わたしはクローゼットからコートを取り出した。「ほらほら、食べに行きましょう」


ティムのドイツ語は情報を収集できるとわかっただけでなく、コンシェルジュはすこぶる親切で、役に立った電話帳にもひけを取らなかった。彼は問題のサーカス団をヴァーグナー・サーカスだと即座に特定し、火事があった場所をブルックの少し先のオーバーハウゼン村だと確認した。ウィーンからグラーツやユーゴスラビア国境へ向かう主要道路の西にある、グライナルペという山岳地方だ。

「ま、探偵の仕事なんてちょろいもんさ」ティムがこの情報を伝えてくれた。わたしが使えるドイツ語といえばお粗末で、貼り紙を読んだり、簡単な言葉をゆっくりと、できれば身振り手振りも交えて話してもらえれば理解したりする程度だった。いっぽうティムの学校ドイツ語は、間延びしていて身振りだらけでも、かなり通じているようで、ちゃんと結果を出していた。

「火事のことを訊いてみて」わたしは促した。「ここウィーンでよく知られてるなら、大きな火災だったかもしれないわ」

ところが、知られていなかった。コンシェルジュの身振りがそう伝えていた。彼が火事の一件に詳しいのは、ヴァーグナー・サーカスが冬季の本拠地としているインスブルックに近い村で育ったからだ。また、サーカスの団長や一部の芸人と知り合いであるだけでなく、夏の全国巡業のルートをおおよそつかんでいる様子だった。あの火事ですか？　大惨事でした。ええ、男性が二名死亡しまして。恐ろしいことです。夜間にサーカスの住居用トレーラーが燃えて、中にいたふたりが焼死しました。身元ですか？　ひとりはサーカスの馬の世話係です……。コンシェルジュはその男とも知り合いだったらしい。気のいい男で、馬の扱いが上手でしたが、飲み過ぎるきらいがありまして……。火事の夜も酒を飲んでいたようで、ランプを倒し、ガスボンベに対する注意も怠っていまして……こうした事故は狭い場所で起こりやすく、過去にもありました……。サーカスがその男、フランツル爺さんを雇っていたのは、ひとえに彼はヴァーグナー団長の親類のようなもので、馬の扱いが巧みだったからです……。

「では、もうひとりの被害者は？」

しかし、そこでコンシェルジュの情報はぷつんと途切れた。ドイツ語がわからなくても、肩をすくめて両手を広げるしぐさの意味はわかる。知らないということだ。実は、もうひとりの男はサーカスの人間でも村人でもありません。ヴァーグナー団長も知らない人間でした。それどころか、団長はその夜フランツル爺さんのトレーラーに第二の男がいるとは知りませんでした。あげくに立った噂――わたしも聞きました――によれば、あれは事故ではなく、フランツルはなんらかの犯罪に巻き込まれて、もうひとりの男とともに殺されたというのです。とはいえ、警察の捜査が長引く場合、往々にしてそうした噂が流れるもので。ところが、爺さんを知っていた者は、殺人などおよそ考えられないと……。もうひとりの男の身元はすでに判明しているはずですが、わたしは新聞の記事を読まなかったのか、読んでも忘れてしまったのか……。

コンシェルジュは申し訳なさそうにほほえんで、再び広い肩をすくめた。「少し前の事件ですから、新聞はもう取り上げませんよ、奥さま。いや、象が逃げ出さなかったら、フランツル爺さんが死んだことを記事にしなかったでしょう……。サーカスはニュースになります。象がいれば、なおのこと……。奥さまは記事をいくつかお読みになったでしょうね。実は、象は一頭だけ、年取った象がパレード用に飼われていて、それが縄を切り、目と鼻の先にある村に入りましたが、誰にも体当たりしませんでした。怪我をしたと報じられた女の子は、怯えて逃げる途中に転んだだけで、象が倒したわけではありません」

「訊いて」わたしはティムに言った。「ルイス・マーチという男の噂を聞いたことがあるかどうか」

「ありません」コンシェルジュは答えた。幸いにも今度ばかりは手短だった。

あえて尋ねるつもりはなかったけれど、相手は話を聞いてもらえて嬉しかったのか、こちらの好奇心を不審に思わなかったようだ。さらにいくつか質問を重ねて、知りたかったことはすべてわかった。

二日前、サーカス団は警察に引き止められ、まだオーバーハウゼン村に滞在していました。次の目的地はホーエンヴァルトという、グライナルペ地方へ五十キロほど入ったところにある村です。明朝九時四十分発の列車に乗れば正午前にブルックに着きますし、路線バスでもオーバーハウゼン村か、場合によってはホーエンヴァルトまで、その日のうちに移動できます。どこかで宿が見つかるでしょう。オーバーハウゼン村にもすばらしい小型ホテル〈エーデルワイス〉（よく見る名前ですね）がありますし、女将のヴェーバー夫人にわたしの名前をお出しになれば、必ずや大歓迎されるはず……。

「あーあ」ティムが声をあげた。わたしたちはホテルを出てにぎやかな広場へ戻り、ケルントナー通りへ向かった。「一緒に行きたいな。だって、前々からサーカスの内幕を覗きたかったんだ。明日の晩に忘れず電話をかけてよ。どうやって乗り込んだか、何があったか教えてね」

「任せて――といっても、連絡先がわかればの話よ」

「そりゃそうだ」ティムが頷いた。「じゃあ、父さんとクリストルに歓迎されなかったら、一緒に行くよ。あなたひとりではるばる行けるのかなあ。ぼくがお供して、切符を買ったりバスの行き先を調べたりしなくていいの？」

「ぜひしてほしいわ。世話係に任命したいくらい。さてと、約束の時間に〈ザッハー〉に行くなら急がなくちゃ。本当にまた食べる気？　さっき、〈ドイッチェス・ハウス〉で鶏レバーのリゾットを詰め込んだじゃない」

「ねえ、それは何時間も前だよ！」ティムは旺盛な食欲を取り戻していて、浮き浮きと人込みに突進し、店という店のウィンドウを熱心に覗き込んだ。この調子では待ち合わせの場所にたどり着きそうもない。「それはそうと、〈ザッハー〉ってなんなの？　退屈そうなとこだね、ホテルって。音楽を聴ける？」

「知らないけど、退屈ではないわよ。あのホテルは、ウィーンへ来たら一度は訪れるべき場所ね。豪華絢爛で、旧市街そのものって感じ。ほら、バロック建築で、内装に金箔と赤のビロードが使われて、古きよき時代の趣が残っていて。マダム・ザッハーという女性がずっと昔、十九世紀のどこかで店をひらいて、ハプスブルク帝国時代の大公たち、将軍たち、ウィーンの上流社会の紳士淑女の亡霊でいまでもにぎわっているそうよ。確かガイドブックで読んだけど、ある大公か誰かは、剣と二、三の勲章しか身につけずに来たんですって」

「すごいや」ティムは言った。「文句なしだね。母さんがなんて言うかな？」

〈ザッハー・ホテル〉は想像していたとおり、明るい照明の点いた深紅と金色の客間にトルコ絨毯が敷かれ、重厚な額入りの油絵が掛けられ、マホガニーの家具に花が飾られ、ゆったりした前世紀の雰囲気が漂っていた。グレアム・レイシーとその恋人と待ち合わせたブルー・バーは、くつろげる洞窟のようなこぢんまりした店で、青い錦織の壁紙で覆われ、薄暗い明かりが灯されていて、懐中電灯がなければ自分の酒を見逃しそうだった。シャンパンカクテル一杯の値段が十四ペンスあまり。ティムの父親がこれを全員に振る舞った態度には、賄賂を贈っているくせに、そうは見せまいとするところがあった。クリストルのほうは必死になって、こんな機会は珍しくもないと、グレアムと一緒に毎晩シャンパンカクテルを飲んでいるというふりをしていた。たぶん、飲んでいるのだろう。

意外にも、わたしはクリストルが好きになった。あのときはどんな予想をしていたのやら。ニュース映画の中でルイスの隣にいたタイプの、強引な北欧美人だろうか。クリストルはなるほど金髪だが、ちっとも強引ではない。とりあえず一見したところは。太り気味の美人で、〈ザッハー〉のブルー・バーでグレアムにシャンパンカクテルをおごっているより、自宅のキッチンで彼にオムレツを作っているほうが似合いそうだ。目の色にぴったり合うワンピースを着て、どちらの手にも指輪をはめていない。ティムの父親はわたしの記憶のとおりだったが、華やかな容姿に歳月と体重が加わっていた。やけに愛想よく振る舞っているのは、お堅そうな相手とのウィーンの恋物語に息子が登場して、困惑しているせいだ。

ほどなく、その恋物語を見せられた。グレアムは若い娘、二十歳あまり年下の相手に恋していて、それを隠そうともしていない。おまけに（頑張ってはいても）、ティムに対する態度もあけすけだった。こんなときにウィーンに現れたのは、控えめに言っても間が悪いというのだ。レストランへ案内された頃には、反感か不安のせいか、ティムは不機嫌な顔に戻っていたように見えた。

クリストルもティムをじっと見ていて、折を見て――グレアムがメニューを見たり給仕長と話したりしていると——ティムの機嫌を取ろうとした。鮮やかなお手並みだったが、あまり難しくもなかった。年が近いし、美人だし、ウィーンっ子のほのぼのとした魅力に溢れていて（ウィーンの敵も味方も頷くとおり）〝相手の聴きたい歌を歌う〟からだ。全員のグラスにワインが半分注がれる前に、ティムはすっかり気をよくして、二週間飲まず食わずでいたみたいに料理を食べていた。父親のほうも見るからにくつろいで、もっぱらわたしに話しかけた。

グレアムは、ティムに付き添って大陸に渡ったわたしを感じよくねぎらい、その晩は息子につきあえなかった理由にそれとなく触れた。さらに、カーメルは元気かと、どうでもよさそうに尋ねた。やはりどうでもよさそうに、うちの家族の様子を尋ねたが、狙いはすぐにわかった。わたしがウィーンで何をしているのか、カーメルの用事に使われているのか、それを知りたいのだ。つまり、ティムは父親との短い電話で何も伝えていないことになる。

「ただの旅行です」わたしは答えた。「夫が出発の直前にストックホルムへの出張を命じられたので、わたしはひとりで来ました。近いうちに合流します」

「ウィーンで？」

「いいえ、グラーツで。南部をドライブする予定でした。明日の朝、ひとりで向こうに行きます。またまたティモシーと一緒にこちらへ来られて幸運でした」

「そうですか」グレアム・レイシーは如才なく言った。「それはよかった。で、どちらへ行く予定ですか？」

わたしはその場で南部オーストリアのドライブ旅行を思いついたので、行き先は見当もつかなかった。でも、この二年間は既婚女性として、どんなこともうまく切り抜けてきた。そこで、すかさず答えた。「ああ、それは主人に任せました。彼がルートを考えたので、地名まで覚えていません。のんびりして、主人についていきますから」

「なるほど」グレアム・レイシーは納得して、息子に声をかけた。「で、おまえの予定はどうなんだ、ティム?」まともに訊かれたティムは不意を突かれ、息をのみ赤くなり、何も言わなかった。彼はわたしが並べた嘘八百を涼しい顔で、むしろ愉快そうに聞き流していた。だが今度は、父親が泊めてくれると期待してウィーンに来たと打ち明けるか、あるいはとっさの作り話をするか、どちらかの選択を迫られて押し黙っている。切ない沈黙が流れた。

わたしが口を出そうとすると、クリストルが慌てて沈黙を破り、愛らしい声で言った。「あら、もちろんウィーン見物に来たのよ! そうよね? ティミー」すてきな呼び方だ。ティ・ミー。「わたしが案内できればいいのに! 見どころが多いから、どこにでも連れていきたいわ。どんな観光名所でも。ホーフブルク宮殿やシェーンブルン宮殿、プラーター遊園地、カーレンベルク展望台や、ウィーンの人間が行くところも。でもね、わたしは明日ウィーンを発つの。本当に残念だけど、約束してしまったの。もう何カ月も帰省していないから、両親にせっつかれて帰ることにしたのよ」

「しかし――」グレアム・レイシーが言いかけた。

クリストルがグレアムの腕に触れると、彼はおとなしく口をつぐんだが、その顔で秘密がばれてしまった。クリストルが向けた表情もわかりやすかった。どう考えても、彼女は大急ぎでグレアムのアパートメントを出ていき、彼が遠慮なく――というより、やむなく――息子によくしてやれる環境を作る気でいる。

「では……」グレアム・レイシーは切り出した。と思うと、咳払いをした。「明日は日曜だから、わたしは一日空いている。どうかな、十一時頃に行って、おまえと荷物を乗せてくるのは？　落ち着いたら、名所をいくつか見て回ろうか。平日はあまり時間を割けないが、おまえもすぐにひとりで動けるようになるさ」

　ティムはふたりの大人を見比べた。気がつくと、わたしに負けないくらい見ていた。彼は顔をうっすらと赤らめて、悠然と答えた。「それは助かるなあ、父さん。でも、まだ家に押しかけたりしないよ。実は、明日ヴァネッサと一緒に南部へ行くんだ」

　グレアムかクリストルが安心したとしても、どちらもそれを顔に出さなかった。グレアムが言った。「そうなのか？　ミセス・マーチが誘ってくださったのはありがたいが、ご夫婦で旅行に出るのなら、さすがにおまえを――」

「一日や二日は出発しません」わたしは慌てて言った。「いつルイスと合流できるかわからないので、まだ時間はあります。ぜひティムと一緒に行きたいです」

「大丈夫だよ。邪魔しないからさ」ティムは陽気に、皮肉でもなんでもなく言った。「どのみち、シュタイアーマルク州まで行って、ピーバーでリピッツァナーの馬を見てくる計画を立ててたから、ミセス・マーチが連れが欲しいなら一石二鳥なんだよ。人前で鳥と呼んでもいいならね、ヴァネッサ」

「いいわよ」

「それじゃ」若いほうのミスター・レイシーが穏やかに言った。「決まりだ。ウィーンに戻るときは電話するよ、父さん」そして、デザートのワゴンに目を向けると、やがて大きく切り分けられたザッハートルテを選んだ。ホイップクリームが添えられた、こってりした甘いチョコレートケーキだ。

　みんな、やれやれといった様子でコーヒーを飲み始めたという気がしてならなかった。ようやくレストランを出ると、ティムと父親は仲睦まじくクロークルームへ姿を消した。戻ってきたふたりのそれぞれに満足げな表情を見て、わたしはぴんと来た。グレアムは息子に気前よく軍資金を〝手渡し〟、脅されなくても済んだのだ。

「では」みんなでおやすみの挨拶を交わしていると、グレアムが言った。「楽しんできてくれ。ミセス・マーチのことを任せたぞ、ティミー。ウィーンに戻ってくるときは知らせなさい。今回も先に知らせてくれたら……」彼はばつが悪そうに続けた。「長らく会っていない息子に対して、これは中途半端な歓迎だったろうね」

してくれていたら、という決まり文句が午前零時のウィーンの舗道の影でわびしく響いた。

ティムは快活に答えた。「覚えておくよ。今夜はありがとう。すごく楽しかった」

プジョーが走り去った。ティムとわたしはホテルに戻っていった。

「ほんとにいいの？」ティムが訊いた。

「もちろんよ。来てくれたらありがたい、って言ったでしょ。それだけは嘘じゃなかった……。嘘と言えば、ふたりで嘘に磨きをかけたわねえ。彼女はいい人じゃないの、ティム」

「わかってる。初めは嫌だった。どうしても。でも、いまはなんとも思ってないよ」わたしたちはプラクナー書店の明かりのついたウィンドウを通り過ぎた。ティムはこれまでに見せたことのない、晴れ晴れとした顔をしている。「そもそも」彼は言った。「父さんにも自分の人生を生きる権利があるよね。いつまでも誰かにしがみついていられない。解放してやらなきゃ」

「そうよ、その意気」

第四章

ああ、わたしはいまアーデンの森にいる。阿呆もいいところさ。うちにいたときは、もっとましなところにいたのだが、旅人の分際で贅沢は言えまい。

『お気に召すまま』（ウィリアム・シェイクスピア作）

翌日の午後五時頃、わたしたちは車でオーバーハウゼン村に入った。ティムが同行してくれたので、列車でブルックかグラーツまで行くという当初の計画はやめていた。しかもこの日は日曜日であり、日曜の午後に切符の手配ができるかどうかわからなかった。ただしウィーンでは、いつでもなんなりと手配できるようだ。〈ホテル・アム・シュテファンスプラッツ〉の有能で意欲的なフロント係の手を借りれば、なおのこと。

そこで、ティムとわたしは翌日の正午少し前にフォルクスワーゲンのレンタカーでウィーン市街を発ち、幸い空いている日曜の道路を走り抜けた。わたしがハンドルを握り、ティムが膝に地図を広げ、驚くほどてきぱきとトリエスター通り沿いを案内して、車は墓地を過ぎ、ヴィーナーノイシュタット道路に入った。

気持ちのいい日だった。ウィーンから南西に田園地帯の高速道路《アウトバーン》を走ると、ぽつぽつと工場が現れ、次第に平野部の単調な景色に変わっていった。ヴィーナーノイシュタット道路の先には、なだらかに起伏する森林地帯や緑の牧草地があり、銀色の小川に囲まれたロマンチックな岩山の頂上に城が立っていた。

冒険小説というより素朴な物語から、ゴシック小説というより田園詩から抜け出した風景だ。谷底に穀物が豊かに実り、黄金色の干し草畑が山脚まで広がっていた。見事に建設された道路が曲がりくねってセメリンク峠へ上り始めても、風景に特筆すべき点はまったくなかった。松林の巨大な斜面だけが、眼下の人間ののどかな営みを遮り、背景となっていた。

セメリンク峠で昼食をとった。ここは標高四千フィートの観光地で、冬じゅう日当たりがよい。夏の盛りのいまは空気が澄み切っていて、ティムはますます食欲旺盛になり、わたしも緊張感でなくした食欲をいくらか取り戻したが、目的地が近づくにつれ、じわじわと緊張が高まってきた。

三時には出発して、いよいよ美しくなる地域を下ると、ブルックの数キロ先で幹線道路とそれに沿って流れる川を離れ、支流の谷へそれた。

わたしは松葉で覆われた路肩に車を停めた。

「免許を持ってたわよね、ティム？　運転してみる？」

「したい」ティムは即座に返事をした。「疲れたの？」

「ちょっとね。気疲れするのよ。慣れない左ハンドルと右側通行だし、日曜の午後で車が増えてきたし。あなたは道路標識を読むのが上手だった。わたしにもできるといいけど。それとも、もう目が慣れた？」

「たぶんね」ティムは席を替わった。「どのみち、この細い道にはあまり車が走ってないみたいだ」

ティムはしばらくハンドルやブレーキを眺めてからギアをいじり、ようやく車を出した。さほど意外でもなく——わたしはとっくにティムを見くびらなくなっていた——彼は運転が上手だとわかり、くつろいで先のことを考える余裕ができたが、プライドを守って風景に見とれているふりをした。

それはたやすいことだった。道路はまず奔流に沿って松の木立を縫い、右に曲がり、緑の断崖を回って、上っていき、石切り場にえぐられて上方の林に覆われた崖の下を曲がりくねっていく。傍らに次から次へと奔流が現れ、流れはますます急になり、遠くの岸に石が押し寄せた。

だが、車はじきに狭い谷間を出て、静かな広い盆地に入った。そこは道路がまっすぐ走り、両側の牧草地に白と黄色の花が生い茂っているだけだ。牧草地の背後には山々がそびえていた。始めは穏やかに、草の衣をまとい、松林に縁取られた緑の曲線は、山を下って斜面のくぼみや裂け目をひとつ残らず満たした。まるで、高木森林が頂上で隙間なく茂っていて、低地の小川へあふれ出したように。ホイップクリームがプディングを流れ落ちるように。この深い森の上限に再び崖がそびえ、こちらは銀色の岩のきらめく断崖を滝が白い筋になって縫っていた。

それでも、これは決して圧倒されるほどの山々ではない。壮観とまでは言えず、見える範囲にとどまっているが、目は手前の光景に釘づけだった。黄金色に輝く木々が揺れ、にぎやかな小さな家々がそこかしこで教会や農場を囲んでいる。刈り取られた草が棒に絡めて干してある様子は、手紡ぎ用の心棒に巻かれた亜麻糸を思わせた。干し草の下は、取り入れの済んだ畑がビロードのように滑らかだった。そこかしこにある聖堂は、小さな教会からうしろの部分を切り離したような造りで、彩られた聖像に花が供えられ、板葺き屋根の下を燕が出入りしている。村の家も塗装され、どの壁もピンクか淡い青か白を刷かれ、どの窓にも植木箱が置かれて、ペチュニアやゼラニウムやマーガレットでいっぱいだった。どの家にも小さな果樹園があるようで、りんごと桃がたわわに実り、杏の木が明るい壁に枝を這わせていた。何もかも輝き、豊かで、ぴかぴかだ。小さな村の教会は、薄い色の漆喰壁と板葺き屋根で質素に作られ、それぞれ尖塔か、きらめく金色の風見鶏を頂く玉ねぎ型ドームを天に突き上げている。野原でのんびりと草を食む牛は蜂蜜色で、太い音が鳴る大型のベルをつけている。谷の風景は実に表情豊かで、日当たりがよく、のどかなので、背後の岩山になかなか目が向かない。岩山は、夕暮の長い影を描いた美しい田園の背景に過ぎなかったのだ。

車がオーバーハウゼン村に入って真っ先に目に入ったのは、木の幹に貼られたヴァーグナー・サーカスのポスターだった。次は、道路の右手の空き地に設営されたサーカスだ。小テントやトラック、トレーラーハウスなどが、大テントをごちゃごちゃと取り囲んでいた。

ティムが極端に車のスピードを落として、ふたりで窓から顔を突き出した。

「へえ」ティムが言った。「まだここにいたのか。すごいや。まずはどうする?」

「まっすぐ行ってホテルを見つけましょう。村外れにあると、あのコンシェルジュが言ってなかった? ホテルに落ち着いてから、ほかのことに取りかかるのよ」

「了解」

村の通りが迫ってきた。舗装されていない狭い道で、幅一、二フィートの踏みしめられた土が両側に路肩を作り、並木が車道と歩道を隔てていた。そこかしこで切妻屋根のついた窓か石段が道に突き出していて、歩行者は歩道をあきらめ、行き交う車の中を歩くほかなかった。彼らは実にさりげなく車列に割り込む。むしろ車道のほうが歩きやすいので、歩道より混雑していた。日曜日にあてどなく繰り出した人たちが思いのままにそぞろ歩き、車列に目もくれずに前を横切った。なにしろ(たいていのオーストリアの村では）クラクションの使用は禁止されている。わたしたちはのろのろと、慎重に車を走らせた。ティムの辛口だが陽気このうえないコメントは、幸い、わたしにしか聞き取れなかった。

ようやく狭い道から広場に出た。そこに古い井戸があり、玉石敷きの空間を囲む木々の下に椅子が置かれていた。前方の教会には美しい玉ねぎ型の尖塔があって、風見鶏ではなく金メッキの矢がついていた。道路は教会の左右に分かれている。

「このへんで車を停めて、道を訊きましょう。間違った通りを進んだら、この人込みだもの、どこまで行ったら戻れるかわからないわ」

ティムは車をゆっくりと路肩に寄せ、プラタナスの木陰に停めると、運転席の窓から身を乗り出した。助けを求めに行くまでもなかった。三人組の女が道路の真ん中でぺちゃくちゃおしゃべりに熱中し、まわりで五、六人の子供が喧嘩をしていた。女たちはティムの質問にいっせいに答え、明快な身振りをつけたが、子供たちはティムのイギリス風のアクセントにきょとんとしたのか、集まってきて、青い目を丸くしてこちらを見つめていた。

やがてティムが頭を引っ込めた。「何も言わないで」わたしは言った。「当てさせて。右に曲がる道でしょ」

ティムはにっこりした。「すぐわかるってさ。なんでも、このへんでは指折りのホテルで、静かなところだって。もう一本の道が本道だからさ。ねえ、ここはいい感じじゃない？　あの広場の真ん中を見て。井戸か何か、錬鉄の屋根がついてるやつ。なかなか立派だよ。おっと、あのコンディトライは見える？　店内にカフェがあるお菓子屋。あそこのケーキを食べてみたいな。どう？　何か買ってくれば、ホテルに着いてすぐに……」

ティムは窓の外の炎天下に顔を出して、機嫌よくしゃべり続けている。でも、わたしはとうに話を聞かなくなり、目も向けなくなっていた。活気がある人々でごった返す美しい村が姿を消して、ひとりの人間のぼんやりした背景になり果てていたのだ。目にしたのは、ルイスと一緒にいた金髪の娘だった。

彼女は井戸のそばで立ち止まって誰かに話しかけていた。両手に花を抱えた黒服の年配の女だ。金髪の娘はほぼ横を向いていて、四十ヤードほど離れているが、人違いではなさそうだ。そのとき彼女が振り向いて、わたしは確信した。あれはニュース映画で見た若い娘だ。おまけに、明るい陽射しの下で見ると、実物は記憶の中より美しい。中背でほっそりしていて、金髪をすっきりとポニーテールにまとめている。黒のレインコートと乱れた髪が与えた〝いかがわしい〟印象は消え、いまは民族衣装の白のブラウスと花模様のディルンドルというスカートにエプロンをつけていた。年齢は十八歳くらいだろうか。

彼女は年配の女に笑顔で挨拶して、こちらの車に近づいてきた。

「ティム」わたしはささやいた。「頭を引っ込めて窓を閉めて。早く」

ティムはすぐさま言われたとおりにした。

「こっちに来るあの子、きれいな子よ。青のディルンドルをはいた金髪の――例のニュース映画で見た娘なの。だめ、じろじろ見ないで。次に会ってもわかるように、顔だけ覚えてちょうだい」

彼女はまっすぐこちらに向かってきて、木の幹が作る縞模様の影を抜け、脇目も振らずに通り過ぎた。わたしは振り向かなかったが、ティムはバックミラーで彼女を眺めていた。

「通りをまっすぐ歩いていくよ。様子を見る?」

「ええ。行き先を確かめて」

ひと呼吸あって、ティムが言った。「もう見えなくなった。通りに人がうじゃうじゃいるからね。でも、まっすぐ歩いてた。ぼくらが来たほうへ」

「サーカスの会場へ?」

「うん。ささっと偵察して、居場所を確かめてこようか?」

「そうしてくれる?」

「了解」ティムは早くも車を降りかけていた。「前からジェイムズ・ボンドの仲間になりたかったんだよね。みんなそうでしょ?　じゃ、留守番して駐車料金を払っといてね」

ティムの背後でドアが勢いよく閉まった。バックミラーを傾けると、人込みに交じった長身の若者が、車の往来もおかまいなしに通りの真ん中を戻っていくのが見えた。やがて、今度は彼の姿が消えた。

わたしは座席にもたれたが、くつろぐためではなかった。震えているのも無理はない。目は心ならずも、それでいて夢中になって雑踏を探している。

やっぱり、あれは目の錯覚ではなかった。ほぼ当たっている。こうして確認してみると、面食らうような経験だった。薄暗い映画館でルイスとあの娘を見たときは、ちかちかと瞬く短い映画に忌まわしい事件の気配が残り、外国の環境がいっそう謎めいていて、まるで夢のようだった。はるか遠くの、現実離れしたもので、見えたと思ったら消えてしまい、白日夢を見たのだと思っていた。例によって、映画館の外の日光が夢を現実からますます遠ざけたのだった。慌ててオーストリアへ来たことは、こうして実行しながらも、あの夢に負けないくらい現実離れした感じがしていた。いまのいままで、見知らぬ土地の美しい田園風景に目を奪われ、現実からすっかり遠ざかっていた。

ところが……オーバーハウゼン村に着くと、サーカス団が来ていて、あの娘を見かけ……。次はルイスが来る……？

「ねえ、駐車違反の切符を切られてない？」ティムだ。車の窓のそばに戻っている。

「切られてないわ。ああ驚いた。足音がしなかったわよ」

「天職を見つけたって言ったじゃないか」ティムは体を折り曲げるようにして運転席に着いた。「対象を手際よく尾行したら、やっぱりサーカスに向かった。団員じゃないかな。入口をまっすぐ抜けてトレーラーのほうに向かったから。村の人たち——子供連れが多かった——は入れてもらえたけど、みんな反対側に集まってた。そこで動物ショーか何かをしてたよ。入口でお金を受け取る男がいたけど、特に何も訊かなかった。それでよかった？」

「ええ、上出来よ」

「それから、情報をつかんできた。サーカス団は明日ここを発つ。ポスターに広告が貼ってあった。最終公演は今夜八時だって」

「あら。じゃあ、ちょうどよかったわね。本当に助かったわ、ティム」

「どういたしまして。楽しかったよ。だから、スペイン乗馬学校に行くのは時間の無駄っていう結論が出た。ジェイムズ・ボンドが行く場所じゃない——もっとも、ぼくの大好きな探偵はアーチー・グッドウィンなんだ。ほら、ネロ・ウルフの助手さ。ハンサムで、てきぱきしてて、女の子にめちゃくちゃもてる」

「だったら、チャンス到来よ」わたしは言った。「すぐにルイスに会えないなら、あなたにあの子を探しに行ってもらうわ」

「いわゆる〝お近づきになる〟ってやつ？　任せてよ」ティムははしゃいだ。「おっと、この先ますます道が狭くなるなら、なんとかぎりぎりで……。いや、ちょっと待って、もう着いたみたいだ」

〈ホテル・エーデルワイス〉は感じがよく、その名前に似合わず派手なところはみじんもなかった。細長い平屋で、板葺き屋根では鳩が日向ぼっこをしていて、窓の植木箱に花が溢れていた。村外れに立っていて、目の前で道路が細くなり、農場へ続く小道となっているくらいだ。建物と道路のあいだには砂利が敷かれ、栗の木の下にテーブルが置かれていた。そこに何人かが座ってコーヒーなどの飲み物を飲んでいる。客の足のあいだで、鳩が悠々と歩いたりクークー鳴いたりした。燕たちは早くも暖かい南を想っているのか、頭上で輪を描きながらさえずった。あたりに松の匂いがした。

ティムとわたしが通されたのは、建物の奥にある広いベランダのついた続き部屋だった。窓は畑に面していて、こぢんまりした清潔な部屋はとても静かだ。わたしの部屋は、磨かれて白くなった松材の床に鮮やかなペルシャ絨毯が二枚敷かれ、頑丈な松材の家具とまあまあ座り心地のいい椅子が置かれている。焦げ茶色の木材に彩色した羽目板が使われた、ほれぼれするほど美しい古いチェスト、使い勝手の悪いたんす。壁の電灯を支えるブラケットとドアに重々しい鉄細工がたっぷり施されている。ドアはあちこちに鋲が打たれて閂《かんぬき》があり、ゴシック様式の大聖堂の扉のようだ。壁には、板に鮮明な色で描かれた油絵が二枚掛かっている。一枚は、誰とも知れない青い衣の聖人がドラゴンを退治している絵で、もう一枚は、よく似た聖人が赤い衣を着て、花に水をやっている絵だ。オーストリアでは聖人の特徴がいろいろあるらしい。

わたしは手早く荷ほどきをした。今後のことを考えるために、ひとりになれたらほっとすると思っていたのに、いつしかそれを考えまいとしていた。とにかく頭を切り替えて、ひたすら衣類の片付けに精を出し、どの服に着替えようか、もうすぐ栗の木の下でティムと一緒に何を飲もうかと検討していた。

ところが、わたしは支度が済んでもぐずぐずした。背の高い窓をあけてベランダに出た。

ここは地上わずか二、三フィートの高さで、手すりを越えたら畑に出られるように見えた。畑は刈り入れが終わったばかりで、忘れかけた刈りたての草の匂いが夕暮に満ちていた。一面に広がる滑らかな畑の先に川が流れ、木立に消え、そのセイヨウトネリコと柳の向こうに松林が突き出し、坂また坂が銀色の山頂へ続いている。谷の片側は影に隠れた。そろそろ六時半を回ろうとしていた。

物音がして、わたしは振り向いた。ティムが自分の部屋の窓からベランダに出ていた。清潔なシャツに着替えて、しゃきっとしている。

「いたいた、音がしたと思ったんだ。これからどうするか、もう決めた?」

「それがね、まだなの。情けないけど、すっかり役立たずになったみたい。あの子を見たショックから立ち直れなくて。いくら本当のことを知りたくても、あれは不意打ちだった。幽霊を見たようなものね」

「さっきまで、彼女が実在するとは思いもしなかった? よくわかるよ」ティムは意外な話を始めた。「ぼくもクリストルに会ってそんな感じがした。でも、どうしてそんなに気にするのかなあ。彼女のことを……。だって、なんの関係もないなら……ふたりがニュース映画で一緒に映ってても……別に——」彼は言い淀み、言葉を選ぼうとして、ふと小細工をあきらめた。「ねえ、あの子はきれいかもしれないけど、あなたが気にすることないよ！　美人なんだから。誰にも言われたことないの？」

実は、ときどきそう言われたけれど、これほど感激したことはなかったし——言葉に詰まったこともなかった。

しばらくして、ようやく言えた。「ありがとう。でもね、ほかにも気になるところがあるの。わたしがここにいる筋合いはないし、夫に会えたらなんて言おうかと……」わたしは畑に背を向けて、決心したと言っても通用しそうに姿勢を正した。「後悔しても遅いし、あのサーカスは手がかりに違いないわ。開演は八時だった？　じゃあ、時間はたっぷりあるわね。食事をして、ヴェーバーの奥さんと話して、それから村を見て回るの。この村がイギリスの村みたいなものなら、噂があっという間に広まるから。それどころか、ルイスがまだここにいたら、わたしがホテルの宿帳にサインして三十秒もしないうちにこちらの事情を全部つかんだでしょうよ」

「今夜が最終公演なら、終わったとたんにテントの解体を始めて、朝までに引き払うはずだよ」ティムはわたしを見た。「じゃあ——ひとっ走り行って、入場券を買ってこようか？」

「でも、サーカス団がここに一週間も足止めされてたなら、慌てることないし——」わたしは笑った。

「ああ、そうか。ええ、行ってらっしゃい。例の〝対象者〟を見つけ出す気なら、軽はずみな真似はしないわね？」

「慎重の上にも慎重を期すよ」ティムが約束した。「絶対によけいなことをしゃべらない。夕食の時間に戻ってくる」

「そうでしょうとも」わたしは言ったが、ティムはとっくに駆け出したあとだった。

第五章

どうやら、お嬢さま、あのかたのお名前が手帳に載っていないようですね。

『空騒ぎ』（ウィリアム・シェイクスピア作）

栗の木立がカフェのテーブルに薄く影を落とし、温かいそよ風が赤いチェックのテーブルクロスをはためかせた。一本の木の根元では特大のセントバーナード犬が丸くなり、夢を見ながらときおりピクッと動いた。ここは静かで落ち着けるホテルだ。わたしはベルモットをちびちび飲みながら、自分にこう言い聞かせていた。考えなくちゃ、考えなくちゃ……。それでいて、目は通りに釘づけだった。もうじき、あの道をルイスがやってくる。

ルイスの存在を強く感じていたので、ティムが通りを全速力で戻ってくると、彼を見てぎょっとした。すぐに彼の連れを見て、心底からぎょっとした。それはルイスではなく――当然の結果らしいが――ルイスと一緒にいた金髪の娘だった。

と思うと、ふたりはわたしのテーブルの横に立ち、ティムが紹介を始めていた。

「ヴァネッサ、こちらはアンナリーザ・ヴァーグナー。サーカスの団員だよ……。ほら、向こうの空き地でサーカスを見たよね？　ミス・ヴァーグナー、こちらはミセス――」遅まきながら、ティムは危険に気づいた。はたと口をつぐんだ。

わたしは娘を見ながら言った。「マーチよ。ヴァネッサ・マーチというの」

「初めまして、ミセス・マーチ」娘は顔色を変えず、当たり障りのない丁重な態度を見せただけだった。面白くないことに、愛らしい声の持ち主で、英語がとても上手だ。

「一緒に飲み物でもいかが、ミス・ヴァーグナー？」

「まあ、ご親切に。では、アンナリーザと呼んでください」

ティムが訊いた。「何を飲む？」

「コーヒーをお願いします」

「コーヒーだけ？　ベルモットか何かどう？」

アンナリーザは首を振った。「サーカスの人間はほとんどお酒を飲まないんです。飲むとろくなことはありませんから。コーヒーだけ頂きます」

ティムが通りかかったウェイトレスに手を上げると、すぐに応対してもらえた。これはどんな国でもめったにない出来事だが、オーストリアでは（わたしは早くも悟っていた）奇跡である。ティムならウェイターの試験を優等で合格しそうだ。若いふたりが腰を下ろした。彼は目配せして、〝さあ、今度はあなたが話す番だ〟と、ウェイトレスの件とは関係なく、得意満面の面持ちになった。アンナリーザはほほえみ、花模様の青いスカートをしとやかに広げている。

間近で見ると、やはりきれいな娘だ。淡い金髪のゲルマン女性の美しさは、クリストルの美しさとはまた違う。ヴァーグナー嬢が自宅のキッチンにいる姿は想像もつかない。むしろ、オリンピックでスピードスケートのメダルを取るか、スキーの回転競技で離れ業を披露する、すらりとした屈強な美人の仲間だという気がする。ニュース映画ではかなげな印象を受けたのは、ルイスのことを考えていたせいなのか、大柄で頼もしい彼に比べて頼りなく見えただけなのだろうか。それとも、ここで善意の解釈をしてみると、彼女はショック状態に陥っていたのかもしれない。生まれ育ったサーカスが火事に遭ったようだから。

そこに探りを入れてみた。「ヴァーグナーというお名前なの？　じゃあ、サーカス団はあなたのものね、ご家族のものかしら？」

「父のものです。ティモシーの話では、今夜見に来てくださるとか」

「ええ。楽しみにしているのよ。こちらに着いたばかりだけれど、あなたたちは明日発つそうだから、公演を見逃したくないの」

アンナリーザは頷いた。「今夜、終演後に移動します。ここには長居しすぎました」わたしは先を待ち受けたが、彼女はこの話を切り上げた。「サーカスが大好きなんですね？」

ためらった末に、わたしは正直に答えた。「全部が全部、好きではないの。動物ショーは好きになれないけど、ほかの出し物は大好きよ——綱渡りに空中ブランコ、ピエロ、アクロバット」

「馬の演技はだめですか？」

「ああ、馬の演技を〝動物ショー〟に入れなかったわ！　熊や猿や虎のことよ。馬は大好き。馬もたくさん飼っているの？」

「あまりいません。うちは小さなサーカスですから。でも、馬がいなければサーカスは成り立ちません。馬はなにより大切なものです。父は曲芸馬を使います。うちの馬たちはシューマン・サーカスにも負けないと自負していますが、数ではかないません」

「演技を見るのが楽しみだわ。いつも夢中になるのよ。それに、ここにいる友人は馬に惚れ込んでいるの」

アンナリーザは笑った。「知っています。廏舎で彼を見つけました。どうやって入ったんでしょう」

ティムが言った。「動物ショーのチケットを買ったけど、角を回ったら馬を見られるのにオウムや猿を見てられないよ」

「ええ、お世辞にも上出来とは言えないショーです。子供向けの余興ですね」

わたしは言った。「本当に英語が達者なのね」

「母はイギリス人でした。それに、わたしはいまでも英語をよく話します。サーカスには各国から人が集まっていて、それこそ国際的ですから。世界じゅうの人がいますよ。ピエロはフランス人、綱渡り芸人はハンガリー人、トランポリン芸人は日本人、ロバを使う喜劇役者はイギリス人、曲芸師はアメリカ人。もちろん、ドイツ人とオーストリア人もいます」

「国際連合《ユナイテッド・ネーションズ》だね」ティムが言った。

「確かに」アンナリーザはティムにほほえみ、えくぼを作った。「おおむね一致団結《ユナイテッド》しているわ。そうでなくては困るの」

「あなたも出るの?」わたしは訊いた。

「はい。父と一緒に曲芸馬を操って……幕開け直後にロデオをやります。でも、個人での出し物は曲乗りです。リピッツァナーの牡馬を持っていて――」

「何を持ってるって?」ティムが口を挟んだが、いかにも興味津々で、失礼な点はなかった。

「リピッツァナーの牡馬を。これは馬の血統の名前で――」

「うん、その馬のことなら知ってる。ピーバーの繁殖場を見に行って、できればウィーンで馬の演技を見たいと思ってるんだ。でも、きみは調教された馬を持ってるの？　あれが売られてるとは思わなかったな」

「ちゃんと調教されているけれど、スペイン乗馬学校で調教されたわけじゃないの。あの馬が四歳のときに祖父が買ってきて、伯父が調教して……わたしの訓練もしたの」

「高等馬術の？」

アンナリーザは頷いた。

「で、きみはひとりで演技をするんだね。きみは――なんだっけ――女曲馬師《エスクワイエ》？」

どうやらアンナリーザは、ティムの評価では、追跡の〝対象者〟や〝ルイスの金髪娘〟から単独で馬を操れる花形のレベルまで急上昇していた。わたしが彼女に下した評価は正しかった。高等馬術を調教した牡馬を操るだけの集中力と体力を備えた若い女は、強靭な神経を備えているものだ。「すごい！」ティムが声をあげた。感心して顔を赤らめている。

アンナリーザはにっこりした。「でも、ウィーンで披露される演技とは別物よ！　〝空中馬術〟のうち、できるのはルバードと、たまにクルーパードも……」彼女はわたしのほうを向いた。「クルーパードという跳躍は、馬が後肢を丸めて――これでいい？」

「腹の下に引きつけて」ティムが訂正した。

「後肢を腹の下に引きつけて、前肢で元の場所に着地する技です。カプリオールも教えようとしました。これはクルーパードの形で跳躍して、すぐに後肢をまっすぐ蹴り出します。でも、とても難しくてできないから、棚上げにしています。わたしのせいで、馬のせいじゃないので」

称賛のまなざしを向けるティムを見て、わたしは彼がそれを言葉にするかと思ったが、予想が外れた。彼もアンナリーザと同じく、馬に落ち度はないとわかるほど夢中になっていたのだ。

アンナリーザは続けた。「ただ、ほかの訓練は優雅にこなします。マエストーソの子孫の、マエストーソ・レダの血統だからリズム感がよくて……これは説明しなくていいですね。今夜、ぜひ見に来てください。調子がよかったらクルーパードを跳んでみます。あなたたちのために」

わたしたちはもごもごと礼を言った。ティムの目は輝いている。〝消えた夫の事件〟の捜査を進めるうえで、アンナリーザを第一容疑者にするのはやめておこう。

ティムが切り出した。「待ち切れないな。その馬はほかの馬と一緒にいるの？　さっきは見かけなかったけど」

「あなたは廏舎の反対側の端にいたからよ」またアンナリーザはティムに愛らしくえくぼを見せた。「逆側から入ればよかったのに。ええ、わたしの馬もそこにいるわ。今夜、終演後に見に来る？　廏舎を解体する前に、少しは余裕があるはずよ」

「行く行く！」ティムは落ち着きを取り戻すと、わたしに目を向けた。「ヴァネッサは？」

「ぜひ行きたいわ。馬は何頭いるの？」

「全部で二十七頭です。ポニーもいます。ティモシー、曲芸馬は立派な馬だから、きっと気に入るわ。パロミノ種が十二頭いてね、よく釣り合いがとれているの。今夜は十頭しか動ける状態じゃないけれど、それでもすばらしい出し物よ」

「〝動ける状態〟というと？」わたしは尋ねた。アンナリーザは言葉どおりのことを言ったつもりなのか、彼女の英語にも弱点があるのだろうか。「ほかの馬に何かあったの？」

「そういうわけでは。ただ、貴重な馬ですから、ことさら丁寧に扱わねばなりません。先週は事故があって、何頭か怪我をしました。夜中にトレーラーの一台が、厩舎のすぐ近くで火事になり、馬たちは怯えて暴れ、怪我をしたんです」アンナリーザは声を落として言い添えた。「でも、それより深刻だったことがあります。燃えたトレーラーの中に男性がふたりいて、その人たちは死にました。焼死です」

「まあ恐ろしい。なぜそんなことに？」

「まだはっきりしません」アンナリーザはそこで話をやめるかと思ったら、肩をすぼめて先を続けた。「でも、村に泊まっていれば一部始終が耳に入ります。オーバーハウゼン村では、今週は火事の話で持ち切りでした。だから、うちのサーカス団はここに足止めされていたんです。警察が来て、事情を聞かれていたので」彼女は嫌な顔をした。「〝事情を聞く〟とはよく言ったものですね。何時間も質問したあげく、ようやく今日になって、〝明日は出発していい。聴取は終わった〟ですって」

「お気の毒に。さぞつらかったでしょうね」

「父はさんざんな目に遭いました」青い目がわたしの目と合った。「焼けたトレーラーの持ち主はフランツル・ヴァーグナーといって、父の従兄……わたしにとってはフランツル伯父でした。本当は又従兄に当たりますが、ずっと伯父と呼んでいました……。前から年配に見えたんです。わたしが幼い頃、伯父はうちのサーカス団に入りました」

わたしはすっかりアンナリーザがかわいそうになり、彼女に抱いていた先入観を捨ててしまった。「お嬢さん《フロイライン》……かわいいアンナリーザ、お気の毒に。まさかご親戚が被害に遭ったなんて……恐ろしい。怖い思いをしたでしょうね」

アンナリーザはまた肩をすくめた。どうでもいいのではなく、忘れようとしている。「過ぎたことです」

「では、もうひとりの男性は？　もうひとりいたのよね？」

「サーカスとは関係ない人です。どこかでフランツル伯父と知り合って、トレーラーに来たんでしょう。一杯やりに？　世間話をしに？　なんとも言えません。わたしたちはほかにも人がいると知りませんでした。伯父は助け出されて……少しのあいだ、ほんの二、三分は生きていました。でも、トレーラーが全焼しかけた頃になって、やっと……もうひとりが発見されたんです」

「そうだったの」しばらく言葉が出なかった。アンナリーザをせかしてはいけないだろうが、彼女は鬱々と話してきたものの、もうこの話題で取り乱すことはなさそうだ。この一週間で、何度も同じ話を繰り返したに違いない。「ところで、ふたり目の男性の身元はわかったの？」

アンナリーザは頷いた。「イギリス人でした。名前はポール・デンヴァー。勤めていたイギリスの会社はウィーンに支社が……。どんな会社か知りませんが、農業に関係があるようです。父はその人の名前に聞き覚えがなく、フランツル伯父がどうやって知り合ったのかも不明です。わたしたち、火事があった当日に村に着いたばかりでした。ふだんは日曜日に公演をしないので、警察はこう考えました。その晩フランツル伯父は出かけて、どこかで飲み、イギリス人と知り合い、意気投合して一緒にトレーラーへ戻り……遅くまで話し込んで、またお酒を飲んで……。どんな具合だったか想像がつくのでは……」

アンナリーザが口をつぐんだので、わたしは「ええ」と答えた。嫌になるほど想像がつく。トレーラーは松明のように燃えたはずだ。おまけに、廏舎で馬たちが暴れ出し、パニックに陥り、ほかの動物たちが鋭い声をあげ、叫び声で混乱していた。

「火事の原因はランプが落ちたことです」アンナリーザが口をひらいた。「その後の調査で、壁のフックが壊れていたとわかりました。馬たちが騒いで火災を知らせてくれました。じきに、トレーラーにまだ人がいるとみんなが叫び出しましたが、その頃には火が激しく燃え盛っていました。そこへ、もうひとりのイギリス人が暗がりから走ってきて、逃げ遅れた男性を助けたんです。あとで知り合いだとわかりました。死んだ人に会いにオーバーハウゼン村に来たそうです」

尋ねたのはティムだった。「もうひとりのイギリス人?」

「ええ。死んだ人の同僚で、ウィーンから車を運転してオーバーハウゼン村に着いたばかりだった。火事を見かけて、助けに来てくれたの」

やはり尋ねたのはティムだった。「それで、その人はいつ発ったの?」

「発った?」アンナリーザが首を傾げた。「まだここにいるわ。だって——」そこで話をやめてほほえんだ。笑顔になると、張り詰めた表情が消えて輝きが戻った。彼女はわたしの背後の、通りの向こうから歩いてくる人を見ていた。「ああ、ほらそこに」

ひとりの男が、まだらに影を作る栗の木の下から通りに入ったところだった。そこで立ち止まり、こちらのテーブルを見ていた。アンナリーザにどう思われるかもかまわず、わたしはすでに腰を浮かせていたような気がする。何か尋ねるティムの声が聞こえた。そのとき男が日陰から日向へ歩み出て、その無頓着な目とかすかに浮かべた驚きの表情をわたしはまともにとらえた。

どうやらわたしは、「まさか、嘘でしょ」と、ティムに言いながら椅子に座り込んだらしい。向かいの席でアンナリーザが声をあげていた。「リー!　こっちにいらっしゃいよ!」

間もなく男がテーブルのそばに立ち、わたしたちに紹介された。

「リー」アンナリーザが言った。「こちらはミセス・ヴァネッサ・マーチよ。ヴァネッサ、こちらはミスター・エリオット……。そして、こちらがティム」

わたしは何やらもごもごと言い、ふたりの男は挨拶を交わした。ミスター・エリオットはわたしの隣の椅子を引いた。

「着いたばかりでしょうね。そうでなければ、とっくに噂が流れていましたよ。こんな小さな村では、どんなにわずかな変化でも伝わります」

わたしは〝もうひとりのイギリス人〟の登場で動揺していたが、気を取り直して、適当に言い繕いながらも丁重に答えた。「そうでしょうね。ええ、一時間ほど前に着いたところです。今日、車でウィーンから来ました」

「どうしてまたオーバーハウゼン村に？」

「ああ、それは……あちこちを回っていて」気がつくと、ティムが心配そうに、考え込むような目を向けていた。彼はアンナリーザに返事をしながら、もう一度目配せをよこした。「それが、その、ここで……つまり、グラーツで……主人と落ち合うはずが……いざ到着したら、主人が来られなくなりました。せっかくですから田園地帯を見ておこうかと……。本当に美しいところじゃありません？」

「本当に。では、村に泊まるんですね？」

「今夜だけ。〈エーデルワイス〉にいます。それから引き返し……ええと、明日の朝、出発します。ティムがピーバーを、リピッツァナーの馬の繁殖場を訪問する計画を立てていて、そちらへ行くことになりそうです。そうこうしているうちに、主人から連絡があるでしょう」

わたしが慎重にかぶっていた社交用の仮面から、本音がわずかに透けて見えたらしい。ミスター・エリオットは慰めるように言った。「すぐに連絡が来ますよ」

わたしはにっこり笑ってみせた。「そうですね！　でも、それまではティムと楽しむつもりで、まずは今夜サーカスを見物します」

「ティムは弟さんですか？」これはアンナリーザの質問だった。「彼は名字を言わなかったんです。マーチではないんですか？」

「違うよ。でも、義理の弟ってことになるかな」とティムが答えた。「ぼくの名字はレイシー。ヴァネッサの親戚じゃない。ただの話し相手兼運転手兼なんでも屋《ドッグズボディ》さ」

「犬の体？」アンナリーザは解釈を間違えて、きょとんとした。「どうしてそんな言い方をするの？不作法に聞こえるわ」

「違うのよ」わたしが説明した。「ティムは、旅行の計画を一手に引き受けていると言っているの。彼が通訳してくれなかったら、わたしはここまで来られなかったでしょうね。さあ、なんでも屋さん、ミスター・エリオットに飲み物を注文して」

「二十分以内にやってのけたら」ミスター・エリオットが言った。「きみは体重分のプラチナの価値があるぞ。おおっと、参ったな！」このとき、相変わらずティムのわずかなしぐさにも応えるウェイトレスが、テーブルの脇で立ち止まったのだ。ほかの三人は話し始めた。ミスター・エリオットは口調によると、いやおそらく実際に、流暢なドイツ語を操っていた。

ウェイトレスが足早に立ち去ると、わたしは落ち着いてミスター・エリオットのほうを向いた。彼はポケットからパイプを取り出して煙草に火を点けていた。そうすると、いかにもイギリス人に見えた。そのほかは、くたびれた平凡な服を着ていて、どこの誰とも知れなかった。背は高いほうで、体格がよく、身のこなしがきびきびしていて、体力と筋力があることをうかがわせた。ところが声と人柄は、感じがいいのに、妙に特徴がないことに気づいた。髪は茶色で、目は青とも灰色ともつかない色合いだ。手の形はいいが、爪が割れていて、力仕事に精を出していたのか、土が入っていた。どこかの会社の駐在員だとアンナリーザから聞いていたので、力仕事をするとは思えないが、サーカス団に手を貸していたのかもしれない。それを衣類が裏付けていて、安っぽい外出着をつい最近、力仕事に使っていたように見えた。

さっそく訊いてみた。「あなたはなぜこちらに？　フロイライン・ヴァーグナーの話では、お仕事で来られたとか。火事の件はお気の毒でした」

「その話も聞いたんですね？　ええ、死亡したうちのひとりが同僚です。ここで農法と肥料の使用法を研究する計画に従事していました。彼に会いに来たら、火事になったんですよ」

「お悔やみします」いくつか慰めの言葉を交わしてから、わたしは訊いた。「どちらにお勤めですか、ミスター・エリオット？」

「ウィーンでの取引先は〈カルケンブルンナー肥料〉です」

「あら。じゃあ、主人の勤め先もご存知かしら。〈パンヨーロピアン化学〉ですけど」

「知ってますとも。ただ、社員の名前は度忘れしました。スチュアート、という人はいましたっけ？　クレイグは？　ご主人と面識があるかもしれませんが、よく覚えていません。ご主人はよくウィーンに来られますか？」

「さっぱりわかりません」わたしは嘘偽りなく答えたが、丁重な物言いではなかった。このおざなりな会話を気詰まりだと感じていた。「飲み物が来ましたよ。では、火事のあともずっとこちらに？」

「ええ。警察の事情聴取が長引いたし、会社はあれこれ片付くまで休暇をくれたので、ここに残って求められるところに手を貸しました」ミスター・エリオットはほほえんだ。「警察にじゃなくて、サーカス団にですよ。アンナリーザ、きみにとって〝なんでも屋〟とはなんだい……この一週間、ぼくがしてきたことだ」

「あなたが？　あなたは最高だった！」アンナリーザがミスター・エリオットに向けた顔は、ティムが彼女に向けた顔と同じくらい輝いていた。「ミセス・マーチ、見当もつかないでしょうね……お話ししたとおり、うちは小さなサーカス団なので、全員が必死に働かなくてはなりません。フランツル伯父に死なれて……初めて伯父のありがたみがわかったような気がします。人が死ぬときはそういうものじゃありません？　伯父は芸人ではありませんでした。馬を見事に乗りこなしたのに、サーカスの仕事をしようとせず――その、演技をしなかったんです……。でも、馬の世話をして、ほら、マエストーソ・レダを調教して、わたしに演技を教え……」

アンナリーザは話していると気持ちが楽になるようで、わたしたちは黙って耳を傾けた。わたしの隣でミスター・エリオットはゆったりと座り、彼女を見つめていた。

「伯父がサーカスに入った頃をよく覚えています」アンナリーザは続けた。「十年前、わたしは八歳で、祖父がまだ生きていました。オーバーエースタライヒ州のヴェルスで巡業していて、祖父がマエストーソ・レダを買ったばかりでした。当時はヴェルスにスペイン乗馬学校があり、みんなで見に行ったんです。わかるでしょう？」最後の言葉はティムに向けられた。「どんなにわくわくしたか！ヴェルスでは大きな馬市もひらかれていて、これが幸いしました。フランツル伯父がたまたま仲買人と一緒に来ていたんです。チェコのサーカスをやめてから、その人と働いていたとか。確か、その前は陸軍に入っていたと……。伯父は親戚とは疎遠だったんです。でも、祖父に会いに来て、その晩わたしたちが北へ、ドイツのバイエルン地方へ発つときに同行しました」彼女はほほえんだ。「いままは、伯父がうちのサーカスにいなかった頃を思い出せないくらいです。元の名字がヴァーグナーでなかったことも忘れていました……。伯父は祖父の希望をかなえて改名したんです。その後は馬の世話を一手に引き受け、それに――鞍とか馬勒《ばろく》とかを、まとめてなんていうんでしょう？　装具じゃないし……」

「馬具？」ティムが助け舟を出した。

「ありがとう、馬具ね。伯父はそれも管理していました。獣医――馬の医者でもあったんです。ですから、想像できますよね。火事の夜に多くの動物がパニックで傷つき、父は介抱に追われました。父は馬の面倒を見る暇がなく、ルディは、馬丁頭ですが、馬たちを外に出す際に腕を骨折して……。そこで、わたしが仕事を肩代わりしなくてはならず、リーが手伝ってくれました。もちろん芸人も手を貸してくれましたが、彼らは毎日稽古をしなくてはなりませんから……。しのいでいくのは大変でした」

「そうだね」ミスター・エリオットがしみじみと言った。「地獄は馬の天国だと言ったのは誰だった？」

「誰も言ってません」わたしはそっけなく言った。「正しくはこうです。イングランドは馬の天国であり、女の地獄であった」

「本当に？」アンナリーザは興味を引かれたようだ。

「最悪な時代もあるのよ。教えてください、ミスター・エリオット。あなたは一週間に二十七頭の馬の手入れをしたと理解していいでしょうか？」わたしは彼の服を盗み見ずにはいられなかった。

ミスター・エリオットはわたしの視線に気づいてにっこりした。「そのとおり。排泄物の始末まで手伝いましたよ。体の手入れは一番楽な仕事です。馬の毛は首から尻へ生えているとわかれば、その方向にブラシを掛ければいいんですから。嚙まれるほうから蹴られるほうへ、とも言えますか。びっくりしたのは、馬は手入れが好きなことです。とにかく、たいていは喜ぶようです。ぼくは一度しか嚙まれていません」

「気の毒に」と、わたしは言った。「ポニーはもっと厄介でしょうね」

「そちらはハンガリー人の男性が担当しました。三フィート（約九十センチメートル）の身長に恵まれているのでね。ああ、実に有益な一週間で、帰るのが名残惜しいくらいです」

アンナリーザが言った。「まだいてくれればいいのに。あなたがいなくなったら、どうすればいいの」

「そろそろ本業に戻らないとまずいんだよ」ミスター・エリオットは腕時計に目をやった。「アンナリーザ、おひらきにしたくはないが、もう行ったほうがいい。あの立派な馬たちをショーに出す準備をしないと」

「そうね、行きましょう！」アンナリーザは立ち上がった。みんなもそれにならうと、例のウェイトレスがティムの横に現れ、案の定、ティムとリー・エリオットが支払いをめぐって穏やかに言い合った。結局、ティム――わたしはいまではどんな場合も彼を応援していた――の楽勝だった。

「じゃあ、ごちそうさま」ミスター・エリオットは言った。

「お話しできてよかった」とアンナリーザが言った。「あとで会えますね？　終演後、団員に声をかけてくれれば、場所を教えますから」彼女は素直に笑った。「終演後に訪ねてくるお客さんがいるなんて、オペラの歌姫になった気分。ショーを楽しんでくださいね。リー、あなたは来る《コムスト・ドゥー》？」

ふたりは立ち去り、わたしたちは腰を下ろした。「ねえ、あなたも行って手伝いたかったんでしょ」

「残ったほうがいいと思ったのさ」ティムはわたしを見た。「気分でも悪いの？　変な顔してるよ」

「変な顔？　どういう意味よ」

「うん、ミスター・エリオットが現れたら、あなたは真っ青になった。ご主人だと思ってたんだよね」

わたしは頷いた。

「ぼくもだよ。アンナリーザから〝もうひとりのイギリス人〟がここにいると聞いて、しめたと思った」

わたしは首を振った。「だめよ。彼女はわたしの名字がマーチだと聞いても反応しなかった。ミスター・マーチという人間が村にいるとしたら――」

「そうか、ばかだったな。それを忘れてた！」そしてティムは顔を曇らせた。「だけどさ、あれはそもそも……エリオットという男が現れる前のことだ。どうして彼をミスター・マーチかもしれないと思ったの？　アンナリーザが〝ほらそこに〟いると言ったのに」

「夫かもしれないとは思わなかった。夫だと思ったの。大違いよ……。ねえ、ティム――」思わずテーブルクロスの合わせ目を握り締めたら、爪が薄い生地を突き抜けていた。手を放し、皺だらけになった布地を撫でつけた。「実は――その、とんだ人違いをしてしまって。最初にミスター・エリオットを見たとき、一瞬、本当にルイスだと思ったの。彼が近づいてきて、日向に出ると、間違いだと気づいたのよ。これでわたしが何をしたかわかった？」

ティムはちゃんとわかっていた。さらに、話の先を読んでいたのだ。「要するに、彼——あのエリオットって人——がアンナリーザと一緒にニュース映画に出てた男で、ご主人じゃなかった、ってことだろ？　彼はご主人によく似てて——瓜二つと言えるくらい？　うひゃあ！」ティムは興奮を抑えられなかったが、わたしの言葉の意味がわかると、興奮は一気に冷めた。「うひゃあ！」さっきとは調子が違う。「あなたはわざわざオーストリアまで来たのに、ご主人はずっとストックホルムにいたわけ？　本人がいるって言ってた場所に？」

「そういうことね」

ティムは黙り込んだが、何か言いたそうでうずうずしていた。

「ちょっと……込み入ってるみたいだね」

「それどころじゃないわよ」

「これからどうする？」

「あなたならどうする、相棒？」

「うん、まずは腹ごしらえだ」ティムは即座に答えると、お気に入りのウェイトレスを探した。

第六章

白い馬に乗ったきれいな女の人を見に行こう。

（童謡）

当然ながら、その晩のヴァーグナー・サーカスにはどこか陰気な感じがあった。ティムが指摘したとおり、小さな巡回サーカス団はオーバーハウゼン村のような村には一泊しかしないものだが、ヴァーグナー・サーカスは一週間の滞在を余儀なくされていた。火事があってから、平日夜間の公演は行われなかったが、土曜日の二回の通常公演は許可されていたらしい。こうして日曜日も公演をして、サーカスは損害の一部を取り戻そうとしていた。しかし、大半の地元の住民や近隣の村人はすでにきのうの公演を見てしまったので、今夜は客足が鈍く、ティムは彼の言う〝特等席〟を難なくせしめていた。その最高の席は、ふかふかした赤い布が張られた、座り心地が抜群にいい折り畳みの椅子で、最前列に並んでいた。腰を下ろすと、会場は子供たちで半分ほど埋まっていて、その多くが最前列にいた。今日はヴァーグナー団長が全席の料金を割引したので、この村と近郊の村から来た子供たちが上機嫌で席を埋め、安い料金でもう一度ショーを見ていた。これは名案だ。おかげでいくらか収入が確保でき、芸人たちはがらんとした会場に響く憂鬱な声を聞かずに済む。

緋色のだぶだぶの衣装を着けた小人がプログラムを売り、客を席に案内した。大型アンプから流れる音楽がテントに鳴り響いた。いつもながらオーストリアでは音楽が耳に心地よく、小さな村で見るサーカスでも、オッフェンバックやズッペやシュトラウスの名曲を聞けそうだ。このテントは大型ではないが、リングの四つの〝コーナー〟に立つポールに取り付けられた投光照明器がリングをまばゆく照らし、てっぺんは大きく広がり、ずいぶん高く、暗闇が漂っているように見えた。ライトを浴びて、綱渡りの綱が糸のようにきらきらと輝いた。ポールのてっぺん付近にある足場では、照明係が照明器具の陰にしゃがんで待機している。会場にはサーカス特有の匂いがする。動物たちの汗と踏まれた草のきつい匂い、それに混じってヨーロッパ大陸産の煙草の妙に刺激的な匂い。

大型のライトが動き、曲が変わり、大音量でマーチが流れた。リング後方の幕が上がり、パレードが始まった。

小さなサーカス団にしては、驚くほど演技のレベルが高い。みずから司会を務めるヴァーグナー団長はずんぐりとした男で、フロックコートとトップハットという衣装を身につけていたが、どこから見ても馬の乗り手だった。パレードに続く〝ロデオ〟という出し物では、颯爽と疾走する馬たち——まだら模様や焦げ茶色や斑点のある古風な曲芸馬——が、アメリカ西部開拓時代風の投げ縄の技と曲乗りを支えていた。アンナリーザもちらりと出演したが、テンガロンハットをかぶったカウガール姿では、危うく見分けがつかないところだった。乗っているのは、ピンクの口輪と目隠しを着けた醜怪なまだらの馬で、見かけはカバ並みに鈍重でも、動きはマルチーズ並みにすばしこかった。そこへロバと喜劇役者が現れ、その後にヴァーグナー団長が曲芸馬を連れて戻ってきた。

美しく、どれも花形である十頭のパロミノ種は、天蚕糸《てんさんし》の色の毛皮とクリーム色の刺繍糸を思わせるたてがみと尻尾を備えていた。ライトを浴びて駆け回り、羽飾りを揺らし、たてがみを翻し、輪を崩したり作り直したりして、一頭ずつ列に並び、羽飾りと絹糸に似たたてがみが砕ける波頭のように跳ね上げられた。頭上から射すスポットライトの光が絡み合い、交差して金色の光の模様を描き、金色の馬たちを追いかけた。光が動いて馬の背中できらきらと輝いた。これは太陽の馬だ。金色の馬具と羽根飾りを着け、光の引力にうっとりと従う様子は、波頭の白馬が月の引力に従うのと同じだと言えるだろう。

やがて揺れていた羽飾りが静まり、跳ねていた蹄が地面に戻り、曲が止まると、馬たちはただの満足げな十頭になり、団長のポケットから角砂糖をもらおうと並んでいた。

ティムがわたしの耳元で話しかけた。「あの甘やかされた馬たちが人を嚙んだわけないよね」

わたしは吹き出した。「ミスター・エリオットのことね？　馬の専門家の？　それでも、よく手入れしてくれたわ。申し分ない様子に見えるもの」

「言ってたとおりの素人なら、よくぞこんな大仕事を引き受けたね。おかしな人だと思わなかった？」

「おかしいって？」

「怪しいね。エリート社員なら、ここに残ってあんな重労働をするわけがない。何か謎があるような気がする」

「アンナリーザに夢中なのかも」

「そんな年じゃ――」ティムはむっとした。

「棺の蓋が釘で打ちつけられるまで、誰だって〝そんな年〟じゃないのよ」

「棺の蓋はねじで留めるんだよ」

「もう、変なこと知ってるのね。そう言えば、彼はルイスと同年代だわ。どこかで見かけなかった？」

「誰を？」

「ミスター・エリオットを」

「ううん」ティムが答えた。「裏でマエストーソ・レダを首から尻までせっせと手入れしながら、今後の計画を練るんじゃないの。ねえ、今夜は来たくなかった？」

「来たくなかった？　そんなわけないでしょ」

「でもさ、心配でたまらないんだろ。見事に我慢してるよね」

「我慢するしかないじゃない？　正直に言うと、頭が混乱しちゃって。まさに、しっちゃかめっちゃか。とにかく明日まで打てる手はないから、楽しめるうちに楽しみましょう」

「思ったんだけど、ストックホルムに電報を打てば――」

　ところが、耳をつんざく金管楽器の大音響と拍手喝采とともに、ピエロたちが転がり出てきた。ティムはプログラムを握り締め、体を揺すって笑い、一気に童心に帰ってしまった。何を隠そう、わたしもそうだ。ピエロに通訳は必要なく、おなじみの水を使う芸だったので、最後の笑いまでとんとんと進み、あんなにびしょ濡れになったのを見たのは初めてだった。フィナーレでは年寄りの象が現れ、みずから水を噴き出してはやかましいピエロたちを追い立てた。象の賢い小さな目の輝きを見ると、大いに面白がっているようだ。

　ピエロに続いて、ふたりの娘がピンクのパラソルを差して綱の上で踊った。お次は、犬の一団が芸を披露した。それからティムがプログラムから手を放し、わたしのほうを見て笑い、小声で言った。

「待ってました」

トランペットが鳴り響き、司会がアナウンスをすると、赤い幕がひらいて、白馬がリングの奥の暗がりからスポットライトの中へ駆けてきた。馬上で、いっそう美しく、穏やかで手際よく、かつ鞭のように強く、紺色の軽騎兵の制服を着ているのはアンナリーザだ。馬は曲芸馬と違って、羽飾りや馬具は着けていない。実用的ないでたちだが、馬勒は金色の鋲が打たれた緋色の逸品で、鞍敷きは色鮮やかにきらめき、この世の宝石という宝石が絹地に縫い付けてあるようだ。

「うわあ」ティムは感に堪えないという声を出した。

ティムの目は、乗り手の娘ではなく牡馬に注がれていた。ポニーに乗ったカーメルの写真を思い出し、わたしの顔はひとりでにほころんだ。でも、この乗り手にもいくらか敬意を払ってしかるべきだ。牡馬がいとも滑らかに演じているステップと旋回はどれも、何年もかけて根気よく徹底的に教え込んだ賜物なのだから。アンナリーザがひとりで調教したわけではないにせよ、馬にあのようなドレサージュをさせるのは相当な腕前だ。しかも、見た目には操っていない。彼女はただ馬にまたがり、馬と一体になり、軽やかに優雅に身じろぎひとつせず、白馬が華麗なバレエを踊っていくのだ。

ティムのささやきに促され、わたしはその動きを見分けていった。ゆったりと、地面すれすれに歩を進めるスパニッシュウォーク。炎が舞うように肢を高く上げる足踏み、すなわちピアッフェ。頭部を斜めに傾けて、驚くほど滑らかに直進するショルダーイン。そして、アンナリーザが約束してくれた〝空中馬術〟だ。牡馬がくるりとリングの中央を向いて、鼻を鳴らし、耳をうしろに傾け、後肢をおがくずに着けると、乗り手もろとも立ち上がってルバードの姿勢を取った。古典的な騎馬像のポーズだ。馬は曲が二小節続くあいだ姿勢を保ち、一瞬前肢を地面に着いて——筋肉がまとまって伸びるのがわかる——ぱっと跳び上がった。そのまたとない一瞬、牡馬は宙で静止した。強烈な光を浴びて純白に輝き、四肢を腹の下に抱え込み、飾りの色石を虹色に輝かせたが、白い肌の下で映える筋肉や穏やかな黒い目ほどきらびやかなものはないように見えた。あの日は翼を探している。

牡馬は地面に戻り、リングを駆け回って、半分は空席の会場に響く喝采にもお辞儀をした。そして、なおも頭を下げたり前肢で地面を引っ掻いたりしながらリングを後退していき、幕の奥の暗がりに消えた。

わたしはふうっと息をついた。しばらく息を止めていたような気がした。そして、ティムと笑みを交わした。

「興奮に水を差す出し物はなに?」

ティムはプログラムを見た。「ああ、ここに花形芸人《スターアトラクション》……シャーンドル・バログっていう名前だ。バログとナギー。ふたり組の綱渡り芸人だね」

「綱渡りなんて、いつ見てもぞっとする」

「同感」ティムは上機嫌で椅子の背にもたれた。綱渡りの綱が照明に浮かび上がり、ふたりの芸人がそこを目指してすばやく上り始めた。音楽がワルツになり、ひとりが綱の上を歩き出した。その曲芸が周到にもたらした緊張感に浸ると、ほかに気を取られていることは頭から消え去った。明日は明日で——ルイスがいても、いなくても——なんとかなりそうだ。

ほかの観客とともにテントを出ると、日がとっぷりと暮れていた。

「こっちだよ」ティムがわたしを先導して大テントの左手を曲がった。そこに、昼間はトレーラーとテントが整然と並んでいたが、その多くがなくなっていた。早くも職人たちは大テントの解体に取りかかり、テント係がテントの壁面を外し、カンバス地を丸めてトレーラー係に拾わせていた。まだ内部に照明が点いているのは、解体作業のためだろう。ふたりの綱渡り芸人はセーターとジーンズとスニーカーという格好になり、メインポールのてっぺんで自分たちの用具を外していた。すでに大型発電機のうなる音が止まり、代わりの小型の補助エンジンがせっせと働き、残った明かりを団員に供給していた。オーバーオール姿の男たちが、梯子や箱や木箱、衣類の入った籠を抱えて通り過ぎた。大型運搬車を牽引するトラクターがでこぼこの地面をそろそろと出口へ進んでいった。

「あれはライオンかな」ティムは言った。「匂いがする？　廏舎はこっちを回ったところだよ。足元に気をつけて」

わたしは、ふたりの娘が運んでいるロープの束から垂れ下がった端をよけた。ひとりは綱渡りをしていた可憐な踊り子で、やはり優雅に見えるが、体にぴったりした黒のズボンとセーターという格好では別人のようだった。

次の瞬間、目の前の踏みつけられた芝生に歓迎の光がひと筋輝いた。それはトレーラーハウスのドアから溢れている。そこで光を背にシルエットになり、入口の赤いカーテンを押さえ、アンナリーザが外をうかがっていた。

「ティム、ミセス・マーチ、来てくれたんですか？　案内できなくてごめんなさい。着替えに手間取っていて」

アンナリーザは階段を駆け下りた。紺のベルベットの制服を着た小粋な軽騎兵は姿を消し、金髪をポニーテールに結った、ほっそりした娘が再び現れた。ただし、青のディルンドルに戻ってはいなかった。今度は、ほかの芸人と同じくズボンとセーターという格好だ。セーターは紺色だった。すでにメーキャップを落とし、顔をきれいに洗ったようで、口紅さえ塗っていない。見るからに実用本位な服を着ていても、女らしかった。

「すぐに馬のところへお連れします。朝の列車に乗せるまでは移動させませんが、そろそろ寝かせますから。ところで、ショーを楽しんでいただけました?」

「満喫したわ」わたしは答えた。「とりわけあなたの演技を……。お世辞じゃないのよ、アンナリーザ。すばらしかった。あんな見事な演技は、これまで見た中でも一、二を争うわね……。おまけに、クルーパードを披露してくれてありがとう。あなたも馬も鮮やかにやってのけたから、すごく感心したわ」

「最高だったよ!」ティムが力を込めて言い、ふたりでアンナリーザを褒めちぎった。ライトが点いたトラックのあいだを歩きながら、彼女が顔を輝かせるのが見て取れた。

「そんな大げさな。褒めすぎです……」アンナリーザはわたしたちの褒め言葉に面食らっているようだ。「今夜、あの子はよく頑張りましたよね? すばらしい夜でした……あなたがたのためにも嬉しいです……毎回ああはいきませんから。もっと調教の時間があれば、あの子は優秀な馬になっていたでしょう。でも、サーカスではそんな時間がないんです。馬が高度な跳躍技を覚えるまで待てず、働いてもらわないと困ります。調教どころではないので、いつまでたっても洗練されません。スペイン乗馬学校では、馬は何年も調教されてから演技の場に出ます。それでも、跳躍技のレベルに到達しない馬がいます。これは名馬だけができる技なんです」

「なるほど」わたしは頷いた。「でも、わたしには見事な技に見えたし……あのパロミノ種の馬たちも美しかったわ」

「ええ、きれいでしょう。ほら、ここにいます。餌をやりたかったら、ニンジンの切れ端を持ってきますけど……」

馬たちは細長いテントに入れられていた。中は本物の廏舎そっくりに、頑丈で長持ちしそうだ。いくつか灯った明かりで、半分ラグに隠れた馬の尻が並び、尻尾がのんびりと揺れているのが見えた。干し草と馬の甘いアンモニア臭が漂い、ムシャムシャという心地いい音がしていた。廏舎の奥で、ふたりの男が働いている。ひとりは熊手で藁をかき上げ、もうひとりはふきんを持ち、柱から下がった馬具の鋲を磨いている。影になった片隅で挨拶のいななきが響いた。美しい白い頭を振り上げて、牡馬がアンナリーザのほうを見た。

パレードに出たときほど堂々としていないが、色石付きの馬具を外されてくつろいでいても、マエストーソ・レダはやはり美しかった。かのリピッツァナーの一頭を初めて間近で見て、馬体の小さいことに気づいて驚いた。体高は、一インチの違いはあるとしても、五十六インチくらい。がっしりして均整が取れた肩、丈夫そうな肢、太い胴回り、広い胸、太い首。驚異的な跳躍を教えるには欠かせない、たくましい臀部。頭の形は、いつも不正確だとされてきた古い絵の中の馬を連想させる。リピッツァナーはりんごのように輝く楕円形の巨体でありながら、首は白鳥のようにカーブして、小さな頭にはかわいい耳がついているのだ。やっと、その由来がわかった。この頭は——こう言ってかまわなければ——骨董品の頭部であり、ほっそりとして彫りが深く、ギリシャのレリーフを思わせ、体のほかの部分には筋肉がたっぷりついていた。目はすばらしい。大きく、黒く、潤んで、優しく、それでいて牡の目なのだ。

ニンジンを見たマエストーソ・レダは再びいななき、頭を垂れて受け取ろうとした。アンナリーザとティムが餌やりを始め、すぐに夢中になり、馬をあやすような声をかけていた。わたしはそれを少し眺めてから、ぶらぶらと歩いてほかの馬を見に行った。ほとんどが牡馬で、間近で見るパロミノ種はリピッツァナーよりずっと立派に見えるが、どれも心地よさそうに休んでいた。その中で一、二本の肢に包帯が巻かれ、パロミノ種の一頭の尻にひどい擦り傷があるものの、おおむねヴァーグナー・サーカスの火事の被害は軽くて済んだようだ。火事ほど馬を怯えさせるものはない。たとえ、一、二頭でもパニックに陥り、蹴りかかったり逃げ出したりしたら、自分も仲間もひどく痛めつけていたところだ。

厩舎のずっと奥ですでに何頭か横になっていたので、そこは通らなかった。馬房のそばを歩けば、馬は目を覚ましてしまう。せっかく眠った馬を起こしたくない。でも、わたしが話しかけたポニーたちはもじゃもじゃでみすぼらしく、お兄さん馬の二倍も機敏で聞きわけがなく、このときは二倍も目を覚ましていた。元の場所へ戻ってみると、アンナリーザとティムはまだ高貴な馬房《ロイヤルボックス》に立って小声で話していた。馬丁の姿は消えていて、今夜の後始末にかかったようだ。奥の馬房の隣の馬房――白馬の向かい――にリピッツァナーと同じくらいの体格の馬がいたが、外見は似ても似つかなかった。それはまだらで、醜い模様があり、うなだれ、たてがみと尻尾はだらりとしていて、もつれた亜麻糸を思わせた。最初、これはアンナリーザがロデオで乗りこなした賢い醜馬かと思ったら、もっと年寄りだった。餌はほとんど減っていないが、水桶は空だった。見ていると、馬は頭を下げて乾いた桶の底に力なく息を吹きかけた。

わたしはそっと声をかけ、馬の背中に手を置いて馬房に入った。

アンナリーザがそれに気づいてやってきた。

「わたしたちが王さま馬にばかりかまっているから、乞食馬と話しているんですね？　ごめんなさい。もうニンジンはないんです」

「欲しがらないと思うわ。餌にも口をつけてないの。平等に接したわけじゃないのよ。この馬は具合が悪そうだから」

「まだ食べていませんか？　この一週間、毎日こうでした」アンナリーザは満杯の飼葉桶と空の水桶を見比べ、心配そうに眉を寄せた。「フランツル伯父の馬だったんです。このまだらのおじいさん馬は……。火事があってから、ずっとこんな感じで。ほかの誰もこの馬の世話をせず、必ず伯父がしていました。伯父も年寄りでしたから、自分たちをご老体コンビだとよく言っていました」彼女は馬を見つめて唇を嚙んだ。「たぶん、この馬は伯父が――なんでしたっけ？――恋しくて泣いているんでしょう」

「心労ね。そうかもしれないけど、体のどこかにも異常がありそうよ。この馬は痛みに苦しんでる」わたしは話しながら馬を診察した。首に手を這わせ、ラグを引っくり返してき甲（馬の肩甲骨のあいだの隆起部分）を触ってみた。「こんなに汗をかいてる。き甲と首にかけて汗びっしょり。それに、この目を見て……毛もごわごわしてるわ、アンナリーザ。医者に診せた？」

「火事のあとでブルックから獣医が来て、その後もう二回来ています。つい先日の木曜日にも」

「この馬を診たのね？」

「どの馬も診てくれました。ただ、この馬は初回だけじゃないでしょうか。どこも悪くなかったので」アンナリーザはいぶかしげにわたしを見ると、まだらの老馬に目を移した。「ええ、確かに元気がないようですけど、もしもどこかで……どこかで診て……」

ティムが口を出した。「ヴァネッサは獣医だよ」

アンナリーザの目が丸くなった。「あなたが？　本当に？　ああ、それじゃ――」

「この馬は働いていた？」わたしは訊いた。

アンナリーザが首を振った。「この馬は働きません。年も年ですから。二十歳を超えているでしょう。十年前にフランツル伯父がここに入団する前から、チェコスロバキアで飼っていたんです。初めは出し物で使おうとしましたが――当時はいろいろな馬で曲乗りをしていたので――なかなか芸を覚えず、ほとんど役に立ちませんでした。この馬はフランツル伯父のペットでした。そうでなければ、父は飼わなかったはずです。さっきも言ったとおり、働かない馬は飼っておけないので、昔は、トラクターやトレーラーにかけるお金がなかった頃、この馬が荷車を引いて、フランツル伯父が乗り、子供たちも乗せました。でも、いまは」アンナリーザはつらそうな顔をした。「この馬が病気だとしたら……わたしたちはこれから二、三時間で馬を移動させ、三日後にはオーストリアの国境を越えます。父になんと言われるか、不安でたまりません」

「何か気がついた？」ティモシーがわたしに訊いた。

もちろん、何かに気がついていた。前肢の膝の上がひどく腫れているのだ。ふたりに患部を見せ、さらによく調べているあいだ、老馬はうなだれて、指先で肢を探られると、わたしに鼻をこすりつけた。

わたしはティムに言った。「頭を押さえててくれない？　そっとね」

「どうしたんですか?」アンナリーザがわたしの肩越しに覗き込んだ。

「ここに血腫といって、血の塊ができてる。火事のときに怪我をしたか、放れ馬に蹴られて屈筋腱が一本切れたか……。ほら、ここよ……。一日や二日は症状が現れなかったはずね。この馬はショーに出ないなら、誰も気づかなかったでしょう。それに、ラグで腫れが隠れていた。でも、これは命取りになりそう。かなり厄介な傷よ」

「ええ、本当にひどい怪我のようですね。でも、どのくらい〝命取り〟ですか? どうするんですか?」

わたしは顔を上げた。「わたしが? わたしはここの獣医じゃないわ、アンナリーザ。ブルックのお医者さんを呼んでこなくちゃ。横から口出しはできないのよ」

「傷を見逃したほうが悪いんだ」ティムが容赦なく言った。「誰が見たって、この馬は具合が悪そうじゃないか」

「だめ」わたしは言った。「勘弁してよ。ふだんなら、サーカス団の誰かが傷に目を留めていたはずが、馬の世話係が死んでしまい、団長はこの一週間に山ほど仕事を抱えていた。ほら、この傷はみるみる悪化しないし、あとで獣医に診せなかったら、あっさり見過ごされていたでしょうね」

「どうすればいいんですか?」アンナリーザが訊いた。

「患部を切開して——切って、膿を出して、縫合しなくちゃ」

「できますか?」

わたしは背筋を伸ばした。「やり方を知ってるかという意味なら、知ってるわ。でも、ここには専属の獣医がいるんだから、その先生に連絡しなさいな、アンナリーザ」

「日曜の夜に？　もうすぐ午前零時になるのに？　明朝六時の列車をめざして出発するのに？」

ティムが口を挟んだ。「できないの、ヴァネッサ？」

「ティム、わたしは手を出せないのよ。この国の規則を知らないから、仕事を替わる資格はない。もっと言えば、これはれっきとしたプロの〝仕事〟なの。許可を得ずに手術をしたら、違法行為になるでしょうね。だいいち、道具を持ってない」

「フランツル伯父の道具があります」アンナリーザは粘った。「幸い、焼け残りました。わたしのトレーラーに保管してありますから。お願いです、ヴァネッサ」

「どのみち、ブルックの獣医は関係ないよ」ティムが言った。「そっちは支払いが済んでるんだろ？　サーカス団が出ていけば、それで契約は切れる」

「そうよ！」アンナリーザは勢い込んでティムに賛成した。ふたりのあいだで老馬はじっとしていた。毛の手触りがざらざらしている。熱っぽく、みすぼらしい感じだ。「うちの新しい獣医になってください！　わたしが指名します。わたしから！　たとえ違法行為だとしても、誰にも言わなければいいんです！」

そのときテントの入口で誰かの声がして、みんながぎょっとした。

「何が違法行為だって？」

第七章

わたしを馬の医者だというのか？

『フォースタス博士』（マーロウ作）

ヴァーグナー団長その人が入口に立っていた。がっしりした体格の、立派な風貌の男で、頭が大きく、茶色の髪が白くなりかけていた。顔は日焼けして血色がよく、険しい眉の下に茶色の目が覗いていた。それがいまは興味津々といった様子で、この場を見つめている。

団長の背後には、背が高く、やせて引き締まった体つきの黒服の男がいた。あれは確か、綱渡りの花形芸人、ハンガリー人のシャーンドル・バログだ。黒髪をオールバックにして、広い額と、黒に見えるほど濃い色の目の上で〝翼をつけた〟細い黒の眉を見せている。鼻はやや低く、頰骨が出て、笑うと下まぶたが上がり、目尻が下がってアジア人に見えた。小鼻の形がくっきりしていて、ふっくらした唇は形がいい。見る者を不安にさせる顔だ。いや、残忍な顔なのか。彼はもう笑っていない。いまは、馬の頭のそばにいるふたりのよそ者を見ているのではなく（予想外の展開）、アンナリーザをじっと見つめている。

「お客さんを紹介してくれないか、リーズル？」ヴァーグナー団長が娘に言った。

「お父さん！　ああもう、驚《リーバー・ゴット》いた！　足音がしなかったわ。ええと、こちらはミセス・マーチ。イギリス人で、村に滞在しているの。こちらはティム、一緒に旅行していてね……」

アンナリーザはわたしたちにハンガリー人も紹介した。彼女はバログの顔をまともに見ないが、彼のほうは目をそらさず、わたしにはちらりと、どうでもよさそうな視線を向けただけだった。ヴァーグナー団長はわたしたちに丁重に挨拶して、それから老馬に目を移した。

「ところで、獣医を呼ぶとはどういうことだ？　わたしの聞き違いか？　それに、〝違法行為〟とはなんだ？」

アンナリーザはためらい、話し出してからわたしを見た。「ちょっと失礼」そして父親に向き直り、ドイツ語でまくしたてた。その身振り手振りからして、わたしたちと知り合ったいきさつと、まだら馬の怪我に気づいた事情を説明しているらしい。

これに対して一分ほどは、ハンガリー人は気にも留めなかった。ところが、リー・エリオットの名前が出ると、アンナリーザに鋭い視線を向けた。では、シャーンドル・バログもわたしと同じく、エリオットにはそちらの方面に〝動機〟があると睨んでいるのだろうか。だとしたら、面白くないはずだ。だが、しばらくして、彼は話に飽きたようだった。ぶらぶらと隣の馬房――一番端にあって馬具が下がり、架台に鞍が置かれている――に向かい、そこでマエストーソ・レダの鞍の鮮やかな色石をいじっていたが、なおも若い娘を見つめていた。

アンナリーザは説き伏せる調子で話を終えた。〝ブルック〟という言葉が聞こえたとき、彼女はもったいぶって腕時計に目をやっていた。

だが――案の定――ヴァーグナー団長は娘の訴えに耳を貸さなかった。こちらを向いて、訛りは強いが流暢な英語で、いわゆるわたしの〝お手間〟と〝ご親切〟に感謝したものの、やはり〝ご迷惑をかけられない〟というわけだった。

「娘はまだ子供でして、いささか――」団長は広い肩をすくめて愛想よくほほえんだ。「いささか衝動的なところがあります……。こんなお願いをしてはいけません。あなたは旅行者で、ご婦人です。これはご婦人に依頼することではありませんよ」

わたしは笑った。「それは誤解です。わたしは獣医ですから、もっと厄介な症例にも慣れています。ただ、問題は――そう、この馬はわたしの患者ではありません。こちらには専属の獣医がいますね。電話をかければ、すぐ来てくれるでしょう。ここに電話がないなら、わたしが〈ホテル・エーデルワイス〉からかけても……というより、ティムがかけてもいいですよ。ドイツ語を話せますから」

ヴァーグナー団長はしばし答えなかった。すでに馬房に入って、まだら馬の肢を念入りに調べている。

「……ははあ、なるほど。これを見逃すとはお恥ずかしい。ハンスやルディと相談しましょう。しかし、奥さん、なにしろやることが多すぎて……これまで従兄のフランツルがひとりでこの馬の面倒を見ていました。若い連中は自分の仕事をしていて――受け持ちの馬があります、わかりますか？《フェアシュテーエン・ズィー》――この老馬に気づかなかったのです。哀れな爺さん馬……」

団長は馬の首を優しく撫で、別れの挨拶のように軽く叩くと、背筋を伸ばした。

「さあ、もう夜も更けた。お帰りの前にコーヒーでもいかがでしょう？　いやいや、ご遠慮なく。うちのリーズルは毎晩この時間にコーヒーを淹れるもので……。ですから、娘を探しに来たんですよ。親父を放ったらかしにしていましたからね」

「お気遣いはありがたいのですが」わたしは言った。「電話をかけるなら、急いでホテルに戻らなくては。もう午前零時を回りました」

「ご迷惑をかけられませんよ、奥さん」

ティムはわたしより先に気づいたが、別れのしるしに馬を愛撫する団長に、アンナリーザが繰り返した言葉が重なった。〝働かない馬を飼っておけるサーカスはない〟のだ。まだら馬を切り捨てるという団長の決断を責められない。この老馬はかなり前から餌代を稼いでいないし、アンナリーザの話では、年金をもらう資格もなかった。現役のサーカスはペットを飼えないのだ。

ティムが身をこわばらせ、馬具を抱えたまま、ヴァーグナー団長を見据えていた。空いたほうの手を馬の鼻に這わせ、かばうと同時に痛々しいほど無意味なしぐさで鼻面を覆った。馬に指を舐められたティムはわたしを見た。

わたしは言った。「団長、許可を頂ければ、わたしがこの場で手術します。三十分で終わりますし、肢さえ治せば列車まで連れて行けます。一カ月以内に元通りに動けるようになりますよ」

ヴァーグナー団長はテントの出口で立ち止まった。軽くいなされると思ったら、ティムが「お願いです」と、その顔のように若く無防備な声で訴えると、団長は思案した。

「そうよお父さん、お願いだから」アンナリーザも言った。

ハンガリー人は何も言わない。ほかのみんなは、バログとガラスの衝立で仕切られているようだった。彼はアンナリーザの鞍と布を腕に掛け、団長のあとから廏舎を出ていこうとしていた。

ヴァーグナー団長は途方に暮れたように手を広げた。「しかし、頼むわけには――」

「頼んでください」わたしはほほえんだ。そのほほえみに持てる限りのものを注ぎ込んだ。「頼んでくだされば、医療行為は合法になります」

　アンナリーザがいきなり割り込んだ。「だめ！　頼むのはわたし！　これだけ話したんだもの、わたしよ！　すっかり忘れていたわ！　これはフランツル伯父さんの馬で、いまではわたしの馬よ……」彼女はぱっと父親のほうを向き、彼の真似をしたように手を広げた。「お父さん、そうでしょ？　伯父さんはわたしにすべて遺してくれた……焼け残った物全部、絵、フルート、オウム……まだら馬もそうよね？　この馬がわたしのものなら、わたしからヴァネッサに面倒を見てほしいと頼むわ……列車に乗れるかどうかは……」

　アンナリーザは泣き落としに戻ったが、父親はもう笑い出していて、日に焼けた角ばった顔がぱっと輝いて皺が寄った。

「こういう次第で……わたしはこいつに頭が上がらんのです。うちの娘に。これはなんだかんだと理由をつけては思いどおりにします――そこが母親譲りでして、そっくりです。そう、確かにフランツルはおまえにすべてを譲ると言っていた……。この馬もおまえのものだろう……」団長はサーカスの司会らしい豪快な笑い声をあげ、馬房で眠っていた馬たちが目覚め、鎖がじゃらじゃらと鳴った。

「わかった、わかった。ぜひにと言われたらかなわんな。奥さん、何を用意しましょうか？」

「手術道具はアンナリーザが持っているそうです。お湯を沸かしてください。それから、ナイロンの縫合糸を。抗破傷風注射を打たなければなりませんが、こちらにありますか？　よかった。あとは、照明を増やしてください。馬を動かしたくありません。この馬房で手術をすれば、あまり動揺しないでしょうが、スポットライトが必要です」

「明るい懐中電灯を持っています」アンナリーザが言った。「わたしのトレーラーにあります。シャーンドルも持っていますよ。シャーンドル、取ってきてくれる？」

「もちろん《ナテューアリヒ》」操り人形がしゃべったようだった——というより、バレエの舞台から現れたキャラクターだろうか。わたしたちから離れていて、黒服を着た優雅な姿は奥の馬房の影に溶け込んでいた。声は妙にきんきんしていた。バログは愛想よく、誇張せずに話し、踵を返していたが、わたしが彼を呼び止めた。

「いいえ、待ってください……。ありがたいのですが、懐中電灯はなくてもかまいません。明るさが足りないんです。会場のライトを延長コードで持ってこられないでしょうか？　つまり、ケーブルで」

「お安い御用ですよ」ヴァーグナー団長は答え、ドイツ語で続けた。「シャーンドル、引き受けてくれないか？　きみはコードや必要な器具のありかを知っているな。その鞍は片付けなくていい、置いていけ。今夜は放っておいても、アンナリーザは気にしない」

「おれのトレーラーに持ち帰って修理しようと思ったんです。ところどころ縫い目がほつれてるんで」

　ティムがわたしの耳元で通訳してくれた。「大丈夫だよ。バログはあの鞍を自分のトレーラーに放り込んでから、延長コードを取ってきて、ライトを取り付けるつもりなんだ。ねえ、団長はこの爺さん馬を安楽死させようとしてたんだな」

「わたしもそう思った」

「これって難しい手術？」

「全然。こういう治療を見たことない？」

「ないよ。よくある、ちょっとした処置しか見たことない。湿布を貼るとか。ぼくはあまり役に立てないと思うけど、用があるなら頑張るよ」

「団長が詳しいでしょうけど、あなたの気持ちも嬉しい。とにかく、あの彼氏に頼むくらいなら、あなたにお願いするわ」

「あいつ？　まさかあいつがアンナリーザの彼氏だとは思ってないよね？」

わたしは笑った。「ええ、本人がなりたがってるだけ。そんな下心がなければ、女の子のために使い走りをするタイプに見えない。ほかにどんな目的があってここに来たの？　アンナリーザの鞍を片付けるため？　照明係にされて、がっかりしたみたいだった」

「鞍と言えばさ」ティムが言った。「あいつが縫ってやるとかアンナリーザに声をかけてたっけ。聞き違いでなかったらね。あいつのドイツ語は英語に輪をかけて聞き取りにくいんだ」

「まあ、しかたないわよ」わたしは曖昧に言葉を返し、それきりシャーンドル・バログのことは忘れた。肝心なのは、目の前にいる馬だ。


ヴァーグナー団長はわたしに手術をさせると決めると、協力を惜しまなくなった。馬丁たちは勤務明けで姿を消していた。明日は早朝から仕事があり、就寝の支度をしている。だが、団長とアンナリーザは厩舎に残ったうえ、小人の姿をした意外な助手も得られた。幕間の出し物でピエロに笑われていた彼はエレマーといい、シャーンドル・バログと同じハンガリー人だ。この〝ハンガリーの紳士〟は〝身長がわずか三フィートしかないという強み〟があり、先日の非常事態にミスター・エリオットの馬の世話を手伝ってきたのだろう。エレマーは用具の置き場所に精通しているらしい。バログはそうではなく、言われたとおりにコードと道具を持ってきたが、その後はエレマーがソケットに届くように抱き上げてやらなかった。このやりとりはハンガリー語で交わされ、小男が気色ばんで唇を噛み締めた。ようやくライトが取り付けられると、花形芸人は隣の馬房の影に退散して、高みの見物を決め込んだ。かたや小人はせかせかと進み出て、アンナリーザとティムを手伝おうとした。

どこかから携帯式コンロが運び込まれ、ライトが取り付けられるあいだに、琺瑯《ほうろう》びきの大型バケツ一杯の湯が沸かされ、わたしはヴァーグナー団長に見守られて、亡きフランツルの手術道具入れの中身を確認した。

必要な物がすべて揃っていた。メス、ナイフ、包帯、止血鉗子、ナイロンの縫合糸、ガーゼがどっさり。すべてバケツに入れて煮沸消毒するあいだ、アンナリーザとティムは彼女のトレーラーに行って、手洗い用の鍋を取ってきた。

十五分ほどで準備が整った。ライトがつながれて固定され、滅菌器具の水気が切れた。わたしはすでに手を洗って動き出していた。

ヴァーグナー団長がこちらをじっと見ていた。この老馬を大事にしていなくても、他人の手に任せ、手術に立ち会わないのは良心が許さないのだ。何も言わなかったが、手を洗ってわたしのそばに立った。助手を買って出るということらしい。

わたしは馬の肢を縛り、消毒用アルコールで患部を消毒して、皮下注射器に手を伸ばした。それを団長から渡されたとき、ティムの顔が見えた。馬の首の向こうから心配そうに覗いている。手持ち無沙汰で、ときどき馬に話しかけているが、実は手術を見て患者より動揺しているようだ。注射針を不安げに見たので、わたしは彼を励ますようにほほえんだ。

「ティム、局所麻酔を打つから心配しないで。手術は痛くも痒くもない。二十分もすれば、この馬はカプリオールを跳んでるわよ」

「何を打つの？」

「プロカイン。ここではドイツ語の商品名で通ってるけど、中身は同じよ。ワセリンと、〈コロストン〉というラベルが貼られた茶色のチューブのあいだにあるわ。このプロカインを患部の周辺に浸透させるの。よく見てて。注射針を刺して、腫れに近づけても……。ほら、瞬きもしない。チクッとしただけよ。それから皮下で注射針を動かす。こんな具合に……。これで最初の側が終わり。もう一度、麻酔をかけた境に注射針を入れて……ね？　馬にはわからないから……注射針を二番目の側に動かす。こうして、くまなく麻酔がかかった。次に三番目の側……これで最後よ。さあ、少し時間を置けば、血腫を切開しても馬はなんとも感じない」

射し込む光が揺れ動き、影が傾いた。わたしはぱっと目を上げた。そう言えば、ライトが掛かっていた板を持っているのは小人のエレマーだ。

「このほうが具合がいいかい？」しわがれた声が肘の高さから聞こえた。わたしは下を向いて、きまり悪くなり、そんな姿を見せたことを後悔した。エレマーは明るい電球のうしろの暗がりにいて、不格好な体も、板をつかんでいる小さな両腕も見えないが、明かりが仰向けになった顔を照らしていた。それは、多くのおとぎ話でおなじみの、『白雪姫』や『ルンペルシュティルツヒェン』などでは醜くて当然の顔だ。目だけは似つかわしくない。黒く、虹彩も瞳孔も同じくらい黒く、濃く短いまつげに縁取られた大きな目。考えを読み取れず、察することしかできない目だ。いつもながら、わたしはぼんやり考えた。恵まれた者は言うに及ばず、健常者は幼児期から彼らに罪悪感を覚えずにいられないと。

「ありがとう、それでいいわ」思わず、いやに愛想のいい声になってしまった。エレマーがほほえんだが、感じのいい笑顔だった。わたしはすばやく仕事に戻った。

「メスをください」湿った手を差し出すと、ヴァーグナー団長が手のひらにメスを載せた。明かりは揺るぎなく血腫を照らしている。わたしは切開しようとかがみこんだ。

切開する箇所は四インチほどだ。血腫はオレンジのように楽々と、むしろ果汁のように滑らかに切れ、漿液が溢れて馬の肢を伝い、続いて血がじわじわと出てきた。これが、一週間でかなり大きい粘つく血塊を作っていた。塊が裂けて圧迫が解けると、ほっとする。まだら馬の耳が動き、ティムが何やらささやきかけた。

「鉗子《フォーセプス》」わたしは言った。

団長がこの英語を知っていたかどうかわからないが、手術の手順を心得ているらしい。包交鉗子を渡されたときに目の片隅で確かめたところ、彼は漏出に備えて止血鉗子も用意していた。鉗子で血腫を引き抜くと、指示しなくてもガーゼが差し出された。

ほどなく傷口がきれいになった。そこに滅菌したペニシリンの粉末製剤をたっぷりはたき、黙って縫合用の針に手を伸ばした。あった。六針縫って傷口がふさがった。ヴァーグナー団長は乾いたガーゼを巻いて包帯にしておいてくれた。傷口に当てて保護するものだ。

わたしはティムにほほえみかけた。彼は相変わらず、まだら馬の動かない（おまけに関心がなさそうな）顔の向こうで、硬い表情で見つめている。

「これでおしまい。この馬はもう大丈夫。わたしのことも噛んでないわ――まだね。団長が作ってくれた、このガーゼが見えるでしょ？　当て布というのよ。これを縫い付けるから――」

「これを縫い付ける？　ていうと、馬に縫い付けるわけ？」

「ほかのどこに？　皮膚を縫うだけだし――さっきと同じで、ちっとも痛くないわよ。見てなさい」

わたしは当て布――大きさも形も膨れたソーセージ――を縫った傷跡に沿ってあてがい、ナイロンの縫合糸を皮膚に通して結び、縫い付けた。四針縫うと、傷口がきれいに覆われた。

「これが気になって、外さないかな？」

「傷口が化膿してかゆくなったり痛くなったりしない限り、大丈夫よ。見た目は清潔このうえなし。そこに当て布があることにも気づかないでしょうね。布は三、四日で取れる。さてと、あとは抗破傷風剤とペニシリンを注射すれば、もう心配ないわ。ティム、たてがみをよけてくれる？　首に注射を打つから……。はい、お爺ちゃん、おしまいよ……」わたしは馬のうなだれた首筋を撫でた。「これで助かるわ」

「ええ」と、背後でヴァーグナー団長の声がした。「奥さんのおかげで、こいつは命拾いします」

団長の口調には、ただの挨拶ではないと思わせる何かがあった。ティムと目が合うと、彼は顔をほころばせた。まだら馬は大きな黒い目でまじまじとわたしを見て、何も言わなかった。

「そろそろコーヒーをいかが？」アンナリーザが声をかけた。

それは誘いではなく命令だった。わたしは逆らわず、彼女のあとからトレーラーに入った。どっと疲れが出て、今日は終わりにしたかったけれど、夜明け前で肌寒く、コーヒーを想像すると断り切れなかった。

廏舎に残ったエレマーとヴァーグナー団長は、まだら馬を早朝の出発時間まで寝かせようとしていた。シャーンドル・バログはわたしたちについてきた。花形芸人がここまで手伝ってくれたのは親切だった、いやむしろ恩着せがましい、とわたしは思った。

どうやら、シャーンドルに親切心――あるいはアンナリーザへの関心――があったとしても、家事をしようとまでは思わないようだ。彼はわたしと一緒にテーブルの前のベンチに腰を下ろし、彼女にコーヒーを淹れさせた。ティムは手伝うと申し出たが断られ、シャーンドルの隣に座り、気さくな目で彼を眺めた。

このトレーラーハウスは、いまのところ散らかり放題だが、それでも魅力的だった。新しい車種なのに、昔から変わらないサーカスの生活様式が、流線型のモダンな車体に正真正銘の幌馬車の雰囲気を加えていた。ドアのそばにあるレンジは白い琺瑯引きで、ボンベ入りガスを使っているが、その上で揺れているランプは古い風防付きランプを改造したものに見えた。小さなテーブルは、まるでジプシーのショールのような、フリンジ付きの真っ赤なテーブルクロスで覆われている。前方の出入口に掛かった色褪せた縞模様のカーテンの向こうに、衣類が積まれた寝台がちらりと見えた。明かりが紺のベルベットの乗馬服の端をとらえ、鞭の色石が付いた取っ手が光った。一方の窓辺のフックに掛かった帽子にはアメジストやダイヤモンドが付いていて、羽飾りがレンジからの温風で揺れていた。窓とレンジのあいだに化粧棚があり、角が欠けた四角い鏡の両側に蠟燭が立てられていた。蠟燭は溶け落ちて灰色の塊になり、棚は赤と紅と白の粉でひどく汚れていた。鏡にピンクのファンデーションが飛び散っている。緑のスカーフにくるまれた枝編みの籠がフックで揺れていて、ジプシーの世界が出来上がっていた。籠の囚人がわたしたちの声で目を覚まし、眠たげなかすれ声をあげた。そう言えば、アンナリーザはフランツル伯父さんのオウムの話をしていた。

「いやあ、ここ最高だね、ほんとだよ！」ティムは大喜びで、目をぱっちりと見開いている。「前から想像してたとおりだ。恵まれてると思わない？　あーあ、こんなトレーラーで暮らして、毎日のように走りたいな！」

アンナリーザが笑った。「はたして朝の五時に同じことを言うかしら。ヴァネッサ、お砂糖は？」

「いいえ、けっこう」

「シャーンドル、これはあなたに。ティム、お砂糖は？」

「うん、お願い」

わたしは温かい青のカップを包み込んだ。コーヒーは香ばしくて濃く、おいしかった。その香りを抜けて、誘うように、また別のもっとおいしそうな——焼き立てのパンの匂いが漂ってきた。アンナリーザが皿をテーブルに載せた。生地がぱりぱりでこってりしたクロワッサン。砂糖衣がぴかぴかして、まだ湯気が出ている平たい丸パン。載せたバターが溶けた焼き立ての甘いパン。

「神々の黄昏《ゲッターデンメルング》（オペラの名前。神々の食べ物と間違えたのか）」それが間違いだとしても、ティムはうやうやしく言った。「きみが焼いたの？」

アンナリーザは笑った。「まさか！　村のお店のパンよ。リーが持ってきてくれたの」

シャーンドルが顔を上げた。「奴はまだここにいるのか？」

「明日帰るそうよ。ああ、ここにいるかということ？　サーカスに？　いないわ。ヴァネッサが馬にかかりきりだった頃に厩舎に来たけど、長居はしなかったし」

「来たの？」わたしは言った。「見かけなかったわね」

「すぐ帰ったんです。ちょっと手術を見てから、パンを買ってきてくれましたけど、コーヒーを飲んでいこうともしませんでした」

「会場にはいたのか？」シャーンドルが訊いた。

「どうかしら。見かけなかったけど。見ましたか？」最後の言葉はティムとわたしに向けられた。

「ううん」

なぜか、それを聞いたシャーンドルは喜びもしなかった。どうやら、最前列の席にどっかりと座ったリー・エリオットなる人物のほうが、舞台裏をうろつくリー・エリオットなる人物よりましらしい。舞台裏の……アンナリーザのトレーラーに近づいてほしくないのだろう。

シャーンドルの殺気だった口調は場違いだし、どきりとさせられた。「奴はまだここにいて何をやってるんだ。月曜に用事を済ませたのに、なんで帰らないんだ？」

「わたしが残ってと頼んだからよ」アンナリーザの返事はおざなりで冷たかった。「ヴァネッサ、コーヒーのお代わりは？」

「いただくわ。とてもおいしい」

「きみが残ってくれと頼んだのか？」

「ええ。いけない？　どうして反対するのよ、シャーンドル・バログ？」

シャーンドルが反対する理由がなんであれ、強硬に反対しているのは明らかだ。一瞬、彼はまくしたてるのではないかと思った。黒い目がぎらりと光り、小鼻が馬の小鼻のように膨らんだが、大きな唇が不服そうに怒りを押し殺して、彼はうつむき、黙ってコーヒーをかき混ぜた。アンナリーザの冷たい態度の裏に、彼に対する優しさが隠れていませんように、とわたしは思わず祈っていた。彼はいまだけ愛玩犬を装っているようだが、狼に近い犬にしては見え透いた変装ではないだろうか。

「ティム」アンナリーザが言った。「もっと食べて。もうひとつクロワッサンをどう？」

「いいね。ありがとう。自分で取るよ」ティムは衰えを知らぬ食欲で三個目の丸パンを食べ始めた。

「ミスター・エリオットには強烈なエリート意識があるんだね。夜中にパン屋を叩き起こすなんて、いかしてる。そのうち真似しなくちゃ。今度、会ったらお礼を言ってくれる？」

「わたしたちはリーが起きる前に出発するの。あなたたちこそ会えるんじゃないかしら」

「どこに泊まってるの？」

「パン屋の二階よ。広場にある店。そこのシンドラーの奥さんが部屋を貸しているの」

「すごいや」ティムは言った。「やっぱり頭が切れる人だ。ぼくたちもそれを思いつけばなあ」

「いい加減にしろ、意地汚い奴め」わたしの頭の真上で、いきなりオウムが声をあげた。わたしはぎょっとしてコーヒーをこぼし、アンナリーザとオウムにさんざん笑われた。緑のスカーフが強いくちばしに引っ張られ、蠟燭消しのようにわたしの頭にかぶさった。

「立て《ルヴェ》、ルヴェ」オウムが今度はフランス語とドイツ語を交えた。「さっさとしな、ペーター、交代《シャンジェ》だ、それっ！　たてがみ刈っとけ、この灰色野郎、おめえだよ！　なんかよこせ《ギブ・ミア・ヴァス》！　ギブ・ミア・ヴァス！」

「勘弁してくれよ！」ティムはクロワッサンをちぎった。「わかった、わかった、ほら。おい、そんなに取っちゃだめだ、だめだってば。こっちだよ」

「とさかを上げな」オウムは言い、クロワッサンを受け取った。

「ぼくはバタンインコじゃないぞ」

「もうこの鳥に言葉を教えないでちょうだい」アンナリーザが笑った。「ティム、鼻を止まり木に近づけちゃだめよ。狂暴な鳥なんだから」彼女はわたしを緑のスカーフから助け出そうとしていた。「ごめんなさいね、手が付けられなくて……フランツル伯父の前の飼い主が誰だか知らないけれど、その人はまさに……なんていうのかしら……本物の国際人《ヴェルトビュルガー》で、最低最悪の場所ばかり回ったみたい！」

「国際人《コスモポリタン》だね」ティムは言った。「そのとおりだよ！　この鳥は世界を見てきたんだ」

　オウムが今度はドイツ語で意見を言うと、アンナリーザが立ち上がった。

「ねえ、この鳥が調子に乗らないうちに布を掛けないと！　すみませんヴァネッサ、スカーフの端がコーヒーに入りました？　でも、ちゃんと洗ってありますから」

「おれに任せて」シャーンドル・バログもやはり笑っていて、笑顔で雰囲気が一変していた。そこには（胡散臭いと思っていたのは、だんだんアンナリーザを好きになったからだ）精悍な魅力があった。彼とティムが籠にスカーフを掛け直し、アンナリーザはわたしにコーヒーを入れ直そうとしたが、さすがに今回は断った。

「もう行かないと。時間が時間だし、みなさんは早朝に出発するんですもの。いいえ、どういたしまして、どうってことないのよ……」こうして、またアンナリーザはわたしへの感謝の言葉を並べ出した。

「また興行地の近くに立ち寄ったら」アンナリーザは熱心に言った。「会いに来てくださいね。わたしたちは二、三日中にオーストリアを出ますが、今日はホーエンヴァルトへ、その後はツェヒスタインに行きます。もしドライブ旅行中に近くまで来たら、声をかけてくれません？　また公演を見たければ、いつでもどうぞ。最高の席を用意しますから。いずれにせよ、父とわたしはおふたりを大歓迎します」

シャーンドル・バログも立ち上がった。「出口まで送りましょう」わたしたちがその必要はないと断ると、彼はポケットから細身の懐中電灯を取り出した。「必要はありますよ。トラクターが通った地面はどこもぬかるんだままだし、明かりが足りません。送らせてください」

「そういうことなら、お言葉に甘えて」わたしは言った。「おやすみなさい、アンナリーザ。さようなら《アウフ・ヴィーダーゼーエン》」

「アウフ・ヴィーダーゼーエン」

「とっとと帰れ《メルド・アロ》」オウムがフランス語でもごもごと言った。

第八章

その意見は面白かったが、厄介だった。

『ハックルベリー・フィンの冒険』（マーク・トウェイン作）

「ぼくたちを会場から見送るだけだったんだよ」あとからティムが言った。わたしたちは寝静まった村を歩いて〈ホテル・エーデルワイス〉へ向かった。外はしんとして肌寒い。教会の塔の時計が甘酸っぱい響きで午前二時を告げた。どこかで鎖がジャラジャラ鳴り、犬が喉を鳴らした。「ねえ、あいつとアンナリーザに何かあるなんて、本気で思ってないよね？　あいつはゲス野郎じゃないかな」

「彼女のほうはなんとも思ってないわね。とにかく、われらがシャーンドルのことはヴァーグナー団長とオウムに任せればいいの」

ティムは小さく笑った。「あのオウムのほうがまだ我慢できる。おしゃべりを聞きたいし――変だな」

「何が変なの？」

「向こうに人影が見えたような……広場の反対側の、木立のそばに」

「そう、別に不思議はないけど」

「あれは絶対にミスター・エリオットだった」

「そう、別に不思議はないけど」わたしは繰り返した。「自分で食べるパンを買いに来て、いまは腹ごなしの散歩をしてるのね。行くわよ、ティム、もう目がくっつきそう」

でも、わたしは疲れていたのに、ようやく寝る支度ができると、眠気は消し飛んで落ち着かない気分だった。素足で板張りの床を歩いて細長い窓をあけ、ベランダに出て夜景を眺めた。隣の部屋のティムの窓もあいているが、明かりはもう消えている。遠くで時計が半時を打った。近くでは、牛が仕切りで身をよじるたびに柔らかいベルの音が響いた。

夜気は甘く、冷たく、すがすがしい。星々は山頂に近く感じられる。まるで月光に反射した高地の雪が鋭く尖って星となり、その光は牧草地のなだらかな斜面と樅の森を銀一色と影で表しているようだ。この田園風景は匂いだけで探し出せそうだ。ベランダの真下にはクローバーと干し草がある。その先に松林があり、小川の冷たい匂いがして、ホテルの厨房からかすかに料理の匂いが漂う。どこかで豚の素朴な匂いがして、ベルが眠たげに鳴っている牛小屋から牛たちのいい匂いもする。

のどかで絵のような光景だ。ここなら誰だって眠りにつけるはずなのに。

すでに湿り気を帯びた床を歩いて戻り、ベッドに入った。上掛けは大きい羽根布団一枚きりだ。軽くて温かいが、顎まで引き上げると足がはみ出してしまう。窓を向いて丸くなり、なるべく布団にくるまり、ルイスのことを考えて……。

眠ってはいなかったが、うとうとしていたらしい。外でかすかな物音がして、はっと目が覚めたからだ。身動きせずに、耳を澄ませた。何も聞こえない。だが、絶対に何か――または誰か――が外で動いている。

そのとき、片手がカーテンを引いた。男は物音を立てず、幽霊のようにカーテンの合わせ目をすり抜けた。わたしが体に布団を巻きつけて起き上がると、男は早くも振り向いて細長い窓を閉めていた。カチリと音がして、掛け金が下りた。男は窓辺にじっと立って、聞き耳を立てていた。

「いいわよ、ミスター・エリオット」わたしは言った。「起きたわ。どうして来たの？　アンナリーザのトレーラーが見つからなかった？　それとも、シャーンドル・バログが見張ってたとか？」

男はベッドに近づいてきた。むき出しの床板でも足音ひとつ立てず、恐ろしく静かに、猫のように歩いた。「ぼくは目的の場所にいるつもりだよ」

「どうしてそう思うのかしら、ミスター・リー・エリオット？　あんなことがあったのに、近所をふらつく野良猫みたいにここへ来て、歓迎してもらえる権利があるとでもいうの？」

「そうそう、権利の話となると……」とルイスは言い、ベッドの端に腰を下ろして靴を脱ぎ始めた。

「さてと」わたしは切り出した。「あなたから話すのよね？　いったいここで何してるのよ？　それに、アンナリーザとはどういう関係？」

「いかに女は第一歩を誤るか」ルイスが言った。「いくつか質問させてくれ。まず、きみはここで何をしている？　あの少年は誰だい？」

「声を落として。彼は隣の部屋にいるのよ」

「わかっている。ベランダから隣を覗いたからね。坊やはぐっすり眠っていたよ」

「手回しがいいのね。彼はあなたも知ってる、ほら、ティム・レイシーよ。カーメルを覚えてない？　一度は会ったと思うの。結婚祝いにおぞましいデカンタをくれた人」

「ああ、わかった。あの金髪の太ったご婦人《フェア・ファット・フィメール》か。覚えているよ。ふんわりしているが、隅々から隙間風が入る。ベッドの上のこの厄介な代物とそっくりだ。それはそうと、きみが独占しなきゃだめなのか？　ぼくは凍えそうだ」

「だったら、もう一度服を着たらいかが。ティムかヴェーバーの奥さんがあなたの声を聞きつけて入ってきたら、目も当てられない。ましてや、そんな格好でいるのを見られたら――」

「そうだろうね。過ちを犯した人生は生きた心地がしない」ルイスは静かに言いながら起き上がり、ズボンに手を伸ばした。

「ねえ、わたしたちがそんな人生を送るはめになる理由を言えないの？　今夜、あなたが木の下に立ってるのを見て、気絶しそうになったわ。あと一秒で悲鳴をあげてたところよ」

「だろうね。だから、何も言うなと合図をしたんだ。きみは巧みに場を繕った。坊やに勘づかれたかな？」

「いいえ。でも、わたしの様子が変だと言ってた」

「まあ、確かに変だった。幽霊でも見たような顔をしたよ」

「見たんだもの！　あんなにぎょっとしたのは生まれて初めて。実は、一瞬だけど、あなたからまともに見られて、人違いをしたのかと思ったくらい。ルイス、その服はどうしたの？　みっともないわ」

「そう、みっともないだろう？」ルイスはおかしな服に甘んじている口ぶりだ。「きみは人違いをしたのではないかと本気で考えた、そういうわけかい？」

「ええ、正直に言うと」

「じゃあ――ちぇっ、靴下が片方見つからない――これできみが納得してくれたらいいが」

「ええ、もちろん。いつもの手つき、いつものルイス。そこにいるのは旦那さまよ。どこにいたって、服を着る手順でわかる」

ルイスはにやりとした。「ふん、そこまで自信があれば……いったい靴下はどこに行った？　ちょっと明かりを点けてもいいかな？」

「いいえ、だめ。この場であなたを正式な夫だと言うわけにはいかないなら、ふたりでベッドにいるところを見つかって、評判を落とせないわ。ティムのことを考えなくちゃ」

「そうそう、ティムだ。きみはまだ、あの坊やと一緒にいる理由を教えてくれないね。ああ、靴下があったぞ。さあ、続けて。ちゃんと聞いているよ」

「わたしがどうやってここへ来たか、なぜティムと一緒にいるかはどうでもいいの」わたしはきつい口調で言った。「でも、ここに来た理由は言うまでもないでしょう。ルイス――」

「こっちの話は後回しだ。だめだよ、ヴァン、この件は……ぼくがここオーバーハウゼン村にいると、きみはどうやって知ったのか、どうしても知りたい。いずれ一部始終を説明するが、そちらの事情をすぐに教えてくれ。そりゃあ、きみがここに来た理由は聞くまでもない。ぼくがいるとわかったからだ。そこで、なぜわかったか教えてほしい」

「あなたがサーカス団に同行していると知って、ウィーンで興行地を訊いたら、オーバーハウゼン村で火事があったとわかったのよ。とにかく、ここへ来てみたの。サーカス団はもう出発したかもしれないけど、村人が行き先を知っているだろうと思って」

ルイスは次にセーターを着ている。黒っぽい厚手のものだ。襟から頭を出すとひと休みして、こちらに顔を向けた。抑えた、話に聞き入っている声で、彼はこう言った。

「例のニュース映画だね？」

「まあ、察しがいいこと。ええ、カーメル・レイシーがあのニュース映画を見て、あなたに気がついたの。彼女は大事な息子をウィーンに送り届ける付き添いが欲しかったから、わたしに電話をかけてきた。わたしがいずれここであなたと合流すると思い込んだのね」

「なるほど。あのときカメラに気づいたが、映ったかどうかわからなかったし、顔は見分けがつくまいと思っていた。きみも映画を見に行ったんだね？」わたしは頷いた。「どの程度見分けがついた？」

「はっきりわかると思う。それでは困る？」

ルイスは答えなかった。「こともあろうに、きみが見たとはね。まあ、よくあるニュース映画だよ」

一瞬、彼はまた口を閉ざした。「きみの元まで届くとは思いもよらなかった。しかし、ここオーバーハウゼン村できみの姿を見たとたん、きみがどうにかしてここを突き止めたと気づいて、そのことしか考えられなかった。あの映画はテレビで放送されたのかな？」

「イギリスでは放送されてないはずよ。いつもニュース番組を見るけど、あれは見なかったもの。だいいち、放送されていたら、誰かがあなたに気がついて、教えてくれたでしょうね」わたしは起き上がり、膝を抱えて羽根布団を体に巻きつけた。「ルイス、いったいどういうこと？　あなたがストックホルムで打った電報は月曜に届いたのよ。あなた、あれを打った？」

「いいや」

「打ったわけないと思った。次に手紙の一件。手紙は金曜に届いたわ。すると、あらかじめ投函役の人に渡してあったの？」

「そうだ」

「でも――なぜストックホルム？　なぜウィーンじゃなかったの？」

「きみと旅行に行く予定だった土地は除くしかなかった。旅行のルートから手紙を送ったら、きみを引き止めておけなかっただろう。あいにく」ルイスは自嘲気味に言った。「ニュース映画に映るほど迂闊なら、あといくつか嘘をつけばよかったかもしれないな」

「そうしてわたしを引き止める気？」

「ああ」

わたしはやりきれない口調になった。「あのニュース映画を見て、わたしが何を考えたかわかるでしょう。わたしたちにはなんの問題もないと思ってた……それでもすっかり落ち込んだし、あの最悪な午後にあんなことを言い合っただけに……」

「終わった話だ。蒸し返すのはよそう」喧嘩は終わったと、本当は始まってさえいなかったと、三十分ほど前に同意していたのだ。

「ええ、わかった。心から愛してるわ、ルイス」

その言葉に、ルイスは夫たる者が考える十分な返事――うむ、というくつろいだ声――をして、椅子に掛けた上着のポケットから煙草とライターを取り出すと、再びシングルベッドのわたしの隣に寝そべった。

「ほら。これで身なりがきちんとしただろう？　いいや、その羽根布団はきみが使えばいい。しっかり巻きつけて。ぼくはもう寒くない……なるほどね。きみはそのニュース映画を見て、ぼくがストックホルムへ行くと行ったのに、実はここオーストリアにいるとわかった。まあ、出張でストックホルムからオーストリアへ行ったのかもしれないと思った。ところが、ぼくがグラーツ近郊にいたとわかった日に、ストックホルムで書いたとされる手紙が届き、何事があったのかを自分の目で確かめに来た。そういうことだね?」

「そんなところ。ばかみたいに思えるけど、カーメル・レイシーにティムの付き添いを頼まれて、行くことにしたの。なんだか——渡りに船っていう気がして。オーストリアへ行けと背中を押されてたような、ここに来る運命だったみたい。それに、あなたが何をたくらんでるのか知りたいし。見るからに何かありそうだもの」

「じゃあ、ぼくが何をたくらんでいると思った?」

「わからなかった。あの子——アンナリーザ——を見たら、ほら、彼女もニュース映画に映っていたし——」

「本当かい? ああ、そうか」ルイスはなんだか嬉しそうな声を出した。彼が煙草の煙を輪にして吹かすと、ふわりと浮いて、カーテンの合わせ目から漏れる弱い光に溶け込んだ。「じゃあ、ぼくを信用しないのか」

「ええ」

「そりゃそうだな」ルイスは穏やかに言い、ふたつ目の煙の輪がひとつ目をくぐった。

隣でわたしはぱっと身を起こした。「ルイスったら!」

「頼むから声を落としてくれ」ルイスはだるそうに腕を伸ばして、わたしを脇に引き寄せた。「信用していいんだよ。たったいま、きみに信用してもらえる最高の理由を話したつもりでいた」

「あるいは、とうてい信用できない理由か」

「考え方によるかな。きみの言い分には一理ある」ルイスはただただ愉快そうな口ぶりだ。「おとなしく寝るんだよ。じたばたしないで。あまり時間がないから、話を最後まで聞かせてくれ」

わたしは夫に従った。「いいわ。ただし、こっちにも聞きたいことが山ほどありますからね」そして、事の次第をかいつまんで説明した。「今夜、あなたとアンナリーザがカフェを出たあと、ティムに本当のことを言おうかどうか迷ったけど、先にあなたと話したほうがいいと考えて、人違いのふりをしたの。あなたはまたすぐに会えると匂わせていたから、サーカスにいるかと思ったのに」

「あとで行ったんだ。きみが手術しているところを見たよ」

「知ってる。わたしのスパイはそこらじゅうにいるから」ルイスが忍び笑いをしているのがわかった。

「何がおかしいの?」

「何もおかしくない。ところで、パンの差し入れは受け取ったね?」

「ええ、本当に助かった。ティムはあなたの大ファンになったわ。彼に言わせると、あなたは強烈なエリート意識を見せるそうよ。どうして帰ってしまったの? わたしが探してたのを知ってたでしょうに」

「ふたりきりで話せるまで、きみの前に現れないほうがいいと思ったんだ。とにかく、手術中に気が散ったらまずいしね。きみの腕前は大したものだよ、ミセス・マーチ」

「かわいそうなまだら馬。団長はあの馬を安楽死させるつもりだったみたい。あれはフランツルのものだったし、役立たずになったからよ。でも、もう大丈夫。アンナリーザが正式に受け継ぐようだし、伯父さんのためにも穏やかな余生を送らせるでしょう。ついでに言っときますけど、あなたはティムに彼女を取られることになるわよ」

「ふうむ。ティムの健闘を祈るよ」ルイスが言った。「ロデオの演じ手の半分とピエロの全員が彼女にのぼせている。あのバログという奴と小人も言うまでもない。〝あなたも？〟と訊いたりしたら、暴力に訴えるぞ」

「あなたも？」

ルイスにきつく抱き締められて、わたしは彼の肩の丸みに頬を寄せ、目の粗いセーターに顔をうずめた。しばらく心地よい沈黙が流れた。シュッという音がして、彼が煙草の煙を吸い込むと、火が紙筒を舐めた。

「正直言うとね」わたしはぼそぼそと話した。「あなたがここにいる理由はもうどうでもいいの。あなたはここにいる、それでいいわ。愛しいルイス。気になるのはひとつだけ。これから一緒に過ごしてはだめ？　ふたりで休暇を始めるわけにいかない？　いまから、すぐに、ここで。あなたが何をしてたか知らないけど、まだ終わってないの？」

「あらかた終わった。ウィーンに報告を済ませたら、それで終わりかな」

「明日、向こうに行くのね？」

「今日だ。行くよ」

「おひとりで行きたいようね。じゃあ、ここで――いいえ、ここはだめ。あなたがルイス・マーチになれる場所で――帰りを待ってたら、あなたは報告を済ませて戻ってきて、そこからふたりで旅に出られる？」

「ことによるとね。しかし、坊やはどうなる？」

「アンナリーザがつきあってくれる」わたしは眠そうに答えた。「公正な取引よ。ルイス、この清潔なシーツにその汚らしいズボンで寝ないでちょうだい」

「おいおい。これは厩舎を掃除するときに穿いたズボンだよ」

「そのようね」わたしはくすくす笑った。「あなた、本当に馬の手入れをしたの？」

「したとも。あの薄茶色の駄馬に嚙まれたと言ったかな？　ぼくがイギリスに尽くす数々の行為は……今回は危険手当と不潔手当の両方をもらわないとね」

そこで言葉が途切れた。

「よし、次はぼくの番らしい。いいかい、ヴァン、この期に及んでもきみに打ち明けるべきではないが、こうなってはやむを得ないようだ。いずれにせよ、きみは信用できるからなんでも話せる」ルイスが笑う声がした。「どのみち、この仕事はやめるんだ。それに、ずっと考えていたんだが、きみの助けが必要になる気がする」彼は手を伸ばして、煙草をナイトテーブルに置かれた灰皿でもみ消した。それから、その手を頭のうしろにやった。「さてと、時間があまりない。少しは眠らないといけないしね。ざっと話して、ありのままの事実だけを伝えよう。事情がわかったら、きみは細部を自分で埋めていけるさ。ストックホルム、電報、手紙、リー・エリオットという出まかせ、数々の嘘にまつわる混乱――きみにも理由が呑み込めるだろう。ぼくが一切合切を説明すれば……」

ルイスはいったん口をつぐみ、小声で先を続けた。彼が目を向けた天井では、黒っぽい梁が夜明けの光にすうっと溶け込んでいる。

「きのうの晩に話した、ぼくがオーバーハウゼン村でしていた仕事だが、それについては嘘じゃない。ポール・デンヴァーとは同僚だった。彼に会いに行く途中でサーカスが火事になり、彼は死んだ。ぼくは月曜日の明け方に到着した。ポールがサーカス団と接触したのは知っていたから、村に着くなりサーカス会場に火の手が上がるのを見て、そこに直行したんだ。ポールは見当たらず、団員たちがトレーラーの中に逃げ遅れた男がひとりいるとわめいていて、きっと彼だろうと思った」

「アンナリーザに聞いたわ。あなたは暗がりから走ってきて、救助を手伝ったそうね」

「そうだよ。みんなでポールを助け出したが、手遅れだった。フランツ・ヴァーグナーにはまだ息があったね」

ルイスはひとしきり黙っていた。「大部分は本当だった。さて、残る部分だ。こういうことだよ。ぼくはＰＥＣで正真正銘の仕事をしているが、ときどき別の雇い主の下で別の仕事も請け負う。偽名を使う場合もある。今回は別の仕事だった。海外出張の一部は――そう、副業とでも言えばいいか。もちろん、ＰＥＣは関知しない話で、出張の日程が決まる仕組みはきみに教えないし、所属する局の名前を言うつもりもない……が、信じてくれ、ＰＥＣの営業部は出入りが激しくて、どんなことでもできそうなんだ」夫がにやりとして、冷静で穏やかな声が一変した。「ざっとこんなところで、スリル満点のドラマを説明しつくした。仕事のいくつかは――きみを同行しないと断ったものだ――諜報活動だった」

「諜報活動？　じゃあ、内務省の秘密情報機関に雇われてるの？　ルイス！」わたしは必死に話を理解しようとした。「つまり、あなたは――諜報員？　その……スパイ？」

ルイスは笑い出した。「どっちでもいいよ。われわれはえり好みをしないから」

「ルイス、ほんとに――信じられない――あなた？」

「間違いなく。ひどく幻滅させてしまったら申し訳ない」ルイスはさっと振り向いた。「ああ、ダーリン、震えているじゃないか！　なあ、別に危険な仕事じゃないんだ……。みんながみんな、武器と自決剤を搭載した特別仕様のアストンマーチンを飛ばしたりしない。それより、山高帽をかぶってブリーフケースを抱え、横柄な情報屋に握らせる札束を持っている人間のほうが多い。危険と言うなら、この仕事の危険なところはもうわかったはずだぞ――馬の手入れだよ」

「〝ぼくがイギリスに尽くす数々の行為〟」

「いかにも。何があったかと言えば、ぼくがパロミノ種の牡馬に嚙まれた」

「そしてポール・デンヴァーが死んだ」

「そしてポール・デンヴァーが死んだ」ルイスの声から笑いが消えた。「ああ、きみが考えていることはわかるが、あれが単なる事故ではないという証拠はない。警察がサーカス団を引き止めた理由は見当もつかないが、徹底的に捜査していたよ。フランツ・ヴァーグナーは前にも自分のトレーラーでボヤを出したことがあって――おまけに酒飲みだった。もっとも、そのおかげで引き出す情報があるとしたら、ポールは彼に近づけた。もうひとつ気になるのは、ポールまで酔っ払って、出火に気づかなかった点だ。しかし、その理由はすぐに明らかになった。ポールは頭を殴られていたんだ。だから疑い深いぼくはサーカスに居座って、火事が事故ではない証拠を見つけようとしたのさ。ところが、失敗した。ただし、石油ランプを掛けるフックが壊れてランプが落ちていたという証拠があり、そのせいでポールは気絶したまま焼死した恐れがあるようだ。いっぽうフランツ老人はへべれけになったものの、しばらく生き延びて――火元から離れていて――助け出された。口を利くこともできた。かろうじて。〝犯罪行為〟があったとして、何か言おうとしていたと思われたが、そうではなかった」

「筋の通る話ができたとは知らなかったわ」

「意識はあっても、話は支離滅裂だったな、気の毒に。火事のショックで酔いは醒めたが、苦しんでいた。それに、寝ていたすぐ隣で、団員たちが廏舎から馬を出そうと右往左往していたせいか、馬と廏舎にある馬具のことばかり言っていた……。あのときは少し風があり、一時は廏舎に火がつく恐れもあってね。みんなで話を訊こうとしたが、老人は馬――主にリピッツァナー――と貴重な鞍など、大事にしていたらしきナポリ由来の馬具のことを長々とわめくばかりだった」

「それだけ?」

「聞き取れた限りでは。馬たちは無事だと――事実、白馬は真っ先に外に出された――フランツに伝えようとしたが、通じていたかどうか。彼はあれ――リピッツァナー――の話をしながら息を引き取った」ルイスはちょっと間を置いた。「話しかけていた相手はアンナリーザで……。彼女はずっと付き添っていた。やけどで人が死ぬところを見るのはたまらないよ、ヴァン。その後、警察が来て、父親は娘にかまっていられず……」

なるほどルイスは弁解していると気取られぬようにして、アンナリーザとみるみる親密になった点を弁解しようとしていた。わたしは言った。「もういいわよ、わかる。あなたがそばにいてくれると安心できるもの。じゃあ、アンナリーザはフランツルが言おうとしたことがわからなかったの?」

「だめだった。アンナリーザの話では、馬具はどれもイタリア製ではなく、すべてオーストリア製で、彼女が知る限り価値のない物らしい。がらくたと言えそうだ。そこで、きみの疑問に答えよう。死に際のフランツが何を考えていたにせよ、それは殺人ではなかった。ポールの死は一見事故だが、周到に仕組まれた犯罪とも考えられるものだ。ぼくが二時間ほど早く現地に到着していたら、彼を見つけてその後の出来事を食い止め、話を聞くこともできたんだが」

「あなたは彼に会いに行く途中だったのよね。なんらかの情報を受け取るように指示されて?」

「ああ。こういう次第だった。ポールはチェコスロバキアに滞在していて、数日前に出国した。ウィーンの地区本部、われわれが東ヨーロッパの情報センターと称する場所に報告書を提出してから、オーストリアのここで休暇を取った。わかる範囲では、本人が言ったとおりの行動をして、のんびり過ごしていたらしい。さてと。次に、局はメッセージを——暗号化された電報で——受け取った。ぼくを大至急こちらへよこしてくれという内容だ。ほかの誰でもない、このぼくを。ポールはすでにヴァーグナー・サーカスと接触していて、ぼくはリー・エリオット（以前に彼と組んだときも、この偽名を使ったんだ）として彼を迎えに行く手はずだった。まあ、ポールの要請はたいてい受け入れられたから、ぼくはやってきた。あとは知ってのとおりだ」

「でも、なぜ呼ばれたのか、見当がつかないのね？」

「唯一の手がかりは、ポールがサーカス団と接触していたこと。それと、必ずぼくをよこしてくれと注文をつけた点だ。いいかい、サーカス団は二日後に国境を越えてユーゴスラビアへ入る。ポールとぼくは以前に向こうで仕事をしたことがある。ぼくはセルビア・クロアチア語が得意だからね。そして、ポールの偽装もリー・エリオットの偽装も申し分なく、国境を越える際にサーカス団に潜り込む必要はないので、ポールがサーカスに入ったのは、なんであれ、発見して、追跡していたものが、そこだけにあったからだと推測せざるを得ない」

「うまく偽装されなかった何か、あるいは誰かが、国境を越えようとしていると？」

「まずそれを思いつく。鉄のカーテンが下りていても、サーカス団なら国境を行き来できる。しかし、あの大勢の団員と道具と動物に紛れて……。まあ、手がかりがなければお話にならない。ぼくは会場をうろついて役に立つところを見せ、団員とめちゃくちゃ仲よくして……何もつかめなかった」

「じゃあ、それがあなたの報告？　疑惑を否定しただけ？」

「有益な否定だよ。最後の任務をまっとうした」

「それで満足してもらえる？　つまり、ひょっとして最後までやれと――国境を越えろという命令は出ない？」

ルイスはもぞもぞと動いた。「ぼくは送られないと思うね、うん。ただ……そう、ポールが向こうへ戻るつもりでいなければ、〝リー・エリオット〟の一件にこだわった理由がわからない」夫の手が動いてわたしの髪をくしゃくしゃにした。「取り越し苦労はするなよ、ダーリン。唯一の危険は、あの薄茶色の駄馬にまた噛まれることさ」

「要するに、あなたは気が済むまで調べるかもしれないわけ？」

ルイスはのろのろと答えた。「そう言ってしまえば、そうなるね。いまの時点で、局はぼくにこれ以上の仕事をさせたくないと思うが……」ルイスが初めて口ごもった。「ぼくが気の済むように、あ、そう言ってくれ。これは勘じゃない。勘に頼るほうじゃないよ。しかし、ぼくはポールという人間を知っていた。彼がぼくに伝えたいことがあったなら、大事な話だったと考えていい。彼を許してやってくれ。ぼくが旅行に行こうとしていたのも、この仕事をやめようとしていたのも知らなかったんだ。すまない」

「やめて。さんざんやり合ったでしょう。蒸し返すつもりはない。もし大事な話なら、大事なのよ。とにかくわたしも行くわ、今回は。だめよ、笑わないで。本気なんだから。あなたが自力で行く気なら、わたしが行っちゃいけない理由はないし、わたしだって役に立てるかもしれない。いまではあなたに負けないくらいサーカス団とつながりができた――かかりつけの獣医になったから、いつでも来ていいと言われてるの。そもそも、治療しなくちゃいけない患者がいるのよ」

「聞いたよ。ビザも取ったのか？」

「いいえ」

「ほう、となると……。いやいや、笑ったりしちゃいないさ。さっきも言ったように助けが必要だし、きみが言ったとおりに行動してほしい。サーカス団がここを発つまで離れないこと。よく聞いてくれ。ぼくは朝になったらウィーンに戻らなくてはならない。どのみち、サーカス会場をうろつく理由がなくなってきて、国境越えどころかテントの解体作業もやり通せない。だが、不幸中の幸い、きみがここにいて、彼らと強力な——しかも、まったく偶然に築いた——つながりがある。一団はこの国にあと二夜、ホーエンヴァルト、ツェヒスタインと滞在して、それから国境を越える。さて、きみとティモシーがほぼ同じルートをたどる予定なら……きみがあのまだら馬に獣医として強い関心があるならば……。それだけだ。あれこれ訊かず、ひたすら目と耳を働かせろ。楽屋に入り、団員に話しかけ、歩き回り、常に注意を怠らないこと。ぼくは勘に頼らないと言ったが、虫が知らせることはあって、何かあるなとぴんと……。要するに、何が悪くても、誰が悪くても、彼らはポールの友人であり同僚である人間——ぼく——を追い払えば気を抜く。彼らが本当に気を抜けば、何かを見聞きできるだろう」

「じゃあ、探ってみる？」

「何もするな。わかったね？　何もするな。ぼくを待て」

「すぐに戻ってくるのね？」

「ああ。たぶん今夜。間違いなく火曜日の夜までに」

「どんな用件なの、ルイス？」

「さっぱりわからない。パターンから外れたものだ。ささいなことかもしれないが、ポールはぼくを呼び寄せろと言い、ポールは国境へ向かおうとしていて、ポールは死んだ……。わかったね？　きみは何もせず、決して危険を冒さないように。ただ、ぼくがここにいたことを忘れ、このやりとりを忘れ、またぼくから連絡があるまでサーカス団に密着すればいい。いいね？」

「わかった。ねえ、もう念押ししなくていいわよ。わたしは気が立ってるんじゃなくて、嬉しいだけなんだから」わたしは夫のセーターに頬をすり寄せた。「〝不幸中の幸い〟と言ってくれたでしょ？」

「きみがここにいたことを？　言ったよ」

「ちょっと静かに。ティムが動いたみたい」隣室でベッドがきしむ音がした。ティムが目を覚まして寝返りを打ったらしい。わたしたちはじっと横たわり、固く抱き合っていた。しばらくすると静けさが戻った。

　ルイスが小声で言った。「もう行かないと。ちぇっ」

「ティムはどうする？」

「しばらく黙っていよう。知らないほうが坊やの身のためだ。厄介なのは、この偽名だな……。きみがティムの家族と知り合いなら、彼はいずれぼくの正体に勘づくから、こっちから説明するしかない。ちょっとした口実をでっちあげればいいね――会社の保険金の請求に関する特別調査とかなんとか。考えておくよ。警察の関係者だと思われるかもしれないが、それでもかまわない。かえって口止めになる。口が堅い子だろうね？」

「わたしなら、ティムを全面的に信用する」

「いいだろう。ただし、教えてはいけないことまで教えるわけにはいかないよ。ここに戻ってきたらティムに説明する。さあ、いよいよ行かないと」ルイスは起き上がった。「ところで、最終打ち合わせだ。明日、というより今日だが、きみはホーエンヴァルトに入る。連絡を絶やさないほうがいい。夜のうちに電話をくれ。番号は、ウィーンの三二一一四一六〇だ。書き留めないから、覚えてほしい。覚えたね？」

「と思う。ウィーンの三二一一四一六〇ね。ここにかけて、ミスター・エリオットを呼び出すの？」

「ああ、そうしてくれ。ぼくが不在でも誰かが応じる。きみから電話があると伝えておくよ。明日の晩、きみが目指すのはツェヒスタインという、国境に向かう出発点だ。そこでぼくと合流する。村の二マイルほど北にホテルがある。最近、営業を始めた宿だ。古城を改装した、なかなか趣のあるところだよ。とにかく部屋を取ってくれ。村外れにあるから、ぼくたちが落ち合っても、ほとんどの村人に目撃される心配がない。費用は足りるかな？」

「当分はね。その古城ホテルは超高級かしら？

「おそらく。大丈夫、きみの部屋代も経費で落とせるかどうか確認するよ！ ダブルの部屋を頼む。ぼくがミスター・マーチの名前で泊まれるかもしれないからね。さあ、今度こそ行かなくちゃまずい」

「そのようね。ああルイス、あなたがいないと寒くてたまらない」

「そうかい。じゃあ、その布団にしっかりくるまって眠るんだ」

「眠れそうにないの。見送るわ」

わたしは足を揺らしてベッドを下り、ガウンをはおった。ルイスは肩をすぼめて上着を着てしまい、腰を下ろして靴を履いていた。ふと気がつくと、それはスニーカーだった。

わたしは夫の髪に軽くキスをした。「やけに手際よく忍び込んだわね、女たらし《カサノヴァ》。誰にも姿を見られず、足音も聞かれずに、パン屋に戻れると思ってるの?」

「そのつもりだよ。どのみちシンドラーの奥さんは、ぼくがサーカス会場の解体を手伝っていたと思うだけだ」

わたしは窓の掛け金を外して、そうっと押しあけた。夜明けの冷たい匂いが入り込み、朝に向かって星の光が震えて薄れていく。風が葉をざわざわと鳴らした。

ルイスが影のように通り過ぎ、ベランダの手すりの前で立ち止まった。夫が振り向くと、わたしはベランダに出た。

ルイスがささやいた。「風が助けてくれる。足音は誰にも聞こえない」彼はわたしにキスをした。

「きみの評判はしばらく安泰だな、お堅い奥さん」

わたしはルイスの上着の襟をつかんでしがみついた。「気をつけて。頼むから気をつけてよ」

「おいおい、どうした?」

「わからない。嫌な感じがするだけ。とにかく気をつけてね」

「大丈夫、気をつけるよ。さあベッドに戻って、眠るんだ」

突然、わたしはひとりになった。木の葉がざわざわとそよぐ音に混じり、激しく揺れる音がしたと思うと、やがて消え去った。

ベランダの手すりから振り返ると、そこにティムが、パジャマを着て、彼の部屋のひらいた窓のそばに立ち、こちらを見つめていた。

一瞬、ありとあらゆるものが動きを止めた。風、夜の物音、わたしの体内の血と息。沈黙が流れる中、わたしは口を利くことも動くこともできなかった。ティムもやはり動かなかった。ただ、ルイスは物音を立てなかったとはいえ、ティムに姿を目撃されていたこともわかった。

わたしたちはまる三十秒間見つめ合っていたらしい。まるで一年間のように思えた。まだティムに話してはいけない。それがルイスの指示だ。さっきのルイスとのやりとりを促した盲目的なまでの不安に駆られ、重要な指示だろうと思った。やるべきことはひとつだけ。ティムは何も見なかったと仮定して、わたしが糸口を与えない限り、彼がルイスの話を切り出さないことを祈ろう。

「あらあら、あなたも眠れないの？」

ティムは細長い窓からゆっくりと出てきて、すぐそばまで近づいた。明るさを増した陽光で、姿がはっきりと見えた。これといった表情は浮かんでいない。好奇心も、気まずさも、驚きさえも。その顔立ちは徹底して無関心を装うよう仕込まれていた。彼はこちらが期待したとおりに振る舞おうとしている。

たぶん、ティムの無表情が決め手になったのだろう。十七歳の少年にあんな顔ができてはいけない。カーメルとグレアムのいさかいでどんな影響を受けたにせよ、あのいやに如才ない態度を取らせたくなかった。

本当のことを話すのが一番だろう。このわたしが知り合って三十分のリー・エリオットと逢引きしていたと思うかと、腹立ち紛れの愛情を込めて尋ねる暇などない。キスしたところも見られた。それに、最初のショックが薄れれば、ティムはあれこれ考え合わせて真実にたどり着く。もうすでに、わたしの顔から真相を読み取ったとしてもおかしくない。ルイスには勘弁してもらわなくては。でも、ティムがあとで信用できるなら、いまだって信用できる。

わたしは息を吸ってベランダの手すりにもたれた。

「おっと、見つかったか」冗談めかして言った。「こうなったら白状するしかなさそうね。われらがミスター・エリオットのことで、あなたに嘘をついたの」

「ぼくに嘘を?」

「残念ながら。彼は主人に瓜二つだと言ったでしょ?」

「うん、言った」ティムの顔つきが変わり、あの無関心な仮面からなんらかの表情が現れていた。彼が飛びついた結論はわかりきった事実だが、顔に浮かんだ安堵と喜びとで、その事実を称賛している。「あれがあなたのご主人だったの?　じゃあさ、あのエリオットっていう男は――ご主人は実際に、ずっとここにいたんだ?　ニュース映画は正しかったんだね?」

「そういうこと。ルイスを見たとたん、素性を知られたくないんだとわかって――あのときアンナリーザに〝こちらがリー・エリオット〟と紹介されたから、わたしはひたすら口をつぐんでたの」

「変装してたんだ?　ほんとに?　うわあ!」おなじみのティモシーが戻ってきた。冷たい薄明りの中でも、彼が胸を躍らせているのが見て取れた。「あの人は謎めいてるって言ったよね?　道理で今夜のあなたはぼんやりして、ストックホルムに電報を打つ算段をしなかったはずだ!」彼は息をついた。「でも、どうして?　あの火事におかしな点があったの?　やっぱり?」

「なぜかは訊かないで。ルイスは教えてくれなかった。ただ、会社が発表したがらない一件が絡んでるそうだから、当面は彼の秘密を守るしかないの」わたしは小さく笑った。「これでルイスのプライドがずたずたになるわ。誰にも足音を聞かれてない自信があったのに」

「ほんと言うと、足音は聞いてない。目を覚ましてすぐに眠れなくてさ。羽根布団のせいで寝苦しくて、窓をもう少しあけようとベランダに近づいたんだ」ティムは無邪気に続けた。「実は、ちょっと怖くなった。なんであの人がここを嗅ぎ回ってるのかと思って。体当たりして、あなたの無事を確かめようとしてたら、あなたが窓から出てくるのが見えた」

「すると、そこそこ友好的な訪問だったと判明したのね」思わず笑ってしまった。「ええと、心配してくれてありがとう。これであなたは俗に言う事情通よ……。とにかく、わたしが知ってるだけのことを知ってるけど、頼むから秘密にしておいて。ルイスの正体を教えちゃいけないことになってるの」

「わかった。おやすみ」

「おやすみなさい」

こうしてわたしは冷えたベッドに戻った。

第九章

まるで歩数を数えるように、穏やかな威厳を見せて速足で駆ける。

ほどなく後肢立ちになり、クルベットで跳んだり跳ねたりする。

「見よ、これでおれの強さがわかるだろう」と言わんばかり。

「ヴィーナスとアドニス」（ウィリアム・シェイクスピア作）

翌朝、車で村の反対側に向かうと、ショックに近い感じを受けたのは、大テントが張られてにぎやかだったサーカス会場ががらんとした空き地になっていたからだ。踏み荒らされた円形の跡には、リングが立てられていた部分に撒かれたおがくずとタン皮が残っていた。風にたなびく麦藁の細い束だけが、馬たちが眠り、わたしが手術をした温かい廏舎を思い出すようすがだった。

ティムは空き地の門で車を停めた。

「不思議だよね。空き地に幽霊がうようよしてるみたいで」

「わたしもそう思ってたの。ここはもぬけの殻に見える。まるでアラジンか誰かがランプをこすったら、何もかも消えてしまったみたい……。物語が終わったみたいに」空き地の一角に目を向けると、黒ずんだ草と焼け焦げた枝が惨事の現場を示していた。「それも、悲しい物語が。サーカス団の人たちは、逃げ出せてせいせいしたのかしら。ねえ、どうしてここで停めたの？」ティムは車を降りようとしていた。

「途中で食べ物を買おうと思ってたんだ。すぐ戻るよ。もっとも、一緒に行って、お菓子屋《コンディトライ》でコーヒーでも飲むなら別だけど」

「わたしも行くわ」

　小さなカフェを兼ねたパン屋から漂う何かが焼き上がる匂いにつられ、誰でも店内に誘い込まれる。ティムにここを素通りさせるのはできない相談だっただろう。朝の広場の日陰に面した小さな窓辺に、香ばしいパンが積まれ、わくわくするほど異国風のお菓子が並んでいた。ティムがじっくりと選ぶあいだ、わたしはひたすら待ち、通用口ばかり気にしていると思われないように装った。通用口のドアに空き部屋《ツィマーフライ》と書かれた貼り紙がされ、前の滞在者はとうに引き払ったと告げていた。

「ヴァネッサ、この砂糖がけの焼き菓子の名前を見てごらんよ！　最高じゃないか。ザントクグロフ（砂と僧帽とビール酵母の意）だって……いかしてるよね。このおいしそうなザントクグロフを一個ずつ買おうよ。それとも、名物のポルスターツィプフ（枕の角の意。三角形の菓子）？　ほら見て、まさかこのクッキーはシュピッツブーベン（スピッツと小僧の意）って名前じゃないよね？」

「そうであっても不思議はないけど。ドイツ語ならなんでもありみたいだし。ショコラーデクグロフ（チョコレートをかけたクグロフ）ですって？　ああ、むしろシュニットブロートが気になるわ」

「それはただのスライスした食パンだと思うよ」ティムが言った。「ドイツ語はすばらしい言語だよね？」

「習い始めるつもりよ。今日から」わたしは言った。「ドイツ語の本を買える店があればよかったけど、ここにはなさそうだし、今日はブルックも通らないしね。本を持ってる？」

「会話表現集なら持ってるけど、よかったら貸すよ。この手の本としては重宝する……。会話表現集って笑っちゃうよね。載ってる文例は……学校で習うギリシャ語の文法並みだよ。ぼくが初めてギリシャ語に訳した文章に、〝彼女は籠に骨を入れて持ち歩いています〟っていうのがあったっけ。それが誰の骨で、どうして持ち歩いてるのか、いまでもわからないや」

「そうそう、頭にこびりついて離れない。それこそ教科書のあるべき姿じゃないかしら。あなた、そのギリシャ語の文例をどの文例よりよく覚えてるはずよ」

「正直言うと、その一文しか覚えてないのに、てんで役に立たない。ドイツ語の会話表現集は、空の旅のページを読んでるところ。だけどさ、飛行機に乗ってるときに〝窓をあけてくれませんか〟ってのはおかしいよ」

「真面目な話？　冗談でしょ。それがほんとに載ってるの？」

「嘘じゃないって」

「まあ、どの文例もその程度だとしたら――」

「おはよう」ルイスの声がすぐうしろで聞こえた。

けさはスニーカーを履いていないが、相変わらずひどく静かに歩いてきた。それが癖になってきたのなら、たぶん、またやめることもできるだろう。わたしはまだ心臓発作で死にたくない。

わたしは「おはよう」と少し息を切らして言った。ティムに真実を打ち明けたことをすぐに話すべきだろうか迷ったが、早くもティムが諜報員顔負けの落ち着きでルイスに挨拶していた。結局、悩んでも手遅れだった。

ティムが言った。「やあ、ミスター・エリオット、おはようございます。まだいたんですね。サーカス団と同時に出発したのかと思った」

「あんなに朝早くは、ぼくには無理だ。最後のトレーラーが午前五時頃に出る予定だったのかな。その音も聞こえなかったよ」

「ぐっすり眠るたちなんですね」ティムは愉快そうだ。「夜のうちに村にけっこう出入りがあったはずですけど、それでも目が覚めなかったとか？」

「おかげさまで」ルイスが答えた。「覚めないんだ。ゆうべは実に楽しかったよ。思っていたよりはるかにね」

「ティム」わたしは慌てて声をかけた。きつい口調にもなっていただろう。「好きなパンを選んで買ってらっしゃい。そろそろ出発しなくちゃ」

「了解」ティムはにこやかに言って、店内に消えた。

「名誉の勝負は痛み分けね」わたしは言った。「でも、わたしの妻としての評判を傷つけないでちょうだい。あの子は知ってるわ、ルイス」

「そうかい？」わたしはルイスの顔を見てほっとした。最初に眉を寄せただけで、あとは愉快そうな顔をしたからだ。「これこれしかじかを、坊やは知っているのか？」

「話すしかなかったのよ。ゆうべ、あなたが出ていくところを見られたから」

「それはうっかりしたな」

「違うわ、まったくの偶然。でも、事情を話すしかなくて」

「そうだろうね。大丈夫だよ。坊やはどこまで知っている？」

「あなたの身元だけ。ティムはこれをPECの謎めいた企業命令だと思ってる。サーカス団と連絡を絶やさないよう、あなたに頼まれたと話してもいい？」

「だめなわけがないさ。会社はポールの死について詳細を知りたがるだろうし、ぼくはこちらに戻ることになるかもしれないから、それまで粘ってくれときみに頼んだんだ。結局、それが真実にほかならない。ほかにもぼくから訊いたことを話していいよ」

「ティムがあれこれ訊くかしら。訊かないわよ」その言葉――とそれが暗に伝えるもの――が本当だとわたしは知っていることを、ここ二日間にあった出来事が物語っていた。「いつ出発するの？」

「もう出るところだ。きみは大丈夫か？」

「もちろん。ホーエンヴァルトへ出発したばかりなのに、ティムが途中でおなかがすいたらどうしようって言い出して、このていたらく。それより、車は手に入れた？」

ルイスは少し離れた木立の下に停まった車を顎で示した。みすぼらしいベージュのボルボだが、スピードは出そうだ。そう言えば、けさのルイスはきちんとした身なりをしているが、相変わらず夫のルイス・マーチには見えない。この人はやはり、目立たない、仕事の上でもパッとしないリー・エリオットだ。取るに足りない人物になりきる能力が商売道具なのだとわかったが、ルイスのきびきびした上品な身のこなしは、何があろうと変わらないだろう。それは常に力強さと自制心を表して、ときには――本人がその気になれば――優雅にも見えた。

ルイスは顔を上げ、目を細くして朝の太陽を見た。「なぜ坊やは食料を買いだめしているんだ？先が長いわけでもなし……」やがて、彼はささやくように言った。「頼むから、そんな目で見ないでくれ。ぼくに捧げ物を持ってきたような顔をしているね」

「いいじゃないの。わたしにも資格があるのよ、ミスター・M」わたしは堂々と言った。「ところで、ホーエンヴァルトまではどのくらいの距離があるの？　サーカスは一日にどれぐらい移動するのかしら？」

「三、四十マイルくらいだ。ざっと五十キロだな。楽しいドライブになるはずだよ。急坂はないし、美しい田園地帯も通る。リンデンバウムで昼食をとり、ゆっくり休憩するといい」

ティムが大きな包みを抱えて店から出てくると、ミスター・エリオットはわたしに快適な一日のドライブの道順を教えにかかり、古い封筒の裏に地図を描いた。封筒の宛先は、〝ウィーン、メーア通り、〈カルケンブルンナー肥料〉気付、リー・エリオット殿〟となっていた。

「さてと」わたしは言った。「もう行くわ。気をつけてね」

「きみたちも」ルイスが言った。「楽しんでおいで……。アウフ・ヴィーダーゼーエン。アンナリーザによろしく」

車を出すなり、ティムが横目でこちらを見た。「あれはただの冗談？」

わたしは笑った。「いいえ。どのみち、冗談を飛ばすのはあなたのほうが上手よ。ねえ、ルイスは知ってるの」

ティムはぎょっとして、それからニヤッとした。「じゃあ、話したんだ？　すると、ご主人はぼくが知ってることを知ってるのか」

「ええ。そこまでにしてちょうだい。頭が混乱しそう。やっとすべてがはっきりしたから……晴れて話せるわ」

夜明けにベランダで会ってから、ふたりきりで話したのはこれが初めてだった。朝食はホテルの社交行事も同然で、ティムの献身的なウェイトレスに一挙手一投足を見守られていたが、こうして村をあとにして、道路ばかりか田園地帯をまるごと独占している気がした。

ルイスが言っていたとおり、道路はのどかだった。朝日が長く伸び、青い影が射し、生垣が茂り、スイカズラと白い昼顔でいっぱいだ。干し草を載せた荷車が前を走っていたので、静かな朝の生垣から干し草の小束が黄金色に吊るされていた。

わたしはルイスに頼まれたことをティムに説明していった。ルイスと会社はポール・デンヴァーの〝事故死〟の断定に納得せず、真相を知りたがっただけだ。ポールとサーカス団にどんな――もしあれば――かかわりがあったのか、彼が自分の死と直接つながりかねない敵意を招いたのかどうか。

「ルイスの頼みは」とうとうこれも言った。「サーカス団と連絡を絶やさないこと。必要とされれば獣医の立場でも、ただの友人の立場でもね。くれぐれも、詮索したり、探偵の真似事をしたりしないようにと……。言っとくけど、アーチー・グッドウィンの出る幕はないわよ、ティモシー。実は、あなたがこの旅を続けたいかどうかわからなくて。わたしのほうは願ったりかなったりよ。ほら、すぐにルイスと合流できなくても、あたりをぶらぶらして待ってるし、同時に彼を助けられるかもしれないし。それに、あの老馬を見守りたいの。ただ、あなたがここからはひとりで行動して、ピーバーの繁殖場へ行きたいなら――」

「ううん、ちっとも行きたくない。冗談じゃない、ここに残りたいよ。ぼくがいればさ……」

ティムは猛烈な説得力で反論し、車が荷車に追いつくとようやく静かになった。それは干し草を満載した大型の荷車で、とぼとぼ歩く二頭の栗毛の馬に引かれて木製の車輪をきしらせている。道は狭く、背の高い生垣が茂り、両側に溝があった。

「本当にぼくが役に立つならね」ティムが締めくくり、車は両側三センチを残して荷馬車を追い越し、つつがなく次の斜面を上っていった。

「あなたなしではやっていけない気がしてきたわ」

「それじゃ決まり。ホーエンヴァルトへ出発だ」


ホーエンヴァルト村はオーバーハウゼン村よりはるかに小さかった。幹線道路から一マイルほど奥に入った美しい懸谷《けんこく》にあり、数軒の集落に過ぎなかった。村の中心には、塔がそびえ、灰緑色の屋根板が葺かれた釣り鐘型ドームを頂く教会があり、その下に赤い瓦の切妻屋根が広がっていた。アーチ形の石橋が細い沢に架かり、道は石畳の広場へ続いている。南側と西側は、気持ちのいい果樹園と小麦畑になっていた。畑の一部は刈り取られ、緑に黄金色が交じっている。北側と東側は、山に松林が階段状の城壁を連ねていた。砂利道の路肩は土埃にまみれて白っぽい。

オーバーハウゼン村を出たとき覚えた喪失感はここで消え去った。村に着く前から、すっかりおなじみになったポスターが木の幹や門柱に貼られているのを見て、さらにヴァーグナー・サーカスじたいが川沿いの野原に設営されているのを見たからだ。この全然違う場所で、同じテントやトレーラーや大テントや、まったく同じに設営されたサーカス会場を見るのは妙なものだった。まるで、ランプの魔人が会場ごと拾い上げ、三十マイルほど離れたここに下ろしたように見えた。

村に着いたのは午後三時頃だった。初回の公演は五時まで始まらないが、喜び勇んだ子供たちが会場の門にわいわいと押し寄せていた。小人のエレマーが門に腰かけ、子供たちに話しかけ、笑わせている。彼が顔を上げ、通り過ぎる車に乗ったわたしたちに気づき、にっこりして小さな手を振った。

これで、わたしたちより先にニュースが届く。

村に多少は観光客の出入りがあるものの、今回も教会のそばのこぎれいなホテルにあっけなく部屋が取れた。四時を回ると、わたしたちは徒歩でサーカス会場へ戻った。

大テントを通りかかり、わたしは立ち止まって中を覗いた。

芝生はみずみずしく、リングにおがくずが撒かれたばかりで、特大のポールが何本も立てられた足場では、照明係がせっせと配線の仕上げを施していた。大テントじたいは、空間がぽっかり空いているせいか、様子が変わって見えた。カンバス生地から妙に拡散した日光に照らされているのだ。テントじゅうにハンマーを打つ音とテント係がわめく声がこだまして、木製の階段式足場の最後の一段が作られ、そこにベンチが据えられた。誰かが高い梯子で後部の幕を吊っている。あの深紅のカーテンの奥から馬たちが現れるのだ。早くも衣装を着けたふたりのピエロが、メーキャップをせず、中央の通路で真剣に話し込んでいる。

いろいろと違いはあっても、そこは気味が悪いほど昨夜と同じで、テントが異郷の空気に包まれているだけだ。これまで幾度となく繰り返された曲芸や、歌や踊りや笑い声がこだましていると思われてならなかった。

陽光の下に戻ると、見慣れない門と、見慣れない村、松林を背景に立つ見慣れない教会の塔の釣鐘型の屋根が目に入り、けさは覚えなかった激しい喪失感に襲われた。ルイスはここにいない。もうウィーンに着いた頃だろう。昨夜の出来事は夢だったのかもしれず、あの忘れかけたニュース映画のちらつく幻に溶け込んでしまった。

アンナリーザはわたしたちを待っていて、喜んでくれたらしく、わたしにあのまだら馬を診てほしいと訴えた。

「もちろん大歓迎ですよ！　中へどうぞと言いたいところですが、見てのとおり着替えているんです」事実、こちらに見えるのは、アンナリーザのトレーラーの入口に掛かったカーテンから覗いた顔だけだ。温かい笑みを浮かべ、いかにも嬉しそうにしながらも、心なしか青ざめている――あの溌溂とした輝きが失せていた。ゆうべは少しでも眠ったのだろうか。「あとでコーヒーを飲みに寄ってくださいね。公演を見るでしょう？」

「ティムは今回も見るそうよ。きっと、あなたの演技は二度見るわね」わたしは言った。「ただ、わたしは無理じゃないかしら。厩舎に来ただけだから。あれから患者はどんな様子？」

「めきめきよくなってます。生まれ変わったみたい。ほとんど足を引きずらないし、ごくたまに、こわばったような歩き方をするくらいで……本当に引きずってはいません」

「それは怪我が治る〝近道〟というものよ。餌は食べてる？」

「あまり……。でも、すごく回復したように見えます。本当に感謝しています」

「いいのよ。じゃあ、あの馬はもうあなたのものね？」

わたしはほほえんで訊き、アンナリーザが答えたが、（なんとなく）よそよそしい愛想をこめて、こう言っただけだった。「あとで来てくださいね。それじゃまた《アルゾ・グート》！　このトレーラーを使いたかったら、遠慮なくどうぞ。いつも鍵をかけませんから。なんなら、中に入ってコーヒーを淹れてもいいですし。お好きに過ごしてください」再び彼女の顔に先ほどより明るい笑みが広がり、頭が引っ込んだ。

「疲れてるみたい」わたしは言った。「無事に演技を終えられるといいけど。じゃあ、またあとでね、ティム」

厩舎もやはり、気味が悪いほど前と同じだった。同じ匂いがして、同じ馬の尻とのんびり振られる尻尾が並んでいたが、カンバス生地に照る太陽は白く、まどろむような雰囲気は消えていた。曲芸馬はすでに出し物の準備をしている。馬体からラグが外され、照明で毛並みが輝いた。五、六頭は馬具を着けていた。団員たちがせかせかと行き来して、ラグや腹帯、羽根飾り付きの馬勒を運んできた。シェトランドポニーの何頭かが興奮して、そわそわし始め、お互いの首を噛んだり、長い尻尾を振り回したりしている。入口のそばの馬房にいるリピッツァナーの牡馬はおとなしくして、うつむいて耳をリラックスさせ、周囲の騒ぎを気に留めていなかった。この馬が一時間足らずでリングに出て、堂々とスポットライトを浴び、金と色石のついた衣装を着けて宙を飛ぶとは想像しがたい。ここの薄暗がりでは、白馬は賢い年寄りに見え、大理石で彫られた馬のように地面に根づいていた。

向かいでまだら馬がうなだれていたが、わたしが近づくと目を上げ、耳をパタパタ動かして歓迎してくれた。隣の馬房で背をかがめ、せっせと馬具を運んでいるのは少年だと思ったら、声をかけられて、小人のエレマーだとわかった。

「さては、苦しんでる馬の様子を見に舞い戻ったか」エレマーはどこで英語を覚えたのだろう。喉にかかる、もったいぶった口の利き方をするけれど、母音を使いこなしている。声は深みがあって感じがいい。

「ええ。だいぶよくなったようね」

「食が進まない。あれじゃだめだ。まあ、いずれ食欲は戻るだろうが……」

まだら馬を診ようと、わたしは馬房に入った。「アンナリーザもそう言ってたわ」

「……意味はないね」小人はつぶやいた。そして、色石付きの鞍を架台から持ち上げ、つらそうに白馬の馬房へ運んでいった。彼の姿は鞍に隠れそうになり、腹帯が引きずられているが、ここは手伝うと言わないほうがよさそうだ。

わたしはまだら馬に目を向けた。まだ当て布が張りついていて、腫れは引いていた。馬はわたしに触られてもひるまなかった。馬を一歩下がらせ、肢を地面にしっかり着けていることを確認した。毛並みは相変わらず艶がないが、目の光が戻り、顔つきも昨夜よりずっとよくなった。

わたしは背筋を伸ばした。「〝意味はない〟？」しわがれたつぶやきを聞き間違えたのだろうか。「つまり、この馬は飼ってもらえないってこと？」

エレマーは肩をすくめた。腕が短いのに肩が広いとは、気味が悪い。目をそらすまいとして、わたしは自制心を奮い起こした。彼は「さあねえ」としか言おうとせず、例の肩を白馬の膝に押しつけて動かした。

そのとき、いきなり公演が始まったような気がした。馬たちが初回の出し物に向けて駆け出していった。〝カウボーイ〟たちが鞍にひらりとまたがり、『剣闘士の入場』（チェコの作曲家、ユリウス・フチークの行進曲）が大テントから響いてきた。馬丁のルディがリピッツァナーの馬房に駆け込み、エレマーから鞍を受け取ると、片手で馬の背中に載せた。わたしは小人が傷つきやすいと誤解していた。というのも、馬丁がドイツ語で飛ばしたジョークは、その身振りからして、エレマーの身長をネタにしたものらしいが、当の本人はそれを笑い飛ばし、牡馬の腹の下をせかせか歩いて腹帯を留めていた。わたしは診察を終えて、まだら馬の耳を触った。白馬は色石をひとつずつ身につけ、高貴な衣装に着替えていく。そのとき小人がこちらへ近づいてきた。

「始まったよ。また公演を見て行くのかい？」

わたしは首を振った。「実は気になってるの……このおじいさん馬は、火事があってからちっとも運動してないのよね？　草地にも出てないんでしょう？　やっぱり。ねえ、ゆっくり散歩をしたら効果てきめんだし、草を食んだらなおいいと思う。近くに連れていける場所があるかしら。路肩を歩くとか？　そうしてもかまわない？」

「そりゃもう」小人は答えた。「好きなようにすりゃいい。何が一番か、あんたは心得てるんだから。ただし、車道には連れ出すなよ。あそこは土埃だらけだ。逆方向へ行け」小さな腕が厩舎の奥のドアを示した。「この先に森があるが、それは広い森じゃなく、ただの――なんて言うんだ？――松林で、幅は二十メートルかな。木戸を抜けて、林の小道を上ってくと、小さな牧草地がある。共有地で、いい草が生えてるよ。誰にも文句は言われないさ」

「テントの解体をするまで草を食べさせておいていい？」

「いいよ。こいつに肢を引きずらせたくないんだ、そうだろ？　じゃあ、ちょっと待ってな、手綱とペグを取ってくる」

牧草地はあっけなく見つかった。サーカス会場の外れでテントが張られた平地から地面がぐんと盛り上がり、夕日が松かさを琥珀色に染め、木立を縫う日陰に沈んでいた。木戸は湿っていて、ぎいっと音を立ててひらいた。わたしは老馬を中に通し、ゆっくりと歩いた。馬は調子の悪い肢をそっと地面につけているかもしれないが、決して肢が不自由ではない。足取りがぎくしゃくしている程度で、松林の苔むした道をのんびり進むにつれ、一歩踏み出すたびに回復していくようだった。馬は頭を上げ、初めて興味を示したしるしに耳をぴんと立てた。わたしでさえ、人間の鈍い嗅覚で、夏の宵の芳醇な香りがわかった。

松林の上方に、小人が教えてくれた牧草地が広がっていた。平坦な緑の台地で、そこかしこに低木があり、四方を黒々とした樅の木に囲まれている。長い牧草は刈り取られたと見え、あちらこちらに干し草がまとめてあった。刈り込んだあとから新しい草が生え、新緑に花が咲き乱れていた。あたりに蜂蜜の匂いがした。

馬はわたしを押しのけて陽だまりに入り、頭を垂れて草を食み出した。わたしは馬に食事をさせておき、たるんだ手綱をつかんで、ペグを牧草地の真ん中に差し込むと、少し離れたところに腰を下ろした。

地面は日中の陽射しで温かかった。松林の下方からサーカスの音楽がかすかに聞こえる。離れているので音がやわらぎ、響きがよくなった。わたしは音楽に耳を傾け、名残の夕日を楽しみながら、むしゃむしゃと草を食む老馬を満足して眺めた。草地には見慣れた花が咲き乱れている。イトシャジン、タイム、コゴメグサ。まだ牧草が生えている場所にパセリとキンポウゲの白と黄色が溢れていた。ひらひらと風に舞う生き物のほうはなじみがない。蝶々のせいで、草地の一面が動いているように見える。マキバジャノメ、シジミチョウ、モンキチョウ。わたしと同じ名のヴァネッサ、すなわちアカタテハとヒオドシチョウも少しいる。蝶は花のあいだで羽をちらちらさせては、てんでに羽をたたんで花にとまると、一瞬姿を消し、また鮮やかな羽をひらいて飛んでいった。草の緑の根元さえ生き生きとして、そこでバッタが何匹も跳ね回っていた。頭上を蜂蜜がブーンと飛び、うなりをあげて通り過ぎ、いっせいにひとつの軌道に乗った。自分たちの蜜蜂高速道路《アウトバーン》に乗ったように。蜜蜂はある小屋に向かっていた。ささやかな山小屋式の別荘ほどの大きさで、松材で美しく作られ、鳩小屋のように小窓がたくさんある。実は、それは養蜂小屋で、いくつかの群れが共同で使用する巣とでも言うべきものだ。群れごとに小さな蜂用扉を持ち、その奥にある蠟燭型の巣で蜂蜜を作っている。興味が湧いて、荷物を運ぶ蜜蜂がそれぞれ猛烈な勢いで自分の扉を目指す様子を眺めた。そう言えば、わたしの子供時代には、いや数年前なら、イングランドの牧草地にも羽のある生き物がいっぱいいたのに、いまでは環境が悪くなった田園地帯はひっそりとしている。

松林の向こうで、驚くほど遠くに聞こえたのは、小さな教会のひびが入った鐘が六時を打つ音だった。サーカスでは合間に静かな時間が続いていた。ピエロか犬の出番なのだろう。やがて、か細い音ながら、静かな空気の中ではっきりと、また次の曲が始まった。ファンファーレが聞こえて、出し物がわかった。アンナリーザと白馬の入場だ。トランペットの音が響き渡る。銀色の、澄んだ、凛々しい音色だ。まだら馬は草を食むのをやめ、頭を上げて耳を引き、軍馬が戦場の匂いを嗅いでラッパの音を聞くような格好をした。そのとき曲が変わって甘く軽快なメロディになり、オーケストラがオペラの『薔薇の騎士』のワルツを奏で始めた。

美しい夕暮にアルプスの牧草地で、この距離からこの曲を聴くとうっとりする。わたしは干し草の山に気持ちよくもたれ、コンサートを楽しもうとした。ところが、老馬の様子に目を引かれて起き上がった。

馬はもう頭を下げていなかったが、首をそらして耳をピクピクさせている。いわば、あの白馬の誇らしげな姿勢の物真似だ。それから、白馬のように、老馬の頭が動いた。普通の馬のように頭を振るのではなく、美しくあろうとする優雅で儀式めいた動きだった。片方の前肢が上がり、突き出され、柔らかい地面を二度掻いた。次にゆっくりと、誰の力も借りず、草地に落ちた自分の影に会釈して、馬が踊り出した。年老いてぎこちなく、痛めた肢に難儀してはいたが、プロのダンサーのように曲に合わせて動いた。

　人けのない牧草地で伸びていく日陰に腰かけて、馬を見つめ、わたしはなぜか心から感動していた。老いたサーカスの馬はみんな、若い頃に聴いた曲が流れたらこんなふうに感じるのだろう。曲芸馬のしなやかで厳かなダンスは、一度覚えたら死ぬまで忘れられないのだ。

　しかし、これは曲芸馬の動きではないと気がついた。パロミノ種が〝踊っていた〟振り付けではない。これは、ぎこちなく見えても、厳しく訓練された高等馬術の動作だ。最初は前肢を持ち上げて歩くスパニッシュウォーク。肩から上を横に曲げて速足で歩くショルダーイン。次に難しいピルエットを披露し、くるりと回って観客の前で横向きになった。そして、いきなりピアッフェの姿勢に移った。それはリピッツァナーがきびきびと演じていた足踏みのパロディ、病んだ老馬によるパロディだが、いまも記憶が鮮やかに残り、演技を完璧に再現できるのだ。遠くで曲が変わった。リングで演技をしているリピッツァナーは、後肢で立ち上がってルバードの技を見せるはず。〝空中馬術〟の第一弾だ。ここアルプスの牧草地では、わたしひとりを観客に、まだら馬が後肢の蹄を地につけ、たてがみと尻尾をそらし、不自由な前肢を持ち上げて、やはり高貴で美しいルバードの姿勢を保った。

　どうやら、これで気が済んだようだった。老馬が四つ肢をつき、頭を振り、牧草に鼻面を埋めると、緑の草地に放牧された、くたびれたまだら馬に戻っていた。

第十章

神々や英雄たちは、こうした姿勢の馬に乗ったところを描かれる。

『クセノポーンの馬術』（クセノポーン作）

「ティム、まさか二回目の公演を終わりまで見る気じゃないでしょうね？」

「ううん、その気はないけどさ、アンナリーザのショーをもう一度見てもいいかなって。ところで、ぼくに用？」

「ええ。アンナリーザの出し物もパスしてほしいの。見せたいものがあるんだけど。あなた、絶対に見逃したくないはずよ。いいえ、それとは関係ない」ティムに探るような目を向けられ、わたしは答えた。「わたしの個人的な用件で。ちょっと来てくれる？」

「ああ、もちろん。どこへ？」

「会場の裏手の山を登ったところ。詳しくは話せないから、その目で確かめてちょうだい」

あたりは暗くなっていたが、月が昇って山々や木々ははっきりと見えた。空気はしんとして、蝙蝠が飛んでいる。老馬は少し移動して、おとなしく草を食んでいた。

「ははあ、まだら馬をここに連れてきたんだ」ティムが言った。「へえ、すっかり見違えたよ。まさに、馬《モリモリ》みたいに食べてる」

「馬さながらよ。〝気高い理性！　計り知れない身体能力！　その形も動きも美しい！　……この世の美！　ありとあらゆる生物の鑑！〟」

「何それ？」

「『ハムレット』のせりふをノエル・カワード（一八九九～一九七三。英国の劇作家、俳優）調で言ってみたの。ねえ、こっちへ来て。草はもう湿ってるけど、ここに丸太があるから、腰を下ろせる」

「何を見せてくれるの？」

「じきにわかるわ。たまたま始まったことだし、また始まるといいけど。さあ、ここに座って。曲を聞き取れるかしら」

「うん。あれは曲芸馬の音楽じゃないかな？　ほら、ここで終わり。次はピエロの登場。どういうことだい、ヴァネッサ？　ちょっと興奮してるみたいだね」

「そのとおりよ。まあ見てて。何も始まらないかも――見当がつかないし、わたしが間違ってたかもしれない。いまとなってはすべて気のせいだったように思えるけど、そうじゃなかったら、あなたも見られるわ」

　美しい晩で、空気が澄んでいた。蝶はとうに姿を消して、蜂は養蜂小屋でおとなしくしている。静寂に包まれ、木々の上空を飛び交う蝙蝠の鳴き声が聞こえたような気がした。老馬が蹄をシュッと振り、草をむしって食べる音が、しんとした空気の中でやけに大きく響いた。山に低く垂れ込めた雲から月が出た。

　わたしはささやいた。「聴いて。あれはトランペットの音よ。何も言わないで。黙ってて」

しばらくは何も始まらないと思った。トランペットが空気を震わせた。遠くから届く、澄み切った、勇ましい音色だ。老馬は草を食んだ。一羽の梟が草地をかすめ飛び、月光の下でひっそりと、幽霊のように白かった。老馬が頭をもたげてそれを眺めた。トランペットの演奏は無視されている。『薔薇の騎士』のワルツが松林を縫って流れてきた。隣で丸太に座っているティムは、じっとしている。

ワルツのメロディが優しく続いた。五小節、六小節——すると、ついに始まった。老馬が首をそらし、あの傲慢かつ優雅な動きで前肢を出して、もう一度自分だけの厳かなダンスを滑らかに踊り始めた。あちらこちらへ向かうたび、蹄がそっと草地を蹴る。月光が牧草地を照らし、色という色を漂白して、みずからの白銀に染めている。松林は真っ黒だ。老馬が堂々たるルバードのポーズを取る背後で月光が降り注ぎ、黒い背景に毛並みが五秒あまり色を失った。影のまだら模様がついた白馬は、もはやよぼよぼの馬ではなく、ヨーロッパでも最古の血統を誇る、高等馬術を披露する牡馬だ。

ティムは身じろぎもせず物音も立てず、馬の動きを最後まで見守った。やがて、わたしたちは顔を見合わせた。

「見間違いじゃないわよね？」

ティムは何も言わず、頷いただけだった。いまの光景に、先ほどのわたしと同じくらい心を動かされたのだろう。そして——少年らしく——その気持ちを見せまいとした。口をひらいたときは、平静な、むしろさりげない調子だったが、わたしは自分が正しかったとわかった。「かわいそうな奴」ティムはつぶやいた。

「いい馬だったのよ、若い頃は」

「同感」ティムはあれこれ考え始めて、声に熱がこもった。「でもさ、わかんないなあ！　こんなに訓練されてるのに、どうして厄介払いするって話が出るんだろ？」

「年寄りだもの。よく見たけど、二十歳を超えてるわね」

「だけど、誰も年寄りだから捨てるとは言ってない。口癖みたいに、〝こいつは役立たずだ、何もできない。サーカス団に怠け者の馬を養う余裕はない〟って言ってた。ほら、アンナリーザの話を覚えてるだろ、この馬に曲芸馬の芸をさせようとしたけど、駄目だったって」

「この馬が高度に訓練されたドレサージュを身につけてサーカス団に入ったとしたら、新しい演技にショックを受けたでしょうね」

「うん。でも、これが〝高度に訓練された〟馬だったら、なんらかの役目を与えられたんじゃないのかな。さもなきゃ、売り払うとか。二十歳でも高い値段で売れそうだよ」

「たぶんね」わたしは言った。「サーカス団の人たちは、この馬が訓練されてることを知らないのよ」

ティムは振り向いてわたしを見つめた。冴え冴えとした月光を浴びて、お互いの顔がはっきりと見えた。

「知、知らない？」

「そうね、気がつかないんじゃないかな。さっき、あなたはあの人たちの言葉を持ち出したけど……今夜もまた、この馬は診察しても無駄だと思われてる気がしたの」わたしは小人に言われたことをティムに話した。

ティムはしばらく草地を睨んでいた。「じゃあ、これからどうする？　やっぱり、サーカス団の人たちに教えないとね。みんな、まさかと――」

「教えていいのかしら」

ティムの頭がぱっと上がった。「どういうこと？」

「ずっと考えてたの」わたしは切り出した。「これはフランツル・ヴァーグナーの馬だった。ほら、アンナリーザの話では、十年前に北部のどこかで興行していた頃、彼はいまのサーカス団に加わった。たまたま馬市の業者と一緒に働いてて、チェコのサーカスからこの馬を連れてきていた。彼がこの馬みたいに訓練された、これほど優秀な馬を持ってたかどうかわからないし、問題がなければ、口をつぐんでたでしょうね。ねえ、芸を仕込まれた牡馬を連れ込んでも（おまけに自分では乗り続けてよ）、黙ってるかしら。ひと財産になりそうなもので儲けない？　まあ、これはルイスの知りたいこととはおよそ関係ないけど、フランツル・ヴァーグナーはルイスのパズルのピースなのよ。それは〝パターンから外れたもの〟らしくて、わたしたちはあらゆる面からフランツル老人についてもう少し知りたくなった。そう言えば、ティム、彼は名字を変えたわ、覚えてる？」

「そうだったね。それに、サーカスでは芸をしなかった……人目を避けたんだ」

わたしは慎重に言った。「もしも、これが本当に価値のある馬で、フランツルが前にいたサーカス団から盗んできたとしたら？　先代のヴァーグナー団長――アンナリーザのおじいさん――は事情を知っていて、フランツルに名字を変えさせ、手を打ったはず。ただ、ほかの人たちは何も知らされなかったのね……。すべてが大昔の出来事で、当人も死んでしまい、いまさら問題にならないし。でも、フランツルがひとつ盗んだとしたら、ほかの物も盗んでいた可能性もあって、彼がルイスの〝謎〟のどこかにあてはまるとすると、この線を徹底的に調べてもよさそう。彼が長年身を隠すほどの悪行をしたとすると、ポール・デンヴァーとの関係は……」

「ヴェルス」ティムが唐突に言い出した。「彼女、ヴェルスって言ったよね？」

「え？」

「アンナリーザが言ってた。フランツルがサーカス団に入った頃、ヴェルスっていう町で興行してたって。北部の、西ドイツのバイエルン州との国境近くだ」

「ああ、そうそう。ねえ、ティム、覚えてるでしょ？　フランツルがサーカス団に入ったときは会場を解体中だったとアンナリーザは言ったの。少なくとも、そう匂わせた。当時、逃亡中だったとしたら、これ以上の隠れ蓑はない。町でひらかれた馬市で騒々しい取引を終えて、その深夜に国境を越えるサーカス団に身を潜める……。人ひとりと馬一頭が増えても、すんなりと――」

「スペイン乗馬学校は一九五五年までヴェルスにあったんだよ」

ティムが差し挟んだ言葉は前回と同じく簡にして要を得ていたが、今回もわたしにはぴんと来なかった。

「それで？　アンナリーザは馬を見に行ったことがあるそうね。いったい――」

わたしは黙り込み、あんぐりと口をあけてティムを見つめたような気がした。どちらも立ち上がったのを覚えていないけれど、いつの間にかそこに立ち、じっと見つめ合っていた。

わたしはかすれた声で言った。「ありえないわよ、ティム。まさかそんな。おそらく大騒ぎになって――警察が来て――」

「間違いないね」ティムまで呆然とした話し方になった。「待てよ……あのね……やっとのみこめてきた。飛行機の中で教えた話を覚えてるでしょ。馬の喉を掻き切って、自殺した騎手の話。あれ、ぼくの勘違いだった。あれは古い話でさ、嘘かホントかわからないけど、前にも言ったとおり、公表されなかったから実名はわからない。でも、ちゃんと公表された話もある。それを本で読んだら、前の話とこんがらがったんだ」彼は長々と息をついた。「ぼくはナポリターノ・ペトラの写真を見せて、これが殺された馬だって言ったよね。そうじゃなかった。あの馬は姿を消して、この夏で十年になる。厩務員も一緒に行方をくらました」

　ふたりとも黙り込んだ。どちらも針金で操られる人形のようにぎくしゃくと振り向き、牧草地の向こう側で草を食んでいるまだら馬を見た。

「あの模様」ティムがつぶやいた。「どうやって作るんだろう？」

「さあ。でも、簡単なことよ――髪染めか何かを使えば」わたしはぱっとティムを振り返った。「それで説明がつくわ！」

「なんの説明？」

「毛並みの手触りよ。さっき診たところ、まだ毛がごわごわしてたの。もう熱は下がったのに毛艶が悪いのはおかしい。わたしは確かに黒いまだらを触ってたわ。染めた毛は、たいていこわばった感じがするの。あれはちょっと気になった。おかしな感じがしたわね。今夜は遅いから、あとは明日、昼の光で黒いまだらを見てみたいわ！　ティム――」わたしは言葉をのみこんだ。「ちょっと待って、そんなのばかげてる。何もかも！　まだ納得できない！」

「ぼくもできないけど」ティムも言った。「ちゃんと辻褄が合う。そうだよね？　考えてみてよ、フランツル・ヴァーグナーが犯人だとしたら、馬泥棒くらいお安い御用だったことを。なんとか理由をつけて牡馬を外に連れ出して――本で読んだけど、ヴェルスの町はときどきスペイン乗馬学校のせいで騒然として、馬市がそれに輪をかけたらしいよ――馬の毛色を変え、伯父さんのサーカス団に潜り込んだ。ちょうど会場を解体中だったとはツイてたね。出来心だったのかな。隠れ蓑が近くにあって……酔っ払ってたのかも……しでかしたことに気づいたときは、怖くて言い出せなかったんだ。だから、この馬に客の前で演技をさせようとせず、自分も演技をしなかった。そのくせ、この馬にこっそり乗らずにはいられなくて――訓練めいたものを続けてた」

「でも、どうして？　馬で儲ける気もなかったのに、どうして盗んだの？」

ティムがおもむろに答えた。「ひとつには、ひねくれてたせいとしか思えないな。一種の仕返しだね。本を読んでると、そんな感じがするんだ。例の〝廏務員〟はシュタイアーマルク州の陸軍中隊から乗馬学校に入り、下級バライター――騎手のことだよ――にまでなったけど、ちょっと無鉄砲で、上級の騎手たちといざこざを起こした。それで、自分は睨まれてる、機会を与えられてないと思い込んだ。やがて演技をする機会をつかんだのに、酔っ払って現れ、たちまち廏務員に戻された。ぼくはこの男が首にされたのかと思った。でも、当時は人を雇っておく余裕があったし、彼は酒さえ飲まなければ馬の扱いが上手だったんだ」

今度も、わたしたちは黙り込んだ。「〝酔っ払って現れた〟」わたしは小さな声で言った。「〝シュタイアーマルク州の陸軍中隊〟。チェコのサーカスというのは、ただの作り話だったのね……。驚いた、ぴったり合う。もちろん、どの本にも廏務員の名前は出てないんでしょう？」

「うん。でも、突き止められるよ」

「そう……そうよね。そこの部分を考えないと」

「サーカス団の人たちは知らないと思うんだね」

「知ってるとは思えない。あの血腫の治療をめぐっても、団員たちは事情を知ってるそぶりは見せなかった。老馬がスポットライト――文字どおり――を浴びていたのに……。それに、いずれにしろ団員たちには、確信できるまで何も言えない。どうやって取り組めばいいのかしら。国立繁殖場は問題の廏務員の名前を教えてくれそうにないし、警察に問い合わせたら不審に思われるだろうし、ヴァーグナー団長と団員たちに迷惑をかけるかもしれない。逆に考えれば、まず彼らに打ち明けたほうがいいのかしらね」

「ぼくたちだけですんなり解決できると思うけど」

「いいえ、それはまずい。あれこれ訊き回るわけにいかないの。ルイスに釘を刺されてる。アーチー・グッドウィンごっこは禁止だと言ったはずよ」

「そうじゃなくてさ。うんと単純なやり方だよ。この場でわかる。本物のリピッツァナーの馬――スペイン乗馬学校のリピッツァナーの牡馬だよ――には、みんな焼き印が押されてるんだ。前々から、白馬に焼き印を押すなんてひどいと思ってたけど、一頭に三つずつ押されてる。頬のあたりの大きな〝L〟は、どう考えてもリピッツァナーの頭文字だ。国立繁殖場で生まれた馬なら、脾腹《ひばら》に王冠とピーバーの頭文字の〝P〟も押されてる。それから、横側に飾り文字で具体的な血統が示される。父馬と母馬の血統がね。解読できるかどうかは全然自信がないけど、焼き印が三つ押されてたら、ぼくたちは正しいと断言できるよ」

「じゃあ」わたしはせっついた。「何をぐずぐずしてるの?」

月光がわたしたちの黒い影を引き伸ばす草地を、草を食んでいる馬に近づいた。馬はもう月光があたる場所を離れて松の木陰に入っていた。黒いまだらが漆黒に見え、本来の形を隠しているので、馬ではなく心霊体が発する揺れ動く影のようだ。

わたしは言った。「あなたの言うとおりかも。大変、そうかもしれない。側面は黒い斑点だらけでしょう？　頰、あばら、脾腹――どこも焼き印を押すところじゃない？」わたしたちが近づくと馬が顔を上げ、わたしは手綱を握った。「しかも、これは見るに堪えないまだらだわ……。心臓にまで届きそうな……」

わたしの声がかぼそくなった。馬は鼻面をわたしの胸に押しつけていて、ティムが優しく、すばやく馬の前髪に手を這わせ、目を過ぎて、頰に触れた。彼の指は月光を浴びて青白くなり、黒い毛皮を行ったり来たりした。指が探り、ためらい、やがてゆっくりと大文字の〝L〟をなぞった。

ティムは何も言わなかった。わたしもそうだ。彼は黙ったまま手を下ろして、わたしが馬の頰に手を当てた。夜露に濡れた草がかすめた皮膚が湿っている。そこは前髪がほんの少し逆立っていた。触れると、古い焼き印の輪郭が感じ取れた。リピッツァナーの〝L〟だ。そして、王冠を頂いた〝P〟はピーバーを表す。あばらにある複雑な模様も焼き印だ。そこにうっすらと、なぞれそうな文字は〝N〟と〝P〟……。

ナポリターノ・ペトラはわたしの服の前でぐわっと息を吐き、頭を引いて、また夜露に濡れたクローバーを食べ始めた。

わたしたちは黙ったまま、馬をその場に残して、松林を縫う道をゆっくりと下りていった。

そこは月光が届かず、真っ暗だった。わたしたちはしばらく無言で歩いていた。そのうち、ティムがたどたどしく言った。「うん、そりゃそうだ」

「わたし、あのオウムを思い出していたの」

「オウム？　そうそう、フランス語で命令されたっけ。よく高校の教科書に載ってる文章で。あれはフランツルが教えたんだな」

「そうだった？　知らなかったわ。わたしは〝ペーター〟のことを考えてたの。あの馬の名前だったのかもしれない」

早くも木戸に着いていた。道はそこから森を抜けてサーカス会場に続いている。ティムは木戸をあけてくれたとき、興奮して小さく笑った。

「ぼくたちうまくやってて、秘密を山ほどどしょいこんだね。今回の発見はご主人とＰＥＣに役に立つと思う？」

「見当もつかないけど、早くルイスに教えたい！　今夜は電話をかけ直してもだめみたいよ。さっきかけてみたら、留守だと言われたの。でも、なるべく早く南に向かうそうだから、来てくれたら、厄介事はきれいに片付くわ」

「それはどうかなあ」ティムの手で木戸がきしんで閉まり、あざ笑うような音を響かせた。

第十一章

城が断崖にまとわりつき……。

「デ・ガスチブス」（ロバート・ブラウニング作）

翌日ツェヒスタインに着くと、ホーエンヴァルト到着時に感じた懐かしさに妙に似たところがあった。随所に貼られたサーカスのポスター。村外れにある会場にガタガタと入っていく最後のトレーラー。緑を背に組み立てられた大テント。そして、おなじみの顔や車がそこかしこに見えた。

村は大きな谷にあり、川が南へ蛇行している。ここは谷底が幅一マイル足らずで、まず地面が両側で少しずつ隆起して丸みのある丘となり、次いで数種類の木——オークと栗とブナと柊——の森が作る急斜面になって、ついには、そそり立つ白銀の岩山となる。あちこちで谷壁から山脚が突き出し、川筋をくねらせて岩底にまぶしく光る回り道を作らせている。美しい教会や橋、水車小屋、ツタに覆われたワイン専門店がある村は、谷の懐に抱かれていて、村外れの絶壁の道を曲がるまで城が見えなかった。

川のずっと向こうに急峻な岩壁がもうひとつせり出していて、川筋を鋭く曲げていた。岩壁の先端に大岩があり、それじたいが荒々しく城のように胸壁を備え、そそり立つ壁は真っ逆さまに川へ落ち、流れが崖の下を暗く深く縫っていた。この高い断崖は丸みを帯びた狭い尾根で山腹とつながっている。尾根にはてっぺんまで松が生い茂り、黒々として美しく、下の牧草地の優しい緑と午後の空の輝く青と鮮やかな対比をなしていた。さらに、岩山の一番外側に立っていて、おとぎ話から抜け出したように見えるのが、ツェヒスタイン城だ。小さな城でありながら、まさにロマンチックな城で、小尖塔と尖塔と低い城壁を設け、細長い窓と銃眼付きの胸壁と石に彩色した盾形の紋章も備えていた。なんと橋まである。跳ね橋ではなく、石造りの狭い橋が森から城の入口に弧を描き、そこで急流が岩を削り、細く流れる白い水が壁の下方でしぶきを上げていた。城へ行くには狭い舗装道路を通る。この道は下の谷で幹線道路と直角に交わり、紋章のついた柱を縫い、別の優美な橋を渡り、それから急坂をジグザグに上って森に消えていく。進入路は起伏が激しく、中世の要塞が大切に保存されているにもかかわらず、近づきがたい雰囲気はみじんもない。うっとりする——ガイドブックに載る城ではなく、人が住む城だ。

　そうこうするうち、小さな車は曲がりくねった道を轟音を立てて尾根まで進み、城門に続く橋は下から見えたほど狭くないとわかった。頑丈そうな、手入れの行き届いた橋で、車が一台ゆうゆう通れる幅があった。橋を渡り、アーチ道をくぐって、玉石敷きの中庭に入った。

　玄関広間にはここがホテルだという雰囲気はほとんどなかった。大きな正方形の広間には石敷きの床と羽目板張りの壁があり、大階段が回廊に続いていた。木造部分はすべて松材だ。片隅にある緑色の陶器のストーブは、この時季は火が入っておらず、どっしりした木製のテーブルに宿帳と事務用品などが載せてある。シャツの上に緑色のフェルトのエプロンを着けた男が、宿帳に記名する場所を教えてくれ、荷物を持って客室へ案内しようとした。わたしは階段に向かおうとして、男に呼び止められた。そのざっくばらんな物言いではプライドが隠し切れなかった。

「こっちですよ、奥さん。エレベーターがあるんでね」

わたしの顔に驚いたと書いてあったに違いない。こんな場所に現代的な設備が、ましてエレベーターのように便利なものがあるなんて。男がほほえんだ。「まさかと思うでしょう。まだ備え付けたばかりでして。使うようになって、これが初めての夏です。まことに便利ですよ」

「そうでしょうね。なんてすばらしいの」

「こっちへどうぞ。ここから厨房のほうへ廊下をちょっと歩きますけど、伯爵は現代的な設備で城の真ん中を台無しにしたくなかったんですよ。広間の羽目板を切るのは無念だったでしょうから」

男は話しながら、薄暗く長い廊下を先に立って歩いていった。石の床にイグサのマットが敷かれている。わたしは訊いた。「伯爵?」

「伯爵と伯爵夫人はいまもこちらにお住まいです」男が説明した。「ここは伯爵家が先祖代々暮らしてきました。いまの伯爵夫妻は城のあの部分に私室をお持ちです。反対側に」男はわたしたちが来たほうを頭で示し、夫妻の居住部分は中央広間の向こう側にあると伝えた。いま歩いている厨房の廊下は北棟にある。伯爵夫妻は南棟を独占していて、城の本館、すなわち玄関と橋に面した中央部分をホテルとして使用しているのだろう。

わたしは言った。「では、ご夫妻がこのホテルを経営していらっしゃるの?」

「いいえ、奥さん。支配人がいますけど、伯爵夫人は経営に強い関心を寄せてます。さあ、これがエレベーターですよ」

男は頑丈な松材のドアに見えるものの前で立ち止まっていた。大きな鉄の飾り鋲と蝶番《ちょうつがい》の付いたドアは、オーストリアのどこに行ってもお目にかかれそうだ。ドアの片側で石材に隠れ、これまた絡まった鋳鉄の飾りの中に電動のボタンがあった。エレベーターが音もなく到着して、最新の機種だとわかった。自分で動かすタイプに乗るたび、わたしはびくびくする。操作パネルはコンピュータ並みに複雑そうだ。ところが、この機械はなんの支障もなく、おそらく三秒ほどでわたしたちを三階へ運んでくれた。

わたしの部屋は豪華でとても美しく、大廊下の中ほどにあって東壁に突き出しているため、窓から谷の絶景を楽しめた。また、この城におとぎ話の雰囲気を与える、胡椒入れに似たすてきな小塔も付属しているようだ。寝室の部分は正方形だが、壁の一角が大きくくりぬかれていて、小さな書き物机と椅子が二脚、感じよく置かれていた。そこには細長いドアもあり、その先はどうやらバルコニーか、もっとありそうなのは――はるかにロマンチックなのは――胸壁だろう。

荷ほどきが済んだところへドアをノックする音がして、ティムが来たと告げた。

「ここは最高にすてきなところだね。でもさ、正直言うと、ちょっと怖くなるんだ。お茶を頼んでもいいかな?」

「いいけど、いったいどうやって頼むの。ホルンを響かせるか、剣で盾を叩くか。それとも、こういうのはどうかしら。そのへんに刺繍入りの長いタッセルが下がってて、それを引くと、暗い廊下のずっと先でこもった音のベルが鳴るから、そのうち腰の曲がった召使いがよぼよぼと歩いて――」

「ベッドのそばに電話があったよ」

「あらやだ、そうだった。がっかりね。まあいいわ、注文しなさいな。ここまで運んでもらう? できればあの小さなドアの外を見てみたいの」

小塔のドアは錠が外れていて、やはり胸壁に続いていた。狭い歩道がわたしの部屋の小塔と五十ヤード先の南東の角にある別の小塔をつないでいた。歩道は東壁に沿って、切り立つ絶壁を頂く胸壁と急傾斜の屋根に挟まれて伸び、南東の小塔にある石の螺旋階段で終わっている。この階段は外壁を回り、小さな胸壁付きの屋根に続いているらしい。わたしの小塔はてっぺんに魔女の帽子のような尖塔がちょこんと載り、空飛ぶドラゴンの形の風向計も付いている。屋根と切妻には赤い瓦が敷かれ、城壁は蜂蜜色の石が積まれ、どの尖塔も先端が金色で――こちらは球体、あちらは空飛ぶ白鳥、頭上はドラゴンだった。胸壁から身を乗り出すと、石は午後の陽射しで温まっていた。涼しい風が空気を揺さぶり、崖下で川がごうごうと流れている。

背後でティムの声がした。「お茶を頼んだよ。へえ、すごい眺めだ。村は見える?」

「見えないけど、あそこの農場が村外れじゃないかしら。ねえ、向こうの松林を上った、白い山小屋風の建物が見える?　サーカス会場はその下あたりでしょうね。ここへ来る途中に山小屋を見た覚えがあるから」

「どれくらい離れてるのかな?」

「直線距離ならほんの一マイルだけど、あの道路を通る場合はなんとも言えないわ。それより、すてきなホテルじゃない?」

「もう最高。おたくのご主人は好みがうるさいほうだね」

「いつもそうよ」

「はいはい」ティムはにやにやした。「納得したよ。ま、そりゃそうだ。ご主人は何時に来るの?」

「さあ。さっきの電話では何も教えてもらえなくて。今夜は都合が悪くなる場合もあるでしょうけど、本人は必ず来ると言ってた。明日になればサーカスは出発してしまう。あとはひたすら待つだけよ」

わたしは祈ってもいるとは言わなかった。ルイスがサーカス団を追ってユーゴスラビアへ入る可能性も捨て切れず、それを思うと不安になるのはばかげていても、やはり現実味があった。「あとで電話をかけてみる。ルイスがもうこっちへ向かっていたら、教えてもらえるでしょう」

「とりあえず、ぼくはご主人を知ってることになったね。そうじゃなかったら、ちょっと気詰まりだっただろうな」

「こっちが気詰まりよ」わたしは冷たい声で言った。「あなたたちふたりは、平然と嘘八百を並べるんだもの。ぞっとするわ」

「ご主人はたいていのことを平然とやってのけそうだけど」

「そうかもね」

「じゃあ、次は――お茶を飲んでから――サーカスに行く?」ティムは腕時計を見た。「時間はたっぷりある。まだ三時だ。初回の公演の前に、団長たちと話せるよ」

その朝、サーカス団を追ってホーエンヴァルト村からのんびりと車を走らせながら、わたしたちはまだら馬のことをざっと話し合い、こうするしかないと決めていた。ルイスの到着を待たず、これまでわかったことをヴァーグナー団長とアンナリーザに打ち明けるしかなさそうだと。

(「だってさ」とティムはそのとき言っていた。「フランツル・ヴァーグナーは死んだ。あくまで犯罪者は彼で、団長たちじゃない。おまけに、サーカス団は明日の朝ユーゴスラビアに入り、次はハンガリーに行くから、あの馬を返すかどうかっていう問題は、今日じゅうに決めなきゃいけないんだ」)

「そうね」わたしはここで答えた。「四時までには会場に着けるわ。ああ、お茶が来たんじゃない?

いい子だから、ドアをあけてきて」

入ってきたのは、先ほどの緑色のフェルトのエプロンをかけた使用人だった。運ばれてきた大きなトレイには、美しい時代物の銀のティーセットと、恐ろしく小さい、パサパサに見えるビスケットを並べたドレスデン陶器の皿が載っていた。

わたしはティムに続いて部屋に戻った。「まあ、どうもありがとう。ここに置いてくださる？　この書き物机に。ご苦労さま。今日は全部の仕事をこなしているの？」

男はにっこりしてトレイを置いた。「そんな気分ですがね、奥さん、これなら休暇を取ってるようなもんです。けさアメリカ人の団体さんが出発して、いまはあなたがたの貸し切りですから、ひと休みしてる使用人が多いんですよ。村にサーカスが来てて、みんなが見に行きたがってます」

「すごく面白いサーカスだよ」ティムが言った。「ぼくたち、ホーエンヴァルトで公演を見たんだ」

「ほう、そうですか？　わたしも五時に行って、ほかの者が行けるよう戻ってきます。使用人はほとんど村の者で、夜は家に戻るんです」

ティムがあっと声をあげ、わたしは振り向いた。彼はさっきから窓のくぼみのそばに立っていたが、いまは北のほうを見つめている。「いったいなんだろ？　あれを見てよ。あの林の上に、煙がもくもく出てる。山火事かな？」

わたしはティムの肩の先を見た。さらに北へ、谷を越えた、村から逆方向の場所に、なるほど木立から黒煙が山の斜面へ流れ出ていた。

「まさか、あの山に家はないでしょう。いったい何かしら？　あれは本当に山火事かもしれない？　ええと——」これは使用人に問いかけた言葉だった。

「ヨーゼフといいます、奥さん。さっきの話ですが、あれは山火事じゃなくて、いわゆるディー・フォイアヴェーア、消防自動車ですよ」

「〝消防自動車〟？」

「ほかにもいろいろ名前があります。空飛ぶ列車《デア・フリューゲルツーク》とか、ザルツカンマーグートを走る列車にちなんで、デア・フォイリゲ・エリアス、怒れるエリヤと呼ぶ者もいます。小さな山岳鉄道ですよ」

「鉄道って、本物の鉄道なの？」ティムが訊いた。「あの山の上に？　へえ、高さが何百フィートも、ひょっとしたら何千フィートもあるよ」

「はい、高い山ですがね、あれはいわゆる山岳鉄道の、英語じゃなんと言いましたか——いまどきはケーブルカーやチェアリフトが作られてて、それが最新式ですが、あの古い鉄道が敷かれたのは、もうずいぶん前のこと、百年近く前ですな。あれは小さな車輪で登るんです。歯車《コグ》と言いましたか？」

「ラック・アンド・ピニオン式だ」ティムが声をあげた。「小歯車《ピニオンウィール》と鋸歯の付いたレールで動く。イギリスではラック式鉄道っていうんだよ」

ヨーゼフは頷いた。「そうそう。ラック式鉄道。覚えておきます。あれはなかなか人気があります」彼は笑った。「古風なせいもあって、アメリカ人に好まれます。始発駅は谷の、ああ、かなり奥にあって、村から五、六キロはあるでしょう。もっと行くと、小さな湖とこぢんまりしたホテルが一、二軒ある観光地があります。ツヴァイブルン・アム・ゼーという村です。夏には人でごった返すこともありますよ」

「山岳鉄道はどこまで行くの？　山のてっぺんまで？」わたしは訊いた。

「はい、山頂まで」ヨーゼフがもう一度指をさした。「ここから頂上は見えませんが、裏側の部屋からは見えます。男性のお客さんのお部屋からは見えますよ。列車はあの山と隣の山のあいだを登り、一番高い峰へ向かいます。頂上に旅館《ガストハウス》があります——軽食をとれる場所です。そこからの眺めは想像がつくでしょう。山を見渡すと、ユーゴスラビアが見え、さらにハンガリーも見えます。ここに二、三日泊まる予定なら、奥さん、ぜひ列車に乗ってください。おすすめの時間は早朝です。始発は七時に出ます」

「乗ってみたいのはやまやまだけど、七時発に乗る自信はないわ。いろいろとありがとう、ヨーゼフ」

「ほかに用はありませんか、奥さん？」

「ええ、ないわ。ああ、ちょっと待って。夫から到着する時間について伝言が届いてないかしら？ミスター・ルイス・マーチというんだけど」

「受け取っていません。フロントにも届いていませんよ」

「わかったわ。ありがとう」

ヨーゼフがドアを閉めて、わたしが振り向くと、ティムは呆れた顔でお茶のトレイを見ていた。

「これがこの国のお茶なの？」

「いいかげんにしてよ、まだ三時じゃないの。お昼にさんざん食べたくせに、もうおなかがすいたんじゃないでしょうね」

「あれから何時間も経ったよ。ねえ、あのおじいさんは行っちゃったかな？　ひとっ走り部屋に戻って、さっきのお菓子を取ってこようか？　気を利かせて買い出しをしといてよかったよ。おいしいグーゲルフップフ（レーズンやアーモンドが入った焼き菓子）をいらないなんて言わないよね？」

「何を隠そう、言いません。ぜひ食べたいわ。ところで、あなたの部屋はどこ？　お隣？」

「ううん。廊下の向かい側の、ふたつ先の部屋。シングルルームはこことは比べものにならないし、ぼくの部屋は中庭に面してるけど、やっぱりすてきだよ。それに山のてっぺんまで見渡せる。もう行っても大丈夫かな？」

ティムの背後でドアがそっと閉まった。わたしは腰を下ろして、お茶を注ぎ始めた。


広間には誰もいない。ティムに笑われたが、わたしは彼と一緒にエレベーターに乗らなかった。大階段を下りるのはそれだけで楽しく、一階下りるたびに少しずつ変わっていく谷の絶景を眺められる。ティムは車に乗ろうと外へ出ていったが、わたしはすぐに階段を下りず、薄暗い廊下を歩いて厨房へ向かった。

エレベーターのドアまで歩いても、フェルトのエプロンを着けた男を、いや、誰の姿も見かけなかった。前方に廊下がぼんやりと伸び、ドアはひっそりと閉まっていた。次の角まで進んで一瞬立ち止まった。だが、ドアのあく音がした広間のほうを振り向いたとたん、老人が目に入った。わたしがもじもじしているのを見て、彼はこちらへ近づいてきた。

「いらっしゃいませ。何かお困りですか？」ほんの少し外国語訛りがある、柔らかな口調の英語だ。細面で、長めの白髪、やや前のめりになって歩く。服――どこか外国風のツイード――は妙に古臭い仕立てだった。

「ああ、どうも。でも、お仕事の邪魔をする気はなかったの。今日は手が足りないと聞いているから。ちょっとヨーゼフに伝言を託そうかと――荷物を運んでくれた男の人よ」

「さようですか。ただいまヨーゼフは別棟におります。こちらへ来てくださったら、ヨーゼフを呼んでまいりましょう」わたしが来たほう、広間へと戻りながら、老人が続けた。「家内の用事で外しておりますが、さほど時間はかかりません」

そのとき、この老人は誰だかぴんときた。「失礼ですが、あなたは――ひょっとして？」わたしは口ごもった。どんなふうに話しかければ、オーストリアの伯爵に失礼に当たらないのだろう。

老人が優雅なしぐさで頭を垂れると、頷いたと同時に軽く会釈したことにもなった。「わたくしはツェヒスタイン伯爵です。なんなりとお申し付けを」

そこはすでに広間だった。伯爵はわたしの先に立って突っ切り、向こうにある、表にゴシック体で〝私室〟と彫られた重厚なドアに歩み寄ったが、わたしは足を止めた。

「それなら――ちょっと聞いていただけませんか。実はあなたを探していたんです。あなたに伝言を届けてほしくて、ヨーゼフを探していただけですから」

「お伺いしましょう。お力になれることがありますかな？」

わたしは言い淀んだ。「長い話になります。もちろん、お話ししますが、お尋ねしたいのは一点だけです。こちらに厩舎か、馬をひと晩か二晩泊められる場所はありますか。さらに放牧できるとありがたいのですが。いわば……その、馬で来たようなもので、今夜はつないでおく場所が必要なんです。もし、差し支えなかったら」どうかなという口ぶりで締めくくった。

伯爵は驚いた様子をみじんも見せなかった。「城内に厩舎がございます。奥さまの馬をお入れになりたいとご希望でしたら、そこになります。ヨーゼフに言いつけるだけでけっこうです。馬に草を食べさせたい場合も、造作はありません。外に出れば、山のどこでも放牧できます。ここはそれほど高地ではありませんから、森には空き地が多く、いい草が生えていますよ。ヨーゼフに準備をさせましょう。馬を連れていらしたら、場所を訊いてください。わたくしから伝えておきます」

もう少し説明しようとして、それは求められていないし、当てにされてもいないと気がついた。主人が客の変人ぶりに疑問を抱くわけにいかないだけか、当の主人も客人がこぞって馬で城に到着した昔をきのうのことのように覚えているからか。それとも、ツェヒスタイン伯爵である彼は、以前はこうした要望に自分で対応しなくて済んだのかもしれない。これはヨーゼフの仕事――その他もろもろの仕事もそうらしい。伯爵は早くもわたしに笑顔で挨拶しながら引き返していった。わたしはとりあえず伯爵に礼を言い、ティムが待っている車のそばに向かった。

「待たせてごめんね。まだら馬を泊められるかどうか確かめていたの。サーカス団が本当にこっちに預ける気ならね。ちょうど伯爵本人に会って訊いたら、大丈夫、まだ現役の厩舎があって、外には草がいっぱい生えてるそうよ。わたしの注文を聞いても、伯爵は眉ひとつ動かさなかった。それどころか、お客はバルーシュ型馬車とか六頭立て馬車とかで来るものと思ってるみたい。とにかく、気の毒なヨーゼフが準備してくれるわ。彼はサーカスを見に行けるかしら。あなたが運転する?」

「あの狭い道路を上がるのと下がるのは別物だよ。今度はあなたの番だと思うけど。不公平はよくないよね。だいいち、六頭立ての馬車が一度でもここを上がったというんなら、よっぽど想像力がたくましいね」

「あることが頭に浮かんでたのよ」わたしは言った。「あなたがスペイン乗馬学校で働こうと真剣に考えてるなら、長年行方不明だった牡馬を連れ戻せば、最高のスタートが切れるじゃないの」

ティムはにんまりとした。「それはこのひねくれた頭でも思いついてた」

「じゃあ、本気なのね？　よかった。さあ乗って、出発しましょう……。ところで、このお城ではリピッツァナーの牡馬を廏舎に入れたことがあるかしら」

「これぞ〝空中馬術〟」ティムが引き合いに出し、小型車は狭い橋をそろそろと進んでいった。「まあ、名馬ナポリターノ・ペトラはこんな高地で眠るのは初めてだろうね。それはそうと、どうやって連れてくる？」

「あなたは若くてたくましいわよねえ」わたしは嬉々として言った。「引いてきてちょうだい。悪いけど、乗ってきてとは言えないの。まだ無理なのよ」

「こんな役目が残ってるような気がしたけどさ」ティムはぼやいた。「ぼくがいなきゃ困るなんて言われたもんね。ああいう話には裏があるんだ。お茶の時間にあのグーゲルフップフを食べといてよかったよね？」

第十二章

敵兵が刀を抜くと
ラッパの音、ラッパの音！
どうにも落ち着かない。
ラッパの音。

『ペンザンスの海賊』（W・S・ギルバート作）

「だけど、これからどうすればいいの？」アンナリーザが言った。

あと三十分足らずで初回の公演が始まる時間だ。みんなは彼女のトレーラーに集まっていた。ティムとわたし、そして丸々太って汗をかいたヴァーグナー団長はすでに舞台衣装に着替え、おろおろしている。アンナリーザは一幕目のカウガールの衣装を身につけ、鏡の前で慌てて化粧をしていた。ティムとわたしは一部始終を話し終えていた。意外にも、ヴァーグナー団長はそれを即座に受け入れた。

「お話のとおりでしょう」団長が言った。「そうでしょうとも。焼き印を見るまでもありません……。いやいや、わたしは何も知らず、少しも怪しみませんでしたが、なんというか感触が……ここに」片手がたくましい胸をおざなりに示した。「フランツルの馬のことをあれこれ考えたとは言いません。そんなはずがないでしょう。好奇心の強い男じゃないし……ある人間が何をしたか、これまでどこにいたか、それは他人に関係ないことです。家内が生きていたら、ああ、また事情が変わっていたでしょうね。しかし、わたしは詮索しません」

　団長は言葉を切り、うつむいてテーブルを見つめていたかと思うと、顔を上げて、ティムもわたしも何も言っていないのにゆっくりと頷いた。

「うちの父ですか？　ええ、知っていたでしょうな。知っていたところでどうなります？　父は家族だけを大事にして、法律なぞ気にしない人間でした。父にどうさせたかったんです？　フランツルは父の甥っ子、妹の息子でした。身内の面倒は見なきゃなりません。貴重な馬を盗んだ罰はさぞや重いでしょうな。調教された馬は値段の付けようがないほどだし、そのうえ国有財産ときては……」団長は広い肩をすくめた。「白状すると、わたしはフランツルがスペイン乗馬学校《シュパーニシュ・ライトシューレ》にいたとは知らず……。ずっと音信不通だったんです。従兄はヴィーナーノイシュタットの騎兵隊でドレサージュを習ったとばかり思っていました。そこでの軍隊経験をよく話していましたから。サーカスにはいろんな連中が寄り集まり、出たり入ったりするんです。身の上話が始まったら、どうぞ耳を傾けてください……。ただし、何も訊かないこと。訊いちゃいけません。わたしどもは芸人、それもサーカスの芸人で、自分たちの仕事がある。それにとことん時間をかけ、人生をかけ――なんと言いますか――力のありったけをかけています。〝自分は自分、人は人〟という格言がありますね。サーカスでは、お互い干渉せずにやっていくんです」団長は大判の赤いハンカチで額を拭った。「わかってもらえますかな？」

　わたしたちはよくわかると答え、団長は大いに安心した様子だった。そこで彼は現実的になり、てきぱきとして、片目で腕時計を見て、もう片方の目でティムとわたしを見た。嫌というほどわかったが、彼はサーカス団の予定（公演のではなく、翌朝の国境通過の予定）を考えていて、こちらの出方を見定めようとしていた。

「こうするしかありません。正しいと同時に都合がいい行動はひとつだけで、それは馬を元の場所に返すことです」団長は意味ありげな茶色の目でまじまじとわたしを見た。「わたしは興行師ですがね、奥さん、時と場合によっては正直にもなります。正直と興行が両立したら、神に感謝するんです。わたしにとって、このサーカス団にとって、あの馬は役立たずです。というわけで」団長は言葉をのみこんだ。「どんな事情であれ、スペイン乗馬学校の校長にすべてを話して馬を返すのが筋だという気がします。ことに、いまさらサーカス団にはお咎めなしでしょうから。そう思いませんか？」

「思います」

「危ない橋を渡るな」オウムが言った。

ヴァーグナー団長は腕時計にちらちらと目をやった。

「しかし、わたしが抱える難題も察してもらえますか？　明日、わたしたちは国境を越え、冬になるまでオーストリアへ戻ってきません。本拠地はインスブルックの近くです。こういう次第で、心がけがどれほどよくても、今回の件をどうしたものでしょうね」

わたしも自分の腕時計を見ていた。五時二十分前。ヴァーグナー団長の反応について必要なことはすべてわかったので、そろそろ話を切り上げよう。「ティモシーとわたしを信用して馬を預け、彼に世話をさせてもらえるなら、あとの処理は喜んで引き受けます」

ヴァーグナー団長が望外の喜びという顔をしたのは見上げたものだった。そうはいかないと言ったのも同様で、むしろ本音で話しているように聞こえた。それでもわたしたちが説得すると、彼は説得されるがままになった。あなたがたが本当にそれでいいなら……その時間が取れれば……馬を預けられる人間がいないもので……きっと国立繁殖場の所長《ヘル・ディレクトア》は恐縮して、協力を惜しまないでしょうな……。

こうしてようやく、次々と善意の挨拶を交わすうちに万事の手はずが整った。大して貢献しなかったとはいえ、あのオウムまで役に立った。何も言わなかったのはアンナリーザだけだ。

「ひとつだけ確かな点があります」ヴァーグナー団長は言った。「あれは、なにしろ貴重な馬ですが、盗まれて価値がすっかり下がってしまいました。わたしや団員たちの責任じゃありませんが、あれこれ訊かれるでしょうし、不愉快な目に遭うかもしれません……。訴訟になる場合も考えられます。万一そうなると――」

「いまから心配してはだめです」わたしは言った。「ティモシーもわたしも面倒は起こしませんから、あなたも巻き込まれないでしょう。いずれにせよ、先方があなたに会いたいと言ったら、冬になる前に帰国してもらいます。おふたりとも、わたしたちから聞くまで何も知らなかったことにしてください」

「そういうこと」ティモシーが言った。

アンナリーザは顔を色鮮やかに塗っていたが、目尻に皺を寄せたまま、ずっと座ったきり、黙ってやりとりを聞いていた。やっと目を上げると、彼女は消え入りそうな声で言った。

「わたしはちゃんと知ってた」

父親がぱっと振り向いた。「知ってた？　おまえはこの話を知っていたのか？」

アンナリーザは頷いた。「二日前に知ったわ」

「二日前？　となると――フランツルから聞いたわけでは――」

「ええ、もちろん違う。ヴァネッサが馬の手術をした、土曜日の夜に初めてわかった。手術のあとで道具を洗って片付けていて、見つけたの……これを」

アンナリーザは脇にあるベンチから手術道具入れを持ち上げて、蓋をあけ、一番下の引き出しを抜いた。たいてい、処方箋や新しい薬の使用注意書などの書類をしまっておくところだ。彼女がそこから数枚を取り出すと、下から新聞記事の切り抜きの束が現れた。もちろん、わたしはドイツ語を読めないが、繰り返されるナポリターノ・ペトラという名前はわかり、いろいろなポーズを取る名馬の写真が見えた。あとでティムが説明してくれたところ、記事はどれも牡馬の失踪事件に関するものだという。この場では、アンナリーザが切り抜きをテーブル上にばらまいた。文字どおり持ち札をさらして手の内を明かし、観客の情けにすがろうというのだ。

「ほら、これを見て」アンナリーザが言った。

最後の切り抜きがほかの切り抜きの上に落ちた。それは黄ばんで角が破れた写真だった。一頭の白馬が廐舎の扉の傍らに立ち、そこにスペイン乗馬学校の制服を着た男が寄り添っていた。

ヴァーグナー団長が写真に手を伸ばすと、アンナリーザは最後の戦利品をテーブルに置いた。〈コロストン〉というラベルが付いた茶色のチューブ。そう言えば、馬の手術をしていたとき、ふとあれに目が留まった。

わたしはチューブを手に取った。「これは何？　あのとき見たけど、ドイツの軟膏のたぐいだと思ったの。まさか……。これは髪染め？」

アンナリーザはこっくりと頷いて、それから父親のほうを向いた。「お父さん――」

団長はそれに取り合わなかった。首を振り振り記事を読んでいて、ショックを受けたと同時に心を打たれた様子だ。

「フランツル」彼は言った。「すると、これは事実なのか……。いままでずっと隠し続けて。哀れなフランツル」

わたしはアンナリーザに優しく話しかけた。「何がそんなに気にかかるの？　あなたはどうすることもできなかったのよ。とにかく、あなたはわたしたちから事情を聞くまで一切を知らなかったことにするわ。なんとかしたいと思っていても、何もできなかったでしょうから」

「そうですね。でも、これのせいじゃありません」アンナリーザは切り抜きを示した。「悩みの種はほかにあります」彼女は父親に目を戻した。そこに涙が溢れているのが見えた。「実は、気の毒なフランツル伯父さんは死ぬ間際に、わたしに話しかけたはずなんです。いま、この記事を読んで、何を言われたかわかりました。伯父はあの馬のことを伝えようとしていました。その名前を……何度も繰り返しては、〝あのリピッツァナー〟と口にしましたが、わたしはてっきりマエストーソ・レダのことだと思いました。レダが火事で怪我をしないか心配しているのだと。伯父の言葉はほんの少し、途切れ途切れに聞こえただけです。ウィーンや〝あのリピッツァナー〟のこと、馬具のこと……やっと、伯父の遺言がわかりました。ナポリターノ・ペトラをウィーンへ連れて帰れ、ということだったんです。着けてきた鞍や馬勒と一緒に。〝ナポリターノ・ペトラの鞍〟と言われ、わたしたちは〝ナポリ製の鞍〟だと思い込み、頭をひねりました。そんな鞍はないからです。でも、これこそ伯父が伝えたかった言葉に違いありません。わたしがマエストーソ・レダに使っている馬具です」涙がひと粒、黒く塗られたまつ毛をガラス玉のように伝った。「あのとき、わたしたちには汲み取れませんでしたが、伯父は打ち明けようと、どうにか……どうにか……」彼女は言い淀んだ。

「償いをしようと」わたしがあとを引き取った。

団長はアンナリーザの肩を軽く叩いた。「気に病んではいけないよ、リーズル。これからわたしたちが償おう」父親がドイツ語で二言三言ささやくと、娘は頷いて、目を拭った。すると、彼はもう一度腕時計を見て、きびきびした人物に戻った。「もう行かねばなりません。なんなら、こちらで待っていて、またあとで話しますか……？」

わたしは首を振った。「納得してもらえたなら、話す必要はありません。よかったら、すぐに馬を連れていき、その場その場で問題を処理します。ひとつ気になるのは、先方に馬を受け入れないと言われた場合の対応です」

ティムがすかさず言った。「ぼくが引き取る」

「仕事につけなかったら、どうする気？　馬を船でイギリスに連れて帰るの？　お母さんがなんて言うかしら」

ティムは苦笑して、面白くなさそうな顔をした。ここ二、三日、母親のことなどすっかり忘れていたのだ。

ヴァーグナー団長は立ち上がった。「受け入れてもらえますよ。案じるまでもありません。一般にリピッツァナーの牡馬は三十年生きて、死んだら追悼されます。あの馬の名前はいまでも馬房に書かれ、新鮮な飼葉が用意されているでしょう。さあ、今度こそ行かなくては。時間ですから。しかし、賠償の問題があります。ご面倒をかけそうですね。その手間と経費を負担していただこうとは思ってもいませんよ。それはわたしどもの責任です。ここからケーフラッハを経てピーバーに行く列車につなぐ馬用の貨車なども必要ですね。必ず知らせてください」

わたしは何か言いかけたが、団長はそれを問答無用ではねつけた。

「せめて賠償はさせてください。従兄のフランツルが知ったら、心安らかに眠れるでしょうから」

「わかりました」わたしは言った。「費用を知らせます」

団長は内ポケットから名刺を取り出した。「これが住所で、ここに一番長く住みます。インスブルック付近にある、サーカス団の冬の本拠地です。そちらの連絡先も教えてもらえませんか？　さて、あの馬を治療していただいた件も——」

けれども、わたしがこの話を聞き入れず、団長はこちらの抵抗を押し切ることなく、再び礼を言った。それから、さらに謝意を重ね、安心して相好を崩し、彼はその場をあとにした。

わたしたちはアンナリーザと一緒に厩舎用テントに向かった。エレマーは白馬にかかりきりで、彼女がロデオに使ったみっともない雑色の馬は鞍を着けたまま待機していて、その頭のほうにルディがいた。

アンナリーザが早口のドイツ語で事情を話し始めたところへ、リングに出る準備をしたほかの馬たちは、早くもたてがみと尻尾を振りながら次々と駆けていった。音楽が大テントから大音響で聞こえてくる。まだら馬がぱっと頭を上げ、わたしを見ていなないた。わたしたちが馬房に入ると、しばらくしてアンナリーザもやってきた。

「ふたりに話しました——一部始終じゃなくて、あなたたちがこの馬を連れていくことを。エレマーが手伝って——大変！」アンナリーザが手を口に当てた。

「どうしたの？」

「あの鞍！　鞍を忘れていました……。あれも持っていってください」アンナリーザは馬丁たちを振り返った。「エレマー、ルディ」

「ねえ」わたしは慌てて声をかけた。「あなたの馬に着けてあるなら、そのままにしておけば？　別に不都合はないわよ。どうしてもと言うなら、ほかの鞍を着けるけど、先方もそこまで気にしないでしょう」

だが、アンナリーザは頑として譲らず、できればヴァーグナー・サーカス団が盗んだ物を一掃したいようだ。彼女がまた大量のドイツ語でエレマーに指図すると、ティムは廏舎を横切り、小人が白馬から色石付きの鞍を外す手伝いをした。「どのみち」アンナリーザはわたしに言った。「鞍が必要でしょうし、この馬のものを持っていってほしいんです。ただ、サーカス用に飾りつけてしまって……この色石を……。これを外す時間があれば――」

わたしは笑った。「なるほど。スペイン乗馬学校では、そんなに派手だったわけがないものね！　でも、大丈夫、石を外してから持ち帰るわ。色石を返してほしかったら、送り返す方法を教えてちょうだい。宛先はインスブルックの住所でいいかしら。お父さんが教えてくれたところで？」

アンナリーザが首を振った。「いいえ、あれは価値がない物です。ガラス玉の、小道具に過ぎません。どうぞ手元に置いて使ってください。とてもきれいな物もありますから、あなたに持っていてほしくて――」しかし、そこでルディがドイツ語で口を挟むと、彼女は慌てて言った。「音楽が始まりました。もう行かなくちゃ。さようなら、お世話になりました。ふたりとも、気をつけて」

アンナリーザが急に身を乗り出し、たんぽぽの綿毛のようにふわりと、ティムの唇にキスをした。

そして、彼女はルディの手を借りて鞍にまたがり、雑色の馬が轡の鎖をジャラジャラ鳴らし、毛深い蹄で重い音を立て、大テントの奥の幕を通り抜けた。

　ティムは鞍を抱えてアンナリーザを見送っていた。エレマーがルディに何やら言い、ルディがにっこりして廏舎を歩いていった。小人はこちらへやってきた。

「馬勒を取りに行かせたよ。馬をどうやって連れてく？」

「今夜は山のお城に泊まるの」わたしは言った。「ティムがそこまで手綱を引いていくわ。廏舎に入れてもらう手はずは整えたから。鞍は車で運ぶつもり」

「こいつを元の地味な鞍に戻すのはひと苦労だろうよ」

「どうってことない。今夜のうちにやってしまうわ。ねえ、本当にアンナリーザは飾りを欲しくないのかしら？　すごくきれいな物もあるのに……。これを見て。ほら、ドレスに縫い付けたらすてき。そりゃあ、ショーの小道具だけど、すごくきれいだし、金の線細工がついていて、本物に見えなくてもかまわない。大公妃はさておき、こんなに大きなサファイアを着ける人はいないでしょ」わたしは色石に触れた。それは大きなブローチで、鞍頭にゆるく縫い付けてあり、触れると光を浴びて輝いた。

「じゃ、あんたが着けりゃいいさ。きっと似合うぞ。どうせゆるいんだ」そして、わたしが引き止める間もなく、エレマーはどこからかナイフを取り出して鞍頭から〝宝石〟を外し、ちょいとお辞儀をしながらわたしに渡した。小人のお辞儀はひどくグロテスクでありながら、滑稽ではなかった。

「こいつを着けて、おれたちみんなを思い出してくれよ、奥さん。なかなかきれいなもんだが、あんたの目にはかなわない。本物に見えるといいね。ほらよ、こっちが馬勒だ。ルディに鞍を車に積ませる。ごきげんよう《アウフ・ヴィーダーゼーエン》、旦那《マイン・ヘル》」これはティモシーに向けた挨拶で、次にエレマーはわたしの手を取ってキスをした。「お手にキスを《クス・ディー・ハント》、奥さま《グニーディガ・フラウ》」
見苦しい小さな人影が、滑稽な赤い衣装をちっちゃな脚のまわりにはためかせ、のろのろと出ていった。
まだら馬の肢を診察したところ、ティムが城まで山を二マイル引いて登っても問題はなさそうだった。どちらにとってもいい運動になるわよ、とわたしは声を弾ませて彼に言った。「わたしは直行して待ってるわ。あなたはここに残って、また高等馬術の演技を見ていく?」
「やめとく。なんだか——いまが出ていく絶好の機会だっていう気がしてね」ティムが言った。見上げたものではないか。ファーストキスにしてはなかなかいい感じだったし、おまけに人前だったのだ。
「お互いに潮時だわ」わたしは言った。「じゃあ、あなたにアウフ・ヴィーダーゼーエン、ティム。馬をお願いね」

車はロックせず、サーカス会場の門の外に停めてあった。門に着くと、ルディは早くも鞍を後部座席に積み終え、仕事に戻っていた。ピエロの登場で沸き起こる拍手が聞こえる。すぐにトランペットが鳴り響き、白馬がリングに登場するはずだ——今夜は色石を半分だけ着けて。

わたしは車に乗り、ハンドバッグからキーを出そうとして気がついた。ハンドバッグをアンナリーザのトレーラーに忘れてきた。もたもたしている自分に腹が立ち——もうルイスが城に着いたかどうか気になって——車を降りてトレーラーに駆け戻った。

ハンドバッグは、先ほど置いた鳥籠の下の椅子に載っていた。オウムはむっつりした顔でトマトを食べながら、首を傾げ、無礼千万に響くドイツ語で何やら言った。

わたしは「うるさい」と言い返し、ハンドバッグを持ってトレーラーの階段を駆け下りた。

そのときシャーンドル・バログにぶつかった。彼がそこを通りかかっただけか、トレーラーに上ろうとしていたのかわからないけれど、どちらも慌てていて、わたしは転びそうになった。両手がぱっと差し出され、わたしを支えた。かなり腕っぷしが強い。向こうも驚いていて、思ったより強くわたしをつかんでしまったらしい。わたしは悲鳴をあげたことを覚えている。どきっとしたばかりでなく、きつく握られて痛かったせいだ。

シャーンドルはぶつぶつ言いながらわたしを離した。

次はわたしが息を切らしてお詫びめいた言葉を並べると、シャーンドルの声がそっけなく割って入った。「あんた、どこ行ってた?」

わたしはちょっと驚いて相手を見つめた。「どういう意味?」

シャーンドルはトレーラーのほうへ頭をくいっと向けた。「あの子はいないぜ。リングに出てるっていうか、じきに出番だ。あんたは何してたんだ?」彼の視線が少しずつ下りて、わたしが持っているハンドバッグに向けられていた。

わたしは澄まして答えた。「何してたと思う? 何か盗んでたとか?」

「誰かに話してたじゃないか」

「ええ、そうよ。彼にね」今度はわたしがトレーラーのドアへ頭をくいっと向ける番だった。

シャーンドルは細い黒の目で妙な目つきをしてみせると、すばやく一歩下がって、明かりのついた出入口をじっと見上げた。彼は黒の衣装を着ている。大テントの光と影の中で華々しく綱渡りを披露したときのものだ。さらに長いマントをまとっていて、華麗で悪魔めいて見え——本人もそれを認めるにやぶさかではないという顔をしていた。

シャーンドルは背を向けて、ちょっとまごついている様子だ。どうやら、意図していなかったことを言ってしまったと——さっきは何かに気を取られて口を滑らせ、へまをしたと思っているらしい。

「あのオウム野郎のことか?」

「ほかに誰がいるの?」

「うるさい」とオウムが言い、トマトの切れ端をドアの側柱に命中させた。野菜がべちゃっと潰れて伝い落ちた。

ハンガリー人は口をひらいたが、考え直したのか、また口を閉じた。彼はオウムの攻撃範囲を出て、さりげない態度を取ろうとした。わたしのほうは必死に笑いをこらえていた。明朝サーカス団が国境を越える予定でなかったら、このオウムにトマトひと箱を贈呈するところだ。

「悪かったな」とうとうシャーンドル・バログが折れた。謝罪の言葉のほうが喧嘩腰の物言いよりずっと荒っぽかった。「一瞬、誰だかわからなかった。あんたは……いつもと格好が違う。ここはよそ者が大勢うろついてて……」彼は最後まで言わず、広い肩をすくめた。「あの坊主は来てるのか?」

「ええ、廏舎にいるわ」答えはそこまでにした。シャーンドル・バログにそれ以上説明する義理はない。そもそも、最初わたしだとわからなかったのに、なぜ英語で声をかけようとしたのだろう。だが、こちらの疑問も探る気になれなかった。

シャーンドルの背後の暗がりで『薔薇の騎士』のメロディがゆったりと流れた。ふと、まだら馬は混み合った廏舎でパ・スール(ソロダンスの意)をしているのかと考えた。それはないだろう。あれは誰もいないときの、とっておきの踊りだから。

わたしは愛想よく言った。「アンナリーザの曲がかかったわ。次はあなたの出番よ。今夜はあなたの出し物を見られないから、ここでお別れをするわね。頑張って」

ところが、シャーンドルは動かない。「それをどこで手に入れた?」彼はわたしがコートに留めた色石を見ている。

「ねえ」わたしは念を押した。「だから何も盗んでないと言ったでしょ。これはプレゼント。お餞別とかおみやげと言ってもいい。それはともかく、安心して。本物じゃなくて、リピッツァナーの牡馬の鞍から外したものだから。今夜は戦利品に恵まれたわ。どういう形でもね。おやすみなさい」

わたしはくるりと背を向けて門のほうへ歩き出した。一瞬、シャーンドルがまだ何か言うだろうかと考えたが、大テントから聞こえる拍手喝采が彼を引き止めた。彼は黒いマントを翻して、逆方向へ走り去った。

オウムが耳障りな震える裏声で、メンデルスゾーンの『鳩のように飛べたなら』を歌い始めた。

第十三章

彼は馬を入れる廏《うまや》を見つけ、
歓待されて、夕食を出された。

『牧師』（W・M・プレード作）

城に戻ったわたしを出迎えてくれたのは、伯爵その人だった。日はすでに暮れていて、城のそここに明かりが灯り、暗がりを黄色に染めていた。アーチ形の入口に掛かるランプが橋に小さな光の輪を作っている。ランプは玄関の扉や、あちらこちらの細長い窓にも掛けてあり、光と影が描く模様を玉石敷きの中庭に投げかける。小塔の高みでぽつんと明かりのついた窓が、またもやおとぎ話を思わせた。カーディ（ジョージ・マクドナルド作『お姫様とカーディ少年』の登場人物）のおばあさんがあそこに座って糸を紡いでいるのか、それとも長い髪のラプンツェルか、七羽の白鳥の番をするエルザがいても不思議ではない。

車を中庭の片側に几帳面に停め、階段を上ると、大扉から伯爵が現れた。

「おお、ミセス・マーチ」彼はわたしに挨拶して、ふと言葉を失い、わたしの肩越しに車を見やった。そんなものは生まれて初めて見たという感じだ。そう言えば、この城のお客はたいてい六頭立ての馬車で到着することになっていた。「今夜は馬を入れる廏舎をご所望ではございませんか？」

「ええ、ぜひお願いしたいのですが、馬はあとから来ます。ティモシーという、連れの若い男性が引いてきますので」

「ほう、おたくの使用人が連れてくるのですね。承知しました」今度は車の後部座席に入れてある鞍に伯爵の視線が注がれた。色石でごてごてと飾り立てた馬具を下品だと思ったとしても、それをおくびにも出さなかった。「鞍は持っていらしたようですね。ヨーゼフに運ばせますが、ひとまず廏舎へご案内しましょう」

「あの――」わたしは言いかけたが、伯爵はもう背を向けて中庭を西側へ歩き出していた。そちらは山側で、入口のアーチ道が二手に分かれ、貯蔵庫と思しき場所と城の離れに伸びている。門から北西の一隅にかけて小さめのアーチ構造が続いていて、そのひとつかふたつは鋲の付いた頑丈そうな扉が閉まっていたが、隅に近い三つはあいていた。真ん中のアーチの奥で、車のボンネットらしきものが暗がりできらめき、左側の仕切りでまぶしいスポークが取り付けられた車が光ったが、形はよく見えなかった。けれども、その高さから考えて、六頭立ての馬車であってもおかしくない。

伯爵はあるアーチの扉を押しあけ、小型の礼拝堂だったと見える場所で鉤からランタンを取った。そして、火を点けようとした――残念ながら、火口箱《ほくちばこ》ではなく、ごくごく普通のマッチを使って。次に、案内させていただくと断ってから、ランタンを掲げて前を歩いた。

ティムの祖父が運営していた手入れの行き届いた競走馬の廏舎でさえ、目の前の華麗な廏舎にはかなわなかった。確かに、朽ちて蜘蛛の巣が張ってはいるが、老人の頭上高く掲げられたランタンが投げかける揺らめく光の中で、がらんとした壮大な廏舎は、現代の快適な生活によって城から一掃された陰鬱なゴシック様式が印象的だ。これが本物、消し去られた生活様式の心を揺さぶる片鱗なのだ。ほぼひとつだけ、在りし日の暮らしようがこの一角に残っていたのは、守るべき掟がまだ有効だということだろう。つまり、客人はくつろぐ前に馬を落ち着かせること。

ツェヒスタイン城で過ごす馬には、どんな待遇も分不相応とはされなかったようだ。廄舎は教会のような円天井があり、蛇紋岩と思しき黒いまだら模様の石柱から組み合わせた天井のアーチが飛び出していた。壁はある程度の高さまで紛れもない黒のオーク材で羽目板が張られ、囲い――馬房はない――の仕切りも同じ木材で、象嵌仕上げが施されていた。各囲いの壁には羽飾りを載せた大盾が彫られていて、その盾に、暗がりにぼんやりとゴシック体の字が見えた。わたしには読めないけれど、たぶん姿を消した馬たちの名前が、それぞれの囲いの上に書いてあるのだろう。飼い葉桶が大理石で作られているように見えても、意外ではなかった。

もちろん、この場所に何もないわけではない。収容者が消えてから、囲いと通路には年月が慌ただしく積み重なってきた。奥のひらいた扉越しに見えたが――伯爵がそこから案内してくれたので――さっきは六頭立ての馬車だと思った乗り物が、向こうのアーケード付き馬車置き場に置かれていた。それはやはり馬車のたぐいで、ランタンの光の端が車輪と扉を飾る金をとらえた。馬車の向こうに停められ、思っていたほど場違いには見えないのが、艶やかに光る現代の自動車だ。

突き当たりの囲いは空いていて、掃き清めてあるようだった。飼葉は除かれ、傍らに藁の入ったバケツが置かれている。伯爵がランタンを持ち上げたので、囲いの上に彫られた盾に書かれた名前が見えた。グラーネ。伯爵は何も言わず、わたしも何も訊かなかったけれど、この囲いはまだら馬だけのために清掃されたわけではないと思った。ふだんからこうしているのだろう。名前はペンキで書かれたばかりに見えるし、馬車置き場の扉のそばの壁際に置かれた金属製の餌入れは比較的新しい。

「ごらんのとおり」伯爵が言った。「囲いのこちら側に馬勒を掛ける釘がございます。ヨーゼフがそちらの使用人に鞍置き場と餌のある場所をお教えします」

今夜は馬に草を食べさせるほうがよいだろうと思い、好ましい草場を見つけておいた。木立にふんわりと覆われた、城に続く橋から百フィート足らずの場所だ。でも、それを言う気になれなかった。わたしは伯爵にお礼を言い、厩舎を褒め、穏やかに語られる思い出話にしばし耳を傾けながら、再び扉へ導かれた。そこで伯爵は少し下がってわたしを先に行かせると、手を伸ばし、まだ火が灯っているランタンを元の場所に戻そうとした。

「使い終わったら必ず火を消すよう、使用人に伝えてください」そのとき、光が高いところで揺れ、わたしは伯爵の注意を引いたようだ。わかった。さっきのシャーンドルと同じように、伯爵はわたしの襟元の〝宝石〟を見ている。

伯爵はシャーンドルとは比べものにならないほど礼儀正しかった。

「失礼ながら、その宝石に見入っておりました。はなはだ美しいものですね」

わたしは声をあげて笑った。「本物の宝石じゃありません。ただの安物です。村で興行中のサーカスで知り合った人に、おみやげとしてもらいました。話しておけばよかったんですが——わたしが世話をしている馬はしばらくサーカス団と暮らしていて、怪我をしたので、一日か二日こちらで預かっています」わたしはブローチに触った。「これはわたしの骨折りに対するささやかな感謝のしるしです。しょせんガラスですけど。見とれていたら、団員が馬の鞍から外してくれたんですよ。きれいだと思いませんか？」

「実に美しい」伯爵はブローチをじっくりと眺め、弁解の言葉を並べた。「おそらく、そう、おそらくよく見れば本物ではないとわかるはずです。もしあなたが着けていなければ、しまい込まれていたのでしょう。安心して身に着けられるのが最高の宝石です。しかし、わたしがそれに目を引かれたのは、見覚えがあるからですよ。どうぞこちらへ。お見せしたい物があります」

伯爵はきびきびした足取りで中庭を戻り、階段を上って、広間を通り、〝私室〟と書かれたドアに向かった。

城内の非公開の棟は、廏舎のように独特の雰囲気がある――埃も蜘蛛の巣もガラクタの山もないけれど、どちらも五十年ほど時が逆戻りした雰囲気が漂っている。同じ薄暗い照明も目について、電気はここにも引いてあるのに、現代設備が嫌いな人物が設置したように見えるのだ。電球は小さく、暗く、まばらに取り付けられていた。老伯爵は足早に歩いて、わたしを先導して優雅に弧を描く大階段から四十ワットの電球に照らされた広い踊り場へ進み、壁に掛かった絵の前で足を止めた。大判の絵画なので――廏舎のランタンがあればよかったが――よく見えた。大部分が茶色の色調のワニスで描かれているようだが、きちんと汚れを落として明るい照明の下に置けば、肖像画だとわかりそうだ。女帝マリア・テレジア時代の、フリルのついたサテンのドレスをまとった貴婦人が、実物よりかなり大きく描かれている。

「おわかりでしょう」老伯爵が指を差した。

確かにわかった。たぶん、もともとブローチはほかの部分より色鮮やかに描かれていたか、時間の経過でそこだけワニスが透けてきたのか、とにかくこの薄暗い絵の中で、それは浮かび上がって見えた。貴婦人の胸元のレースに留められた大きなブローチ。見る限り、わたしが着けている物とそっくくりだと言っていい。金の線細工が施され、中央の青い石をブリリアントカットの小さな石が取り囲み、やはり〝揺れる飾り〟が五つぶら下がっていた。唯一の違いは、貴婦人の宝石に疑問の余地はないこと。淡い色の険しい目とあのハプスブルク家の顎を持つ女性が、サーカスの鞍から外した安物を着けたわけがない。

「まあ驚いた、似てますねえ」わたしは思わず声をあげた。「これはどなたです？」

「わたしの曾祖母ですよ。あれと同じ宝石がほかの二枚の肖像画にも見られますが、残念ながら、ここにはありません。もしあれば、お見せしたのですが。現在は、どちらもミュンヘンの古典美術館《アルテ・ピナコテーク》に所蔵されています」

「では、あの宝石も？」

盗まれた家宝がサーカスの宝石となって現れ、わたしの襟元にたどり着いたという、この頭に浮かびかけた荒唐無稽な思いつきは、伯爵の返事を聞いてたちまち消えた。「やはり、残念ながらミュンヘンに。家宝の宝石の大半は向こうにあります。いずれごらんになれるでしょう」伯爵はほほえんだ。「しかし、それまではわが家の宝石で最もよく知られたものを身に着けて楽しまれますように！ あれはロシア皇帝からの贈り物で、ロマンチックな逸話があるものの、それは作り話に等しく……。ともあれ、ロマンスは根強く残り、多くの模造品が作られました」

「そのうちミュンヘンへ見に行きますね」わたしがこう言って、わたしたちは絵に背を向けた。「まあ、なんだか胸がどきどきします！ 肖像画を見せてくださってありがとうございます。おかげで、このおみやげをいっそう大事にできます。ツェヒスタイン城を思い出させてくれますから」

「実に嬉しいことをおっしゃる。もうお引き止めいたしませんよ。そちらの使用人にお会いしたいでしょう。ところで、折を見て城内のほかの部分をご案内させていただけませんか。まだ多くの家宝がございますので、興味を持っていただけると存じます」

「喜んで。感謝します」

例のとらえどころのない温厚な物腰で、伯爵はわたしを送って階段を下り、広間へ戻った。今度はそこに女性がいた。フロントの役目をしている細長いテーブルの向こうだ。彼女は何やら書き込んでいたと思うと、大型の金属クリップで留められた紙束をぱらぱらとめくっている。中年で、ずんぐりした体つき、白いものの目立つ髪を引っ詰めにしている。頰の肉は垂れ、そのあいだから嘴《くちばし》に似た口が岩に潜む蛸のように突き出していた。てっきりフロント係だと、あるいは客室係あたりだと思ったので、解せないことがあった。女性が目を上げ、わたしが伯爵の先に立って南棟から来たのを見ると、彼女の顔に、ホテルの客に対する型通りの歓迎どころか冷たい驚きの色が現れたのだ。

背後で伯爵の穏やかな声がした。

「ああ、そこにいたのか、おまえ」

「厨房に行っていたのよ。わたくしを探してらしたの？」では、この人が伯爵夫人なのか。白のブラウスに花模様のディルンドルという、アンナリーザのような娘にふさわしい格好をしているのは、ホテルのオーナーという新たな身分に折り合いをつけているのだろう。夫人も、伯爵と同様に英語で話していた。しゃべり方は夫のそれと大違いで、早口でとげとげしていて、絶えずいらだちがにじんでいるようだ。

夫人はそのいらだちを、たぶん少し和らげて、わたしに向けた。「当節では、どうやら、なんでも自分でしなければならないようです。初めまして。こちらでおくつろぎいただけるかどうか。ちょうどサービスが行き届かないところですの。新しい設備を整えても、こうした田舎で生活するのはますます大変になっています。いまでは地元の者を雇うのもひと苦労ですし、町から来る使用人はこの辺鄙な場所に泊まるのを嫌がるので……」

伯爵夫人が並べる内輪のもめごとにわたしは行儀よく耳を傾け、ときどき思いやりに満ちた言葉を小声で言った。この手の話は自国のホテル経営者から何度も聞かされたけれど、こんな恨みがましい調子ではなかった。わたしはどのあたりでベッドメーキングは自分ですると申し出る気にさせられたのだろう。ようやく夫人が言葉を切ると、わたしはなだめるように言った。「でも、ここは魅力があります。本当にそう。わたしの部屋もすてきです。それに、どこもかしこも美しくて、見事に保存されているように見受けられます。こうした本物のお城を訪問できるなんて、わくわくします。昔は華やかだったんでしょうね」

夫人の顔の厳めしい皺がわずかに緩んだように見えた。「ええ、まあ、昔は。あれは遠い遠い昔に思えてなりません」

伯爵が言った。「ミセス・マーチにマリア伯爵夫人の肖像画をお見せしていたんだよ」

「そうでしたの。当家の最良の肖像画はここにありません。わたくしどもはできるかぎりやりくりして、かつては耐え難いと思っていた生活を送るしかないのです」夫人がフリルのついたブラウスの下で厚みのある胸を張った。「ありとあらゆる最良のものがなくなりました、ミセス・マーチ」

わたしはぼそぼそと応えた。居心地が悪く、いつも執拗に恨みをぶつけられる側としていらだちさえ覚える。夫人は怒りっぽいたちで、不平を募らせるようだ。何より激怒するのは、自分がこぼした愚痴を訂正されていたとわかったときだろう。世の中には、怒っていないと生きている実感がしない不幸な人もいるものだ。たまに思うのだが、神々の妬みと怒りを買うまいとするのは異教徒の迷信だとすれば、怒りっぽい人はささやかな幸せにも怯えていたのではないか。それとも、悲劇は喜劇よりお高くとまっているだけなのかもしれない。シェイクスピア劇なら、ロザリンドを演じるよりリア王を演じるほうが印象に残る。

わたしは訊いた。「伯爵夫人、主人から連絡がありましたか？　今夜はこちらに泊めていただけないかと申していますが」

「ミスター・マーチから？　ええ……」夫人はまた目の前の紙束をめくり始めた。「少々お待ちを……。電報が届いております。ああ、これです」夫人がテーブル越しに電報を渡した。それは、当然ながらドイツ語で打たれていた。

「お手数ですけど、英語に訳していただけませんか？」

「こう書いてあるだけですわ。〝ザンネンナガラコンヤノヨヤクトリケス〟」と夫人が言った。「ただ、もう一通届いていて、それが見つかれば……ああ、こちらに」

わたしは二通目を受け取った。こちらは英語で打たれていて、内容はこうだ。〝マダソチラヘイケナクテモウシワケナイ　マタレンラクスル　アイシテル　ルイス〟

わたしは電報をテーブルに落とした。伯爵夫人の小さな険しい灰色の目がこちらをいぶかしげに見ているのに気づき、自分がよほどがっかりした顔をしているとわかった。わたしは気を取り直した。「まあ残念。主人はまだこちらに来られませんが、連絡をするそうです。明日、電話をよこすでしょう。ひょっとして今夜にでも。本当にお世話になりました……外に出て、若い友人が馬で来るかどうか確かめます」わたしは伯爵にほほえみかけた。「改めてお礼を申し上げます」

わたしはさっと向きを変えて立ち去ろうとした。この場に残って、伯爵夫人に馬のことを一から説明する気分ではない。だが、夫人がわたしの最後の言葉を聞き返そうとしていたとしても、その暇はなかった。伯爵が話しかけていたからだ。「今夜はお客がもうひとり来ると言ったかな？　それは誰だい？」

「またイギリス人の男性ですよ。ミスター・エリオットというかた」

幸い、わたしは夫妻に背を向けて足早に広間を歩いていた。うっかり顔に現れたであろう驚きの表情は隠しようがなかった。わたしはルイスに会えるまでの時間を数え、彼には偽名があること、まだそれを使うかもしれないと言われたことをけろりと忘れていた。

その偽名に気づいて思わず足を止めていたが、絨毯の端でつまずいたふりをして、あとはひたすらドアに向かって歩き続けた。でも、もう速足ではない。ドアの近くで、夫人がこう続ける声が聞こえた。

「たったいま、予約の電話があったのよ。お通しするのは……（何号室か聞き取れなかった）。用意はできています。ヨーゼフが戻ったら伝えておかないと」夫人はすでにドイツ語に切り替えていたが、わたしは次の言葉も理解できたような気がした。「お夕食には間に合わないんですって。到着の時間がわからないそうなの。遅くなるという話でしたわ」

鞍から色石を外す作業は、思っていたほど時間がかからなかった。わたしは廏舎にランタンを持ち込み、藁の塊に座って仕事をした。いつもハンドバッグに入れて持ち歩いている、よく切れる小型の鋏が役に立った。照明が明るい客室へ鞍を運んでもよかったけれど、重くてかなわなかった。ヨーゼフはサーカスに出かけているし、ほかに頼めそうな人が見つからなかった。それに、鞍は馬の匂いがぷんぷんして、部屋に入れるのは抵抗があったのだ。

というわけで、わたしがランタンの明かりの下で色石を取り外しているあいだ、カサカサという音がしていた。

色石はゆるく縫い付けてあり、あっけなく外れた。きらきらしたモールの縁取りは半分縫って、半分糊付けしてあり、なんとかはがせたけれども跡が残った。だが、まあかまわないだろう。鞍は薄い色の柔らかい革で作られ、鞍頭が反り返っていて、もともと上等な品だったことは明らかだが、いまではみすぼらしく、裏張りも革も大幅な修理が必要だとわかった。

いずれにせよ、作業が終わり、まばゆい色石をポケットに入れると、周囲を見回して古い鞍を掛けておく釘を探した。略奪者の手の届かない場所を。このゴシック様式の凝った作りの廏舎のくぼみで聞こえるカサカサという音は、気のせいではなかったし、ただの小ネズミが出す音でもなかった。みすぼらしくてもそうでなくても、スペイン乗馬学校の鞍をツェヒスタイン城の大ネズミにくれてやるつもりはない。

鞍が掛けられる唯一の釘は折れていた。仕切りにまたがらせても無駄だし、伯爵の鞍置き場にも掛ける場所はなさそうだ——少なくとも使える状態のものはない。とにかく、ヨーゼフの帰りを待つのが嫌なら、自分で暗がりを探すしかないだろう。ただ、金属製の餌入れはネズミの歯に負けず、とても大きく、今夜まだら馬は餌を食べない。わたしは餌入れの蓋をあけて、鞍をそっと餌の中に入れ、ランタンを元の場所に掛けてティムを出迎えに行った。

アーチ道を通って橋に出ると、そこで立ち止まり、欄干から身を乗り出した。頭上に、ぼんやりと、城壁と尖塔と小塔がそそり立ち、そこかしこで窓に黄色の明かりが灯っていた。橋の向こうに、影また影が重なり、松林が夕闇にくっきりと浮かび上がり、薄暗い谷底の辺鄙な場所にある農場を示す明かりが集まっていた。そのほかは、この翳った風景で光の源となるのは川だった。いまもやはり、ほんのり明るいリボンが谷間を縫い、わたしの真下で、橋の土台になっている青白い張り出し岩を伝っていた。

とても静かな夜なので、まだら馬がこちらへ向かっていれば、蹄がパカポコ響く音がしそうだが、あたりはしんとして、遠くから聞こえるサーカスの音楽も静寂を破らなかった。かすかな反響すら遮られているのは、おそらく、村の景色を隠す断崖のせいだろう。

そこへ、遠くから聞こえてきたエンジン音がまず静寂を破り、村の方角から谷の道沿いに光がやってくるのが見えた。やがて、音は川にかかる橋で交差点を過ぎ、光は谷に沿って曲がりくねり、見えなくなった。あれはミスター・エリオットではない。まだ早い。

ともあれ——わたしはよくよく考えていた——ルイスは北から来るはず。ウィーンからやってくる場合、村を通る必要はなく、橋で曲がって城を目指せばいい。サーカスが上演しているさいちゅうに到着しても、彼が団員の誰かに会うとは考えにくい。到着の時間が十一時を回れば、サーカス団は一路南へ向かっているはずだ。ミスター・リー・エリオットを知っている者が、セダンに乗った男が猛スピードでツェヒスタイン城へ向かう姿を見るとは、およそありえない。実際、彼は〝ルイス・マーチ〟の名で到着できればと考え、顔見知りには会わないと踏んでいたのだ。

では、ルイスが偽名を使うのは、サーカス団と再び接触する計画があるとしか考えられない。しかも、二十四時間後にサーカス団は国境を越えている。

とそのとき、遠くでかすかに蹄の音がした。パカポコ、パカポコ、ゆっくり歩いている馬だ。険しい道を上ってきたのだろう。蹄が叩く音はリズミカルで規則正しい。まだら馬はもう〝肢を痛めて〟いないようだ。わたしは背筋を伸ばし、橋からずんずん歩いて松の木立を抜け、彼らを迎えに行った。

道端に木のベンチが置かれ、立ち並ぶ木のあいだから谷を見下ろせる。恐る恐る触ってみると、板は乾いていて、夜の湿気はまだ降りていなかった。わたしはベンチに座って待った。パカポコという蹄の音がいっとき小さくなった。ティムとまだら馬が道路のカーブを曲がり、合間に生い茂る木々で音が小さくなったのだ。やがて彼らが近づき、音が大きくなった。

この風景さえあればいい、とわたしは思った。左手を見上げれば、何本もの小塔が暗くそびえ、星空を背に明かりがぼんやりと灯り……あたりは静まり、星々が輪郭を描き、木々が魔力を得たようにひそひそと話し、今度は馬が近づいてくるおっとりした音がする。ウォルター・デ・ラメアの詩『旅人』の世界か、甲冑を身に着けた遍歴の騎士が松林から星明かりへ入る光景を期待してしまう。

道路の最後のひと続きは左右の路肩が松葉で厚く覆われていて、ティムと馬がようやく現れたとき、どんな物語の登場場面にも負けないほどしずしずと歩いていた。考えてみれば、これは――この少年と、柔らかい路肩を歩いて傷めた肢をかばっている馬のありふれた登場は――あらゆるロマンチックな伝説そのままに胸を躍らせる……。老いた牡馬は王位を追われ、雑役に甘んじ、醜い毛皮で貶められた。もうじき本来の身分に戻りそうな蛙の王子みたいなものだ。こうしてまだら馬が少年の傍らで、月が投げかける影を重い足取りで踏みしめると、鋼色の光がまだらの毛皮を滑り、馬じたいが縞模様の銀の影になった。だが、黒い部分はもうじき消える。今夜、すでに薄れているのがわかった。呼びかけると、馬が頭を上げて耳をぴんと立て、一瞬、若い馬に戻ったように見えた。現に足取りを速め、鼻の穴から優しくいなないた。確か、ヴァーグナー団長が〝あの馬の名前はいまでも馬房に書かれ、新鮮な飼葉が用意されているでしょう〟と言っていた。そのとおりであってほしいし、それよりなお、わたしとティムが正しいことを祈ってやまない。蛙の王子はしょせん蛙だとわかったら、なにかしら問題が起こるに違いないからだ。

ほどなく、まだら馬の鼻面が手に押しつけられて、わたしはその耳を撫でながら、ティムに今夜の手はず——ミスター・リー・エリオットの予定も含めて——を馬体越しに伝えた。

わたしがミスター・リー・エリオットに対して考えている肝心なところは省いた。つまり、ティムとルイスとわたしだけが城の本館に泊まるとしたら、今夜だけはミスター・エリオットは誰にも見つからずにわたしの部屋に忍び込めるだろう。

第十四章

わたしは気持ちを引き締めて、見えたものから逃げ去った。
『ブリガム・ヤングへの訪問』（アーテマス・ウォード作）

ようやく彼が来たとき、わたしは眠り込んでいたらしい。ヨーロッパ大陸のホテルらしく、客室には二重のドアがついている。元は広々としていた寝室は、大廊下の手前にバスルームを追加して縮小されていた。外側のドアが開閉する音は聞こえなかったが、内側のドアがあくと、わたしはたちまち目が覚めたようだ。

室内は暗い。窓に厚手のカーテンが引かれ、小塔の狭間《はざま》が月光を完全に遮っていた。彼の背後でドアがそっと閉まった。そこで位置を確認しているのか、彼は足を止めた。明かりのスイッチを手探りしなかったので、物のありかは見えるのだろう。古い床板をきしらせてベッドへ近づく足音がした。わたしは眠そうな声で「ダーリン、こっちよ」と言って横を向き、ベッドサイドのスタンドに手を伸ばした。

足音がぴたりとやんだ。

「ルイス？」わたしの手がちょうどスイッチを探し当てた。

ひと筋の光が放たれ、わたしを照らした。光が目にまともに当たり、即座にささやき声が続いた。「動くな。スイッチから手を放せ」ところがそう言われても、わたしはとっさにスイッチを押して明かりを点けていた。

そこにいたのはルイスではなかった。ベッドの足元から八フィートほどのところに、シャーンドル・バログが懐中電灯を握って立っていた。

「ここで何してるのよ？　誰を探してるの？」

ショックと恐怖のあまり、声がうわずった。シャーンドルはさっきの場所で立ち止まっていた。一歩でも動いたら、わたしが恐怖にわれを忘れて悲鳴をあげると思ったのだろう。彼はひとまず懐中電灯をポケットに戻した。「騒ぐな、声を落とせ。もしも――」

わたしは語気を荒くした。「出てって！　いますぐ！　わかった？　さっさとこの部屋を出てって！」そして、すばやく寝返りを打って電話に手を伸ばした。

今度はシャーンドルが動いた。大股二歩でベッドに近づいて左手を突き出し、受話器を取る寸前のわたしの手首をつかんだ。彼の腕力を感じたのはその夜で二度目のことで、今回はつかみ方が乱暴かつ容赦なかった。

「よせったら！」シャーンドルはわたしの腕をねじり、枕に押し倒した。

わたしは声を限りに叫んだ。ルイスの名前を呼んだような気がする。シャーンドルから逃れてベッドの端に寄ろうとしたが、また飛びかかられ、必死に抵抗する腕をもう一度あの荒っぽい手でつかまれて、枕に押し戻された。また叫ぼうと口をひらくと、彼のあいているほうの手で口元を引っぱたかれた。

その一撃で、ヘッドボードに叩きつけられた。頭と体が跳ね返ると、また叩かれた。それきり抵抗しなかったように思う。よく覚えていない。どのみち、抵抗しても無駄なあがきだっただろう。それからしばらくはショックと恐怖と痛みとで混乱していた。助けを求めて叫んだり駆け出したりしようとせず、枕にもたれて縮み上がり、意味もなく、つかまれていない手で顔をかばおうとした。もう一度叩かれたかどうかさえはっきりしない。叩かれたような気がする。そのうち相手はわたしが怯えておとなしくなったことに気づき、乱暴につかんでいた手を放してベッドの足元に戻った。

わたしはあざのできた顔を両手で覆い、体の震えを止めようとした。

「こっちを向け」

わたしは動かなかった。

シャーンドルの声音が変わった。「こっちを向けよ」

のろのろと、まるで頰の皮膚をはがすように、わたしは両手を放した。そしてシャーンドルを見た。彼はベッドの足元の床に移動して、ベッドサイドのスタンドの光がぎりぎり届く位置に立っていたが、あの電光石火の早業で飛びかかられれば、わたしはまだ彼の手の届く範囲にいた。そうでなくても、彼が右手に握っている拳銃から逃げられそうもなかった。

銃口がわずかに動いた。「これが見えるか?」

わたしは口を利かなかった。唇が震えないように嚙んでいたが、拳銃が見えているとシャーンドルに気づかれた。

「叫んでも無駄だとわかっただろう。この部屋は二重ドアで、壁の厚みは三十センチありそうだ。どっちにしろ、廊下の向かいの、ずっと離れた部屋にあの小僧がいるだけだよな? 奴はぐっすり眠ってるだろう……が、あんたがどうにか奴を起こしたとしても、奥さん、かえって気の毒な目に遭わせるだけだ。わかったかい？」

嫌と言うほどわかった。今度ばかりは頷いた。

「いいだろう……また電話に手をかけたら、あんたも気の毒な目に遭うからな」

「なんの用？」すごい剣幕で言ったつもりが、かぼそい声が漏れ、咳払いをしてやり直した。相変わらず、ちっとも自分の声に聞こえない。シャーンドルがにやりとした。その笑みを見て、胸のどこかで怒りの種が撒かれ、寒さと恐怖に震える体を一瞬ほてらせた。

「誰かを待ってたな」笑みが広がった。「それとも、来る者は拒まずかね、奥さま？」シャーンドルはベッドのフットボードに寄りかかり、無造作に拳銃を握っている。人を小ばかにしたようでいて、値踏みしている顔だ。

胸の奥で小さな火が点いて燃え出した。わたしはこう言って、冷たくきっぱりした自分の声に満足した。「ごらんのとおり、歓迎していますわよ」

「なるほど、貞淑な奥方だな。どうせ、やっとご亭主が着いたと思ったんだ、そうだろ？」

では、最初の言いぐさは悪党らしい嫌味に過ぎなかったのだ。二回目の発言も同じくらい不愉快に響き、なぜふつうの女は〝貞淑〟と言われたくないのかと、ふと考えてしまった。でも、あれは思いつきの皮肉でしかない。夫のことを言われて恐怖が吹き飛び、わたしの頭は働くようになっていた。

この悪党はルイスがここへ向かっているのを知っている。到着が遅れている事実もつかんでいた。そこで、わたしひとりと渡り合おうと、この部屋に押し入ったと見える……。それ以上は何もわからず、わたしはこの時点でシャーンドル・バログをルイスの謎めいた任務における敵だと思い、サーカスの〝謎〟の中心だとも思った。この男がルイスに関する情報を集めに来たと、ピンと来たはずなのに……。

喉のあたりで心臓が打っている。わたしは唾をのみ、さらりと言ってのけた。

「わざわざ無礼な態度を取りに来たんじゃないわね。なんの目的があるわけ？　夫がここに来る予定だったら、あなたとどんな関係があるの？」

「何もないよ、奥さま。ただし、おれがここにお邪魔できたのも……こんなふうにさ……旦那がいないおかげだ」

「どうして夫がここにいないとわかったの？　それを言うなら、どうして彼が来る予定だとわかったの？　わたしは夫の予定をサーカスの誰にも教えなかったのに」

広い肩がさっとすくめられた。目の前の男はやはり、いかにもサーカスの軽業師に見える。衣装から私服に着替えてはいたが、例によって黒ずくめ――ぴったりした黒っぽいズボンと黒の革のジャケットは筋肉にしなやかになじんで、まるで野獣の皮膚のようだ。「こんなところに押し入るときは、まず調べをつけるだろうが。使用人の中には村に住んでる者もいる。連中は公演を見に来たから、あとで泊まり客の話を訊き出すのはちょろいもんだった。このあたりのホテルは夜も戸締りしない。人手不足で、夜勤のフロント係がいないからな……とにかく、毎晩はいないね。だから、堂々と歩いて入って宿帳であんたの部屋番号を調べ――旦那が来てないことも確かめた」またあの薄笑い。「だからさ、旦那がおれを捕まえに来ると言って脅しても無駄だよ、奥さん。たとえ来たところで」シャーンドルは拳銃をさっと振った。「あんたと同じくあしらえる。違うか？」

違うわよ、このばか。そう思っても口には出さなかった。たちまちほっとしたことを見せないようにした。シャーンドルにどんな目的があったにせよ、それはルイスではない。ルイスとリー・エリオットが同一人物だと突き止めていないことも明らかだ。〝エリオット〟が来るとはわからなかったはず。なぜなら、ヨーゼフはサーカスから戻った時点で、村に住む使用人たちがここを何時に出たかを聞かされたばかりだから。そう、シャーンドルは知らなくても、ルイスはこちらに向かっていて、この男が想像していた呆然と怯えた観光客ではなく、彼の倍は手ごわいプロと渡り合うことになる。

「いいわ。よくわかった。わたしを脅して痛い思いをさせ、あなたの命令に従うしかないって思い知らせたのね。どんな命令か教えてくれる？　なんの目的でここに来たの？　何が望み？」

「あの鞍だ」

わたしはシャーンドルの顔をしげしげと眺めた。「あのなんですって？」

「あの鞍だよ。あんたがブローチを着けてるのを見て、まさかと思ったが……あとでエレマーから馬の話を聞いた。あんたが鞍も持ってったことをな。どこにある？」

「さっぱりわからない。いったい何が欲しいの？」

「あんたはわからなくていい。とにかく答えろ。どこにある？」

わたしはシャーンドルの顔から目を離さなかった。突然、わかりすぎるほどわかった気がして、化粧台の引き出しをちらちら見そうになるのをやっとのことでこらえた。そこに、ハンカチに包まれて、今夜馬具から外した〝宝石〟が入っているのだ。

「厩舎に決まってるでしょ」わたしは驚いたような声で答えた。「ほかのどこだと思うの？」

シャーンドルはじれったそうに身じろぎしたが、そこに抑えた激情がこもっていて、わたしは思わず体を引いて枕に押し付けた。「嘘つけ。そこは最初に行ってきた。当たり前だろ。ばかにしてるのか？　使用人に聞いたが、じいさんは廏舎を残してるそうだから、すぐに行って確かめてきた。あんたが山で馬に草を食わせるところを見て、馬具は廏舎にあると踏んだが、影も形もなかった。あんた、鞍をここに持ってきていじったのか？　どこにやった？」

「いじったりするわけないでしょう。廏舎にあるわよ。餌入れの中に」

「餌入れだと？　そりゃどういう与太話だ？　嘘をつくんじゃない――」

「嘘なんかつかないわ。早くここから出てってほしいだけよ。あなたが鞍をどうしたいのかわからないし、それはどうでもいい。勝ち目のない相手と言い争うほどばかじゃないの。間違いなく、鞍は餌入れに入れたわ。廏舎には大ネズミがいて――痕跡があったから、夜中に鞍を床に置きっ放しにしてかじられたくなかった。ちなみに、餌入れはたいてい金属製で、ネズミから穀類を守るのよ。馬車置き場の扉の脇にある餌入れをあければ、鞍があるわ」わたしは布団を胸元まで引き上げていたが、それを体に巻きつけた。出ていきなさい、という威厳のあるしぐさに見えてほしかった。「さあ、今度こそ出ていって」

ところがシャーンドルは動かない。すっかり見慣れた拳銃を使った合図をした。「起きて着替えろ」

「なんですって？」

「言ったとおりだ。早くしろ」

「どうしてわたしが起きなきゃいけないの？　いったいなんの話？　どうするつもり？」

「一緒に来い」

わたしはまだ布団を顎の下でつかんでいたが、威厳が失われていく気がした。また震え出していたのだ。「だって、本当のことを教えたわ。なぜ嘘をつかなきゃならないの？　だから、餌入れの中にあるって言ったじゃない。どうして廏舎に行って鞍を取り、さっさと出ていかないのよ？」

またしても、じれったそうな動きで威嚇した。「おれがここを出てって、あんたに城じゅうの連中を叩き起こさせると思うのか？　さあ行くぞ。逆らうな。言われたとおりにベッドを出ろ」シャーンドルは今度も拳銃でベッドの横あたりを示して、電話に近づくな、ドアに近づくなと指図した。

どうしようもなさそうだ。わたしはのろのろと布団をはいで床に下りた。ナイトドレスは二枚重ねのナイロンだが、裸になった気分だった。あのときは恥ずかしいというより心細かった。最初に裸の人間を武装させた気持ちだ。拳銃を構えているのがわたしだったら、ちゃんと服を着ていた気分だっただろうに。

わたしは衣類をつかんだ。「バスルームで着替えるわ」

「ここで着替えろ」

「でも、それは――」

「つべこべ言うな。服を着ろ。急いでるんだ」

すがるような声を出す自分が嫌になりながらも、わたしはこう言った。「いいわ、ちょっと向こうを向いてくれたら――」

「ばか言え。乱暴しようってんじゃない。女はみんな同じだ、考えることはひとつしかないってな。いい加減にして、さっさとしろ」

わたしは、見ないものは実在しないという主義で頑張った。シャーンドルに背中を向け、見られているかどうかわからないようにしたが、見られていると意識していた。あのとき彼が動き出していたら、拳銃があってもなくても、わたしはどうしていただろう。でも、彼は身じろぎひとつしなかった。

三ヤードほど離れて、じっと立っている。わたしは彼の視線を全身に感じながら、覚束ない手で服を着ると、震える指でボタンを留めようとした。夕食時に着たワンピースではなく、彼がクローゼットから選ばせたセーターとスラックスとアノラックだ。それを着てファスナーを留めた。ウールの服に温かく包まれて驚くほど心地よかった。靴を履くと、またシャーンドルに向き合う勇気が湧いてきた。

「鞍を手に入れたら、どうするの?」

「それからのお楽しみさ」

わたしは立ち上がった。シャーンドルが怖くてたまらず、状況を把握できずにいたものの、こうして明かりの点いた客室を出て、この悪党と一緒に暗がりへ行くはめになり、頭はめまぐるしく働き出して、レジのようにカチャカチャと事実を打ち込んでいった。

例の牡馬の鞍は〝宝石〟だらけで、シャーンドルはあの鞍を気にしている(ほらね、彼はアンナリーザの使い走りをするタイプじゃなかった)。そう、石は〝ゆるく留められて〟いて、ブローチはだらりと下がり、エレマーが外してくれた。シャーンドルはそれを見て……すぐさまエレマーを捕まえ、馬具一式と宝石その他もろもろがツェヒスタイン城へ運ばれたと聞いただけだった。そしていま、わたしが鞍を〝いじった〟かどうか訊いている。そう、すべてが結びつく。ほかの彼が(まだ)知らない事実まで――伯爵がわたしのブローチと同じサファイアを身に着けたマリア伯爵夫人の肖像画に興味を示したこと。本物の宝石はミュンヘンの美術館にある……。

いや、あるのだろうか? 実際、シャーンドル・バログがこんな大それた盗みをやってのけたとして、サーカスの馬具の安っぽい飾りは宝石の格好の隠れ場所になるのでは? 万一――可能性は高そうだ――彼は泥棒の運び屋に過ぎない場合、宝石を国外へ持ち出すのにこれほど巧妙な手口はない。

すると、わたしはまだら馬に何気なく興味を抱いて、この危険な出来事の核心にぐんぐんと――ルイスの指示に真っ向から逆らって――迫っていたのだ。

さらに、これが危険であることには疑いの余地がない。シャーンドルが素直に廏舎に下りていたら、宝石がないと気づいて、品物とわたしを手に入れようと戻って来る前に、使用人のいる棟に助けを求められただろうに。でも、向こうはわたしを連れていく気だ。わたしは彼とふたりきりで廏舎にいて、相手が餌入れから鞍を取り出し、宝物がはぎ取られているのを見つける場に居合わせる。

もうひとつ確かなことがある。シャーンドルにとっては大金がかかっているのだ。今夜は彼がいかに冷酷になれるかを見せつけられ、その気になればもっと悪党になれると思い知らされた。人殺しもやってのける男に違いない。

人殺し……。それを思うと、最後の事実が腑に落ちた。焼け落ちたトレーラーとフランツルの死に際の言葉。くどくどと（ルイスとアンナリーザに誤解された）〝ナポリターノ・ペトラ〟の鞍の話をささやいた。フランツルは（アンナリーザが想像したとおり）馬を盗んだことを打ち明けようとしていたのかもしれない。だが、鞍のようなささいな事柄にこだわったところを見ると、あの馬の名前がサーカス団にはなんの意味もないことを忘れていて、自分は殺され、ポール・デンヴァーが道連れにされたことを必死に伝えようとしていたのだ。どうやら、まだら馬の話には、ルイスの〝謎〟にとって思ってもみなかったほど有力な手がかりがあったらしい。

しかもシャーンドル・バログには、あのときふたり殺す値打ちがあったものなら、ここでまたひとり殺すだろう。

でも、人の死に値する宝石なんてない。それに、こうして時間を稼げば、それだけルイスが近づいてくる。わたしは早口で言った。「ちょっと待って。あなたがそこまでして追いかける鞍だけど。なぜ欲しいのか知ってるわ」

それを聞いたシャーンドルは立ち止まった。「何を知ってる?」

「あなたが盗んだ宝石のことを知ってるの。エレマーがわたしにくれた、鞍から外れたブローチはそのひとつでしょう?」宝石に見覚えがあったと言ってシャーンドルを仰天させてもよかったが、老伯爵がブローチを知っていたと漏らして、彼を危険な目に遭わせたくなかった。それに、わたしはフランツルのことを知り過ぎていて、危ない橋を渡りたくもなかった。わたしは大急ぎで続けた。「今夜、あなたはアンナリーザのトレーラーの外でわたしに出くわして、あれをあきらめたのね。鞍から外したガラス玉の行方に、なぜそんなにこだわるの? 今度はここまで追ってきて、見え透いてるわ。これでわからなかったら、わたしはばかよ。まあ、自分の宝石じゃないから関係ないし、あれのために危険を冒したりしない。わたしを無理やり廏舎へ連れていって鞍を出させても、どうにもならないわ。わたしがあのサーカスの飾りだらけの鞍を欲しがったとは思わないでしょ? もう宝石は外してあるの」

「宝石か」シャーンドルは言った。「宝石ね。あの鞍から宝石を外したのか?」

「ええ、そうよ。箱に入れてインスブルックの住所に送るとアンナリーザに言ったけど、いらないんですって。わたしとしては、あなたが持っていけばいいと思う。まとめて持っていきなさい。ただし、この部屋を出て、わたしをほっといて。数時間後に国境を越えるんだから心配しなくていい。早く出て行って、宝石を持っていけばいいわ」

まるでわたしの気が変になったかのように、シャーンドルはこちらを見据えていた。やがて、切れ長の黒い目の奥に計算がひらめいたのを見て、彼に頭を使わせまいと、わたしはすばやく行動に出た。宝石を渡して満足させられれば、彼を部屋から追い出し、あの頑丈なドアで締め出して……。彼はもう大丈夫だと思うかもしれない。数時間以内に国境を越えられる、自分のことを知っているのはわたしとティム――外国人で無力なほう――だけだと。大した希望ではなくても、希望があるにはある。ルイスと彼の重要な局がこの手の犯罪を追うのは当然だが、これこそルイスの獲物だとしたら、わたしはひとりでシャーンドルと渡り合えると思うほどばかではなかった。ルイスに求められることはわかっている。無事で夫の到着を待ち、それから彼がシャーンドルを追跡できるよう力を貸す。

わたしはすばやく化粧台に向かい、勢いよく引き出しをあけて、清潔なハンカチに包んでおいたキラキラ光る石を取り出した。そこにサファイアのブローチがないことを気づかれないようにと思いながら。

初めて自分からシャーンドルに近づき、拳銃には目を向けず、包みを突き出した。「ほら。これが鞍に付いてたものよ。さあ、出てって。胸がいっぱいになるといいわね」

シャーンドルは包みを受け取ろうとしなかった。やがて、いきなり笑い出した。自然に湧き上がった笑い声だった。

わたしは戸惑った。「どういうこと？　なぜ受け取らないの？」

シャーンドルが吐き捨てるように言った。「宝石だと？　その宝石が似合うのは馬くらいだ。それか、女だろうよ。もういい、おれの時間を無駄にするな」

わたしが両手で石を持ったまま、呆然とシャーンドルを見ていると、彼はたこのできた細い手を伸ばして、石を三つ四つ取った。石は手のひらで転がされ、スタンドの明かりを浴びて、緑と赤とトパーズの黄色にきらめいた。また笑い声があがった。

「エメラルドとルビーと――なんだ、イエローダイヤモンドか？　そりゃもう、きれいなもんだ。あんたの王冠に付ける宝石は」すると、シャーンドルの笑みが消え去り、白い歯をむき出した獣の顔が戻った。「こいつはガラス玉だ。ばかめ。おれがガラクタを探して時間を無駄にするっていうのか？　仮にこれが本物でも、ハンガリーにはさばける市場がありゃしない。あっちの人間は宝石に用はない、夢が欲しいんだよ。そうさ、夢……呪われた者の麗しき夢だ。夢はいつだって売れるからな」シャーンドルは手首をぱっと返して石を放り出した。石は床に落ちて窓のカーテンの陰へ転がった。

「どうかしてるわ」

「たぶんな。さあ、行くぞ」

わたしができるだけあとずさると、化粧台にぶつかった。「嫌だと言ったら？」声がかすれた。「わたしを撃って逃げ切れると、本気で思ってる？」

「ああ、これか」シャーンドルが拳銃に向けた目つきは無造作と言ってよかった。「撃ちゃしないさ。あんたを脅かすためだ」あの力強い指がねじられ、手の中で拳銃が引っくり返って台尻が向けられた。「これであんたをぶん殴り、ほら、気絶させて……」彼は身振りで窓を示した。「谷底までは長旅だな」彼はにやりとした。「すぐに手を下さないのは、やっぱりあの鞍が欲しいからだ。だいいち、あんたは信用できないね、きれいな奥さん」

シャーンドルは話しながらドアへ近づいていた。ゆっくりあけようと、ノブに手をかけた。そのまま、首を傾げて聞き耳を立てている。やがて、黒い目がわたしを見て光り、低い声が続いた。「さあ、ベッドを整えてナイトドレスを拾うんだ。電話に近づくな……。それでいい。石も拾え。自分から着替えてこの部屋を出たように見せかけろ。いいな?」

わたしは指示に従った。従うしかなさそうだった。シャーンドルはしばらくわたしの様子を見てから、そっとドアをあけて上半身を廊下に出し、物音がしないか、じっと耳を澄ませた。何も聞こえない。わたしはかがんで赤い石を拾った。残るふたつは、小塔の狭間を隠す厚手のカーテンの陰に転がっていた。わたしがおとなしくなったことに満足して、シャーンドルはこちらを見ていなかった。ひっそりした廊下に注意を向けていたのだ。わたしの靴は軽く、絨毯の上で音を立てない。ほかの石を拾うように、さりげなくカーテンの裏に手を入れて……。

シャーンドルは振り向かなかった。わたしはなるべく静かにカーテンを割って暗い狭間に入るとすぐさま、胸壁に続く小さな扉の留め金をいじくった。

第十五章

……高く舞い上がって目をしばたたき……。

「ウィリーがモルト酒二ガロン作りゃ」（ロバート・バーンズ作）

扉は音もなくひらいて、わたしは静かに外へ出た。せいぜい数秒しか先行できないと考え――実は、そこから逃げられる望みは薄いと思ったが、あのときは思わず逃げ出したのだった。そうするしかなかった。

扉の錠から鍵を抜き取って外側から再施錠できれば、シャーンドルが騒音を立ててまで錠を壊したり、拳銃で撃ったりするとは思えない。いまは何時か見当もつかないけれど、彼がサーカスの二回目の公演も終えてから来たとすれば、大半の団員はすでに出発しているはずだ。彼は高をくくり、わたしが本当のことを話すだろうと、全速力であの鞍を追いかけてきたのだ。

ただし、このひらめいた仮説を試す暇はなかった。扉の鍵を錠から引き抜くと同時に、こちらの動きを悟られた。カーテンの向こうで声があがり、シャーンドルが床板をきしらせて近づいてきた。

わたしはさっと抜け出し、扉を叩きつけるように閉めて、胸壁のうしろの狭い通路を走った。

月光はまばゆく、容赦を知らない。行き先を鮮やかに照らし出すが、わたしが走っている姿もまた、鮮やかにシャーンドルに見せていた。胸壁と右手にある急傾斜の屋根のあいだを三分の二走ったところで、背後の扉が乱暴にあけられ、彼の切羽詰まった声がした。「止まらないと撃つぞ！」

脅しを真に受けたかどうかはわからない。考える暇がなかった。肩甲骨のあいだがぞくりとしても、絶対に足を止めなかった。脱兎のごとく、二番目の塔に見えていた小さな扉を目指してまっしぐらに走った。

シャーンドルが階段を飛ぶように下り、石の通路へ下りる音がした。猫のように軽やかな着地だ。三歩歩くと、わたしは塔に着いた。扉はさっきの小塔にあった扉とそっくりだ。よろめきながら階段を上がり、取っ手をつかみ、思い切り扉を押した。鍵がかかっていた。

一瞬追い詰められ、わたしはすばやく振り向いた。両の手のひらは背後の扉にぐっと押しつけられた。シャーンドルがこっちへ向かっている。もうなかばを過ぎていた。拳銃はポケットに押し込まれて、両手があいていた。

その常軌を逸したひととき、わたしは傍らの険しいタイルの斜面をよじ登るしかないと考えた。危険はなさそうだった。タイルは乾いていたし、わたしはスニーカーを履いていた。万一落ちても、通路に戻るだけだ。ところが、シャーンドルが通路にいた。

そして胸壁の下には暗闇と、がらんとした空間と、遠くに深い川が続いて……。

そのとき階段が見えた。小さな螺旋階段が塔の外側をくねくねと裏側に向かっていた。昼間見かけて、忘れていた階段だ。上りだけで、下りではないが、ほかに行ける場所はない。わたしはその階段を駆け上がり、小塔の曲線を描く壁を回ってシャーンドルの視界を外れた。彼はまだ階段の上り口に着いていなかった。

人は恐怖に駆り立てられるという。わたしもそうだったのだろうが、いくらシャーンドルが運動神経がよくても、その晩二回もショーに出たことを忘れてはならない。この恐ろしい螺旋階段を上れば、彼を引き離せる。月明かりに照らされた側は上りやすく、月が見えない影に入っても、わたしは足を踏み外すことはなさそうだ。だが、彼はつまずいて悪態をつき、一度立ち止まってあえぎ、また脅しか命令をわめいた。やがて、小さな階段が小塔の最後の曲線を回り、どうやらわたしは塔のてっぺんの鉛板屋根へ飛び出すと思われた。

頭が働かなかった。いったん立ち止まり、ここはどこか、この先に何があるかを確かめようともしなかった。漠然とした印象はこうだ。月光に照らされた鉛板屋根の先端が壊れ、タイルの斜面が月光を浴びて輝き、凍った険しい山地が平地をかき分けて進んでいく。金色の王冠を頂いた小尖塔と尖塔、煙突の通風管と屋根の突端にチェスの駒のように置かれた彫刻。あちらこちらに大煙突が立ち、並んだ大砲がやみくもに空を撃っているようだ。くすんだ月光の中で、そこはとらえどころがない悪夢の世界に見えた。

わたしは手近な隠れ場に駆け込んだ。煙突の通風管が何本も並び、その向こうに頼もしい急傾斜の屋根が控えている。

鉛板屋根には畝があった。まるで罠のようで、一部は六フィートおきに二、三インチ高くなっている。わたしはそこを軽々と飛び越え、壊れた煙突の通風管が隣の通風管にもたれているところをよけた。

シャーンドルは階段のてっぺんに近づいてきた。こちらが見えていたのだ。あの怒り狂ったしゃがれ声で、また違うことを叫んだ。

こちらからは向こうの肩から上しか見えなかった。脚は五、六段下にあったようだ。あのとき何かを考えた記憶はない。わたしはとっさに止まり、振り向いて通風管の破片を拾い上げ、畝のある屋根に両手で力一杯放り投げると、それが転がっていった。

うまくいった。通風管は階段のてっぺんに命中して、まっしぐらに下りていった。シャーンドルの脚に当たって倒したに違いない。大きな音を立てて彼の顔と肩が消え、ズルズル滑り、苦しげな悪態が続いた。さらに、もろい鉄柵に彼の体が叩きつけられてきしむ音がした。

ぐずぐずしていられない。煙突の林に飛び込んで身を隠すと、あの通風管が鉄柵に当たる音がして、数秒後、下の崖のどこかに叩きつけられ、ややあって、衝撃音が小さくなり、破片がぱらぱらと川に落ちていった。

それからわたしは煙突の林を通り、急勾配の屋根が作る影をすばやく擦り抜けた。

時間を稼いではいたが、いつまでもシャーンドルをかわせるはずもなく、これほどの動揺を見せていては、わずかでも隠れていられそうもなかった。どうしても、それも急いでやるべきなのは、下りる道を探すことだ。あの男は――必ず――わたしが元来た道をふさぐだろうが、外階段が一本あるなら、二本あっても不思議はない……。

走り続けながらもなるべく静かに進み、ふたつの大きな煙突群をよけ、六角形の屋根が作る影を突っ切り、向こうの胸壁に逃げ込んだ。階段があるとしたら、外側にあるはずだ。実は、そんな階段を見たのをぼんやりと覚えていたが、恐怖と混乱のあまり、場所を思い出せなかった。

上ってきた階段のある小塔は城の南東の角にあり、そこで本館と伯爵夫妻の住まいである南棟が合流する。わたしは煙突の林に隠れたとたんに北を向いていた。北棟では使用人たちが眠っていて、そこで助けを呼べると思ったのだ。なによりも、もう一方の見張り用の小塔、北東にある小塔には最初の階段の片割れがあって、そこから北棟へ下りられるかもしれない。

本館に沿って戻りかけ、わたしの部屋の小塔とほぼ同じ高さに――尖った屋根と、月をつかんでいる翼の生えたドラゴンが目に入った。暗がりの奥で思い切って立ち止まり、耳を澄ました。必死に呼吸を整え、激しい鼓動が響く中でも、追いかけてくる物音がするかどうかを聞き取ろうとした。

すぐに足音が聞こえた。ぐんぐん迫ってはこない。まだ離れていて、獲物の匂いを失った猟犬のように捜し回っている。だが、獲物が前方にいると知り、このまま追えば追い詰められると知っている猟犬は、匂いがないからといって引き返したりしない。彼はやってきた。

でも、シャーンドルはわたしがどちらへ走り出したかわからなかったはずだ。また逃げ出そうとしたら、相手は立ち止まった。その場にまる一分立って、聞き耳を立てていた（たぶん）のは、わたしと同じだろう。その姿が目に浮かぶようだ。敏捷で強靭で黒ずくめ、しなやかな動物の衣装を身に着け、角ばった影の中で目を凝らしてわたしを探している。わたしはじっと息を潜めていた。

シャーンドルは二歩ゆっくり進み、また立ち止まった。わたしは隅に背中を押しつけ、両手を石の割れ目に突っ込んだ。土手に潜り込む虫ではあるまいし、道を掘り出せるとでも思っているようだった。こわばった指の下でモルタルの破片がはがれた。それは音もなく、何事もなく、わたしの手に落ちたが、一歩間違えば、想像した音は額に冷や汗が出るほどの戦慄をもたらすところだった。

次の瞬間、ざらざらしたモルタルの、鳩の卵ほどの破片が汗ばんだ手のひらに食い込んで、何かを伝えた。古い手だがやってみる価値はある。やってみて、失うものはほとんどない。慎重に、まったく音を立てず、そっと石から離れると、隠れたまま、モルタル片を元来たほうへ、南棟めがけてできるだけ遠くへ放り投げた。

モルタル片がこつんと落ちてずるずると滑っていく音は、申し分なく大きかった。ますます申し分ないことに、うっかり足を踏み外した音にそっくりだ。シャーンドルがその場でスニーカーをきしらせて振り返り、元来た道を駆け戻る、軽やかだがはっきりとした音が聞こえた。

一瞬、そっと追いかけようかと思った。思い切って、同じ小塔の階段を下りてみようかと。でも、そこまでは隠れる場所のない屋根をいくつも通らねばならず、相手に見られているかもしれない。

シャーンドルの立てる音が聞こえなくなった。南棟沿いにわたしを探しているようだ。わたしは回れ右をして、まぶしい光と影をよけ、何度かつまずき、両手を広げてバランスを取った。この月に似た風景は気味が悪く、どんなに月の光がまばゆくても、やみくもに走っている気分になる。

前方に北東の角に立つ小塔がそびえている。さっき階段を上ってきた、双子の塔の片割れだ。ここに二番目の階段があると、ちゃんと覚えて……？

そこには確かに階段があった。てっぺんは月光が届かず影になっている。駆け寄ってみると、ひどく壊れていた。てっぺんは木材で頑丈に囲まれており、最初の五、六段が崩れかかって、空中にぶら下がっている。

だが、その傍らの塔の壁に、真正面に扉があった。

それは城内のほかの扉と同じで、ぶ厚くて鋲がふんだんに打たれ、鋳鉄で蝶番がついていた。閂はなく、S字型の大きな取っ手だけがついている。感触からして、取っ手はグリフィンか翼の生えたトカゲの形だと思われた。つかんで押したが、扉は動かない。わたしは扉を押したり引いたりした。目の前に奇跡の逃げ道として現れたものが、実は逃げ道ではないとは思えない。

おそらく、あの瞬間に初めて、わたしは真剣に考えたのだろう。もう逃げられないと、他人の身に起こりうることは、いま、もうじき自分の身にも起こるのだと。この城のまさにおとぎ話めいた雰囲気――寂しい谷、小塔、月光、胸壁、このグリフィンの取っ手のついた扉――といった子供時代の夢とロマンスの罠は、ひとたび現実になれば、もはや夢ではなく悪夢に見えた。人は自分の幻想の世界にとらわれて、昼間の灰色の光のもとで、悪夢と引き換えに荒れ地一エーカーを手に入れるものなのだ。

扉の傍らに、錬鉄に設置されたよくある呼び鈴のボタンがあった。わたしはそれを押してみた。この常軌を逸した夜にする、ごく当たり前の行為だと思ったのだ。たとえ扉が音もなくひらいて、魔法使いが蜘蛛の巣と蒸留器に囲まれてお辞儀をしても、それが当たり前だと……。

ところが、何も起こらない。扉はびくともせず、月光を浴びてのっぺりとしていた。

すべての終わりは始まりだとよく言われる。わたしがそこに立ち、呼び鈴を押したまま、勇気と、猛烈な恐怖まで湧き出すのを感じていると、どこでもう一本の階段を見たかを思い出した。

わたしにとって都合のいい場所ではなかった。それは広い石の階段で、門塔の脇に通じていた。橋のたもとで正門を守る双子の塔の片割れだ。もともと双子の塔は、長く伸びた石落とし狭間のついた城壁、つまり門の上の狭い通路でつながるが、これが荒廃して骨組みと化し、アーチ形の崩れかけた石が二本の塔をつなげていた。南の門塔も同様に荒れて、階段は外れ、屋根は尖った歯のように突き出して朽ち果てるに任せていた。だが、北の門塔は無傷でうまく通れそうだった。そこは中庭に面していて、階段と城の正面玄関とルイスがやってくる道路にも通じる……。

まだシャーンドルが追いつく気配はない。わたしはうつむき、小塔の影から滑り出てカーブを回ると、必死に屋根を走ったり左右へ動いたりして、西側の門塔へ向かった。

記憶は間違っていなかった。階段がある。しかも、鍵はかかっていない。階段のてっぺんは五十ヤードほど先で、そこに月光が降り注いでいる。影からまぶしい月明かりに駆け込むと、またシャーンドルの姿が見えた。彼は注文どおりに動いてくれていた。ほかの棟を駆け回り、今度は門の反対側へ向かっている――壊れた小塔のある側へ。

シャーンドルはわたしに気づいていた。拳銃が手の中で威嚇するように光ったのが見えた。でも、よりにもよって、ここで撃つわけにいかないだろう。どのみち、わたしは後戻りできない。戻れる場所はどこにもない。さっき上ってきた小塔に先回りされてしまう。わたしはこの階段を下りて、中庭へ下りればいい。彼には無理だ。向こうの階段は壊れていて、小塔じたいが崩れかかった牙に過ぎない。ここまで来るには、彼はずっと後戻りしなくてはならない。わたしは走った。

シャーンドルを見ないようにして、その石段のてっぺんを全身全霊で目指し、二十ヤードひた走ってきて、ふと、彼がしていることに気がついた。シャーンドルという男は誰か――というより何者か――すっかり忘れていた。日々綱渡りをしている男にとって、幅九インチの塀は、修繕されていなくても、高速道路並みに広いのだ。彼はためらいもしなかった。壊れた小塔に猫のようにひらりと上り、アーチのてっぺんに着くと走り出して――歩かずに走って――向かってきた。

はっと立ち止まると、別のものが見えた。はるか下の、坂の下の、ずっと右手の暗い木立に、走る車のライトが見えたような気がした。

ばかばかしいうえに、無駄なことだが、わたしは夫の名前を叫んだ。「ルイス、ルイス!」この声は十ヤード先へは届かなかっただろう。忍び泣きが漏れただけで、梟の鳴き声より弱々しかった。シャーンドルはアーチの端から大股で三歩のところにいて、階段のてっぺんにいる。わたしはくるっと回れ右して元来た道を駆け戻った。

シャーンドルが鉛板屋根に飛び降りて追ってきた。

とにかく、これで逃げ道がわかったし、とにかく向こうにわたしを撃つつもりがないこともわかった。三十ヤードのリードがあれば、角の小塔まで戻って自分の部屋へ下りる階段に着けるかもしれない。それに、頼もしい人が来てくれる。ルイスが。

たちまち、わたしは気がついた。いくらリードを稼いでいても、うまくいきそうもない。怖くて疲れ果てていたうえ、シャーンドルの体力と運動神経にはとうていかなわない……。わたしはもう手をこまねいていなかった。やみくもであろうとなかろうと、元来た方向へ必死に走って北棟の屋根の迷路を抜け、小塔を回った。そこでは影の中で悪夢のような魔法の扉が固く閉ざされ——。

扉は大きくあいている。

危うく前を通り過ぎた際に目の隅に入ったのは、ひらいた扉が作る空っぽの黒い長方形だった。シャーンドルは背後十ヤード足らずに迫っていた。これでは自室に続く小塔に戻れない。この扉は、正体がなんであれ、唯一の逃げ場所だ。わたしはぱっと身をかわし、ひらいた扉に駆け込んだ。

シャーンドルはそこを走り過ぎた。扉の側柱をつかんでぐるりと回って隙間に飛び込むという、わたしの急な動きに完全に不意を打たれた。わたしは彼の手の中から文字どおり消えたのだ。暗がりに入ったと同時に相手が横をすり抜けた。気がつくと、塔の内部の滑りやすい壁に息もつけずにへばりついていた。

扉の内側に何があるのかわからなかった——階段か何かだろう。ところが、そんなものはなかった。

扉の側柱をさっと回って暗闇に入ると、滑りやすい平らな床を踏んでいた。よろめいて両手を壁につこうとしたら、入ってきた扉が背後で閉じて、明かりが点いた。

床、きらきらしたステンレスの壁、明かりがぎょっとする勢いで落ちていき、わたしも落ちていった。これはエレベーターだ。

第十六章

おお、ルイス……！

『ジョン王』（ウィリアム・シェイクスピア作）

これはエレベーターだと気がつく暇さえなかった。あとになってようやく、何があったか思い当たった。伯爵夫妻がエレベーターを設置したとき、完璧な計画のもと、シャフトを屋根まで延長して城壁の通路と（あとでわかったが）南側の見晴らし台まで行けるようにしていたのだ。わたしは狂ったように、よく考えもせずにボタンを押し続けてエレベーターを呼んでいた。身を翻して金属の箱に飛び込むと同時に、バランスを取ろうと伸ばした手で操作盤をつかんで倒れ、その拍子にエレベーターが地上へ向かったに違いない。

いつ下降が止まったのだろう。はあはあと息を切らしていて、震えながら立ち上がろうとしたところへ、下降が始まったときと同様に滑らかに終わり、カチリと音がして扉がひらいた。外の薄暗い通路がわずかに見えた。がらんとして静まり返っている。頭がぼうっとして、エレベーターの畝のある壁に手が触れ、わたしは立ち上がった。何が起こっているのかよくわからないまま、ふらつく足でひらいた扉へ向かった。

目の前で扉が閉まった。金属のケージが再び動き出した――今度は上へ。シャーンドルが屋根から呼んだのだ。親指でボタンを押し続けていたのだろう。こうしてわたしは小さな金属の罠に閉じ込められ、いっきに屋根へ戻されていった。

わたしは操作盤に飛びついた。どうすればいいのだろう。どのみち、表示は全部ドイツ語だ。でも、ノブのひとつが赤い。これを力一杯押した。胸がむかつく感じときしむ音がして、エレベーターが途中で停止した。並んだボタンの一番下を親指でぎゅっと押し、ノブを放すと、たぶん二秒ほどの耐え難い間を置いて、エレベーターは再び下降していった……。

今度は扉に体を押しつけ、すぐに扉をあけようと手を広げ、もう片方の手はエレベーター内で唯一の動かせる物をつかんだ。長さ一フィート幅九インチの大型の吸い殻入れだ。これが操作盤の下の隅に置かれていた。

扉がすっとひらいて暗闇が現れた。扉が一フィートひらく前にわたしは外に出て、金属製の吸い殻入れを閉まりかけた扉の隙間に突っ込んだ。扉は苦もなく吸い殻入れに迫り、挟み、押さえつけ――ひらいたままになった。九インチの隙間を残して。

上出来だ。これでエレベーターは動かない。半開きの扉から漏れるひと筋の光を頼りに、ここはどこなのかを確かめようとした。

足元は石、それもでこぼこの石の床だ。空気の感じで、廊下ではなく広い部屋か空間だとわかる。このじめじめした寒さは、地下室につきものの寒さだ。たちまち、現にここは地下室だと気がついた。暗がりに戻ると、ぎっしり積まれた瓶が放つかすかな光が、ここはワインセラーだと教えてくれた。城の本館と厨房が合流する場所にちょうど位置している。なるほど、伯爵夫妻は新型のエレベーターを屋根から地下牢まで行き渡らせたわけだ。夫妻がエレベーターでワインを取りに来るなら、近くに明かりのスイッチがあるはず……。

あった。エレベーターの両側の壁に手を滑らせたり叩いたりして、スイッチを見つけて押した。薄暗くても十分明るい照明が点くと同時に、エレベーターの明かり（タイムスイッチだったらしい）が消えた。

エレベーターが廊下の羽目板に隠れた過去の遺物だとしたら、この空間は別世界から現れたものに見えた。天井が大きなドーム型になっていて、ずんぐりした柱が林立し、低い天井を支えている。柱のあいだのそこかしこに置かれたワインのラックは、それじたい新品でもなんでもないが、このゴシック様式の地下牢に比べれば新しく、一部は岩山を切り開いてあるようだ。柱に挟まれた影の部分は、四方八方にどこまでも広がっているように見えた。わたしの立っている場所からは、ドアも階段も見えないけれど、ところどころに見える深い暗闇がその通路は地下のほかの部分へ通じていると告げていた。

エレベーターに向き直り、ケージが上階にあることを思い出した。正確に言うと、ここは城の地下のどのあたりなのだろう。右手のどこかが、大階段のある本館にあたるはずだ。左手へ行けば厨房の施設で、その先は廏舎と門番小屋……。

わたしは唇を嚙んで迷っていた。シャーンドルの出方が読めない。彼が近づいてくる車のライトを見たかどうかもわからないが、見ていないだろう。それはともかく、時間が飛ぶように過ぎていくので、彼は無駄なあがきをやめ、もうわたしを追いかけず、門と廏舎の脇の階段へ向かっているかもしれない。あるいは、元来た道をたどって、わたしの部屋を通るかもしれない。それなら大階段を使って下りる……。

見当もつかない。ただ、ひとつだけ確かなことがある。この音が響き渡る円天井の地下に、わたしはいつまでもいる気はない。なんとかして地上へ、中庭に上がらなくては。たとえ、そこにシャーンドルがいても、いまにわたしは安全にもなる。ルイスが来てくれる。

そのときようやく、自分が安全になると夫が危険になると気がついた。たまたまルイスが中庭か城内に入れば、シャーンドルと鉢合わせすることになる。わたしはもはやシャーンドルが何をしようと驚かないが、ルイスは何も知らず、わたしが知る限り武器を持っていないのだ。

間が抜けていようといまいと、二度とエレベーターに乗るのはごめんだった。わたしは左を向き、柱を縫って走りながら出口を探し始めた。

またおとぎ話の世界に戻ってしまった。赤ずきんが迷子になった灰色の森の奥では……四方八方で太い石の幹が伸び、暗闇の矢が床に畝模様をつけているようだ。じきに混み合った柱で薄暗い明りが届かなくなり、わたしは石から石へ手探りで進み、でこぼこの敷石でつまずき、さらに深い暗闇へ進んでいった。

明かりのほうへ戻ろうとして――エレベーターに乗って上階の廊下でシャーンドルと出くわす危険を冒しても――よろめいた瞬間、前方に光が見え、細長い窓からひと筋の月光が射しているとわかった。わたしは窓に駆け寄った。

それは石の胸壁の奥にある槍の穂先形の古い窓で、ガラスは入っていなかった。そこからかぐわしい夜気が流れ込み、外を覗くと、月光ときらめく松林の段々が垣間見え、かすかに滝の音がした。あの窓のすぐ向こうの、月光がぎりぎり届いて明るく照らされた場所に、石段が上階へ続いていた。てっぺんには例によって頑丈なドアがあり、鉄の鋲がふんだんに打たれている。鍵がかかっていませんように。わたしはこけつまろびつ階段を上り、丸い取っ手をつかむと、大きな掛け金を持ち上げて押した。

ドアはすんなりと、音もなくひらいた。恐る恐る、少しあけて顔を出してみた。

廊下だ。石の床にイグサの敷物が敷かれ、薄暗い。厨房のあたりだろう。左手に伸びた廊下には閉じたドアが並び、直角に曲がっているが、右手へわずか二十ヤード先にはまた別のドーム型のドアがある。このドアは内側から鍵と差し錠がかけられていたが、差し錠はすぐに外れ、わたしは静かに通り抜けた。外は真っ暗で、月光を浴びたアーチと巨大な物体がひしめいていた。わたしはそっとドアを閉めて影に隠れ、いまの位置を確認した。

すぐにわかった。ここは馬車置き場だ。目の前にのしかかる物体は年代物の箱型馬車で、轅《ながえ》がヨットのマストのように突き出て、中庭へ通じる月光に照らされたアーチ道と交差している。馬車の横には自動車があった。古めかしい大型のリムジンだ。二台のあいだを忍び足で歩き、アーチ道の端で足を止めて、中庭の様子をうかがった。

人の気配がない。ひっそりしている。この光景を銀の矢印のように縁取る冴えた月光を浴びて動くものはなかったが、そのとき車のエンジン音が城に続く最後の坂を上ってくるのが聞こえた。音は大きくなり、車が橋を渡る際に歪んでうつろなエコーになった。やがて、ライトがアーチ道を突き刺し、大型車――見覚えのない車種――が中庭に入り込み、ヘッドライトで影になった一画を探りながら向きを変え、静かに停まった。ボンネットと馬車置き場のアーチ道はせいぜい一ヤードしか離れていない。

車のライトが消えた。エンジンが切られ、ルイスが静かに車を降りて、後部座席からバッグを取ろうとした。

ルイスがバッグを持って背筋を伸ばすと、わたしは息を吸い込んだ。「ルイス」

ルイスには聞こえなかったようだが、わたしが思い切って大声を出すか外へ出るかと悩んだら、夫が振り向き、バッグを助手席に放り投げ、運転席に戻ってエンジンをかけた。わたしはまだ迷いながらびくびくと震えていた。ハンドブレーキの上がる音がして、車がライトを点けずに馬車置き場のひらいたアーチに滑らかに入っていった。

そのとき、ルイスがニュース映画のカメラに示したプロらしい行動を思い出した。暗闇から声がしても、見張りかもしれない者に情報を漏らすわけがない。車は一ヤード手前で停まった。ルイスはエンジンをかけたまま、忍び足で車を降りて、そっと呼びかけた。「ヴァネッサ?」

次の瞬間、わたしはルイスの腕に飛び込み、夫の首を絞めるほどすがりつき、ただひたすら繰り返した。「ああ、ルイス、ルイス、ルイス」

ルイスは黙ってわたしを抱き締め、もう片方の手でわたしの背中を軽く叩いて、怯える仔馬をなだめるように落ち着かせてくれた。しばらくして、彼はそっと体を離した。

「ふうん、盛大な歓迎だな! どうしたんだい?」続いて、急に鋭いささやき声がした。「その顔。どうしてこんなことに? いったいどうなってる? 何があった?」

頰にあざができたことを忘れていた。考えてみれば、すごく痛かった。わたしはあざに手を当てた。「あの男が……サーカスの男だった……シャーンドル・バログ、ハンガリー人の、わかるでしょう。彼がここに、どこかにいるの。おまけに、ああ、ルイス――」

ささやき声が情けなくもかすれ、消えかかり、わたしはあえいで唇を噛み、また頭をルイスにもたせかけた。

ルイスが言った。「ゆっくり話してごらん、大丈夫だから。あのサーカス団の綱渡り芸人のことか？　奴がきみの顔にこんなことを？　いいかい、もう大丈夫だから……もう無事だ。ぼくがここにいる……。心配ない。とにかく話してくれ。説明してくれないか？　なるべく手短に」

ルイスは狼狽してひどく腹を立てている口調だったが、なぜか意外そうではなかった。わたしは顔を上げた。「あなたがリー・エリオットとして戻ってきたのは、シャーンドルのことを知っていたから？」

「奴のことは知らなかった。ただ、最悪の事態を予想していた――またサーカスに潜り込むはめになるとね。でも、その必要はなさそうだ。最悪の事態が起こるものなら、国境を越える前に起こってほしいよ。さあ急いで、ダーリン。教えてくれ」

「ええ、ええ。話すけど、あの男がそのへんにいるのよ、ルイス。近くにいて、拳銃を持ってるわ」

「こっちにもある」夫があっさりと言った。「それに、先に奴を見つけるさ。あのドアの向こうはどうなってる？」

「裏手の通路で、厨房あたりじゃないかしら。わたしは地下室からあの通路を通ってきたの」

「かわいそうに。じゃあ、こっちへおいで、車の陰に……。いま奴があのドアから出てきたら、すぐ捕まえるぞ。アーチから入ってくれば目につきやすい。声を落として。さあヴァン、できれば……」

「わたしは平気よ。もう大丈夫。ええと、始まりは、アンナリーザがフランツル伯父さんのものだったまだら馬をわたしたちに預けたことね。この際、理由はどうでもいいけど、今夜わたしたちは馬をここに連れてきて、鞍や馬勒も一緒に……」

ルイスに一部始終を手早く説明した。色石付きのブローチと肖像画の一件も。「だから、シャーンドルはあの道を戻ってるでしょうね」わたしは締めくくった。「わたしの部屋まで。まだブローチがあるし、石は床に散らばっているの。どれも価値がないと彼は言ったけど、わたしを怒らせようとして嘘をついたんだわ。〝呪われた者の夢〟を売ろうとして、〝夢はいつだって売れる〟とか。まだ鞍を手に入れる気でいて、なぜかわからないけど、わたしが本当に鞍を餌入れの中に隠したか確かめようとしてる。だから、どちらから来るにせよ、廏舎に向かっていて、あなたの到着を見てたとしたら――見てなくても、音を聞いてたら――あなたが入るのを待ち構えて、こっそりと出て行くわよ。ルイス、正面玄関から入らないと、シャーンドルに怪しまれる。そこから入れば、彼に姿を見られ、顔を見分けられ、それで――」

だが、ルイスはろくに話を聞いていないようだ。わたしを抱き締めたまま、どこか上の空で、うつむいて考えている。

「〝呪われた者の夢〟か」ルイスは低い声で言った。「わかりかけてきたぞ。奴はそれでも鞍を狙っているんだね?」彼は顔を上げたので、ささやき声が得意げに聞こえた。「そうか、きみは鞍を壊して、そのとき大きくあけたのか！　いや、あとで説明する。廏舎はどこだ？　隣かい？」

「ええ、あっちよ。あの、馬車の脇にあるのが廏舎とつながってる扉。向こうは中庭へ出る扉よ」

「わかった。奴はきみの部屋に戻ってはいないな。おそらく奴は本当のことを話していて、〝宝石〟はただの小道具と考えてよさそうだ。嘘をついて床に放ったところでどうなる？　きみにはとっくに正体を見せるはめになっていたし、きみを始末する気でいたんだろう。そうさ、奴がブローチに関心を持った唯一の理由は、それはきみが鞍をいじった証拠になるからだ……。まだ鞍を狙っているなら、奴は厩舎に向かう。どうかな、ぼくがここに着く前に奴が屋根を下りて、鞍を取り、城を出て橋を渡る時間はあっただろうか？」

わたしはよく考えてみた。「なんとも言えない。ずいぶん時間が経ったような気がするけど、実はものの数分じゃないかしら……。そうね、逃げる時間はなかったはずよ」

「じゃあ、奴はまだ門の上で下りるタイミングを探っているか、すでに厩舎の中でぼくが出て行くのを待っているだろう。いずれにせよ、ぼくの車が着いたのを見たか聞いたかしたはずだ。ちょっとここにいてくれ、考えてくる」

ルイスが隣から影のようにふわりと離れると、彼の車からしばらく音が聞こえていた。車内の内張りがきしみ、エンジンが激しくうなって止まり、彼の足音が石畳の床に響き、最後に車のドアがばたんと閉まった。

ほどなくルイスが戻ってきた。片手に箱を持っている。彼は空いたほうの手をわたしの体に回して抱き寄せた。夫のゆったりした鼓動を感じて、静かな息遣いが髪を乱すのがわかる。この揺るぎない穏やかさに身をゆだね、これはプロの手に任せればいいのだと思った。黒い革に身を包んだすばしこい動物に渡り合うのは、迷子のイギリス人旅行者とその途方に暮れた夫ではなく、ウィーン（に仮住まい）の男（グレアム・グリーンのスパイスリラー風小説『ハバナの男』のもじり）だ。

「正面玄関から入らないと」ルイスは言った。「奴はそれを待ち受けている。見張っていても、ぼくに気づかないだろう。この車を知らないからね。今回はベンツに乗ってきた。入ってすぐに戻ってくる。そっちの扉から。城の構造は単純だ、二分で戻るよ。二分間ひとりにしてもいいかい？」

「ええ」

「よく言った。さてと、万一奴が中にいるかもしれないから、きみは戻らないほうがいい。ここにいてくれ。車の中じゃなくて……あの古い馬車はどうだ？　いいぞ、扉があいている。ほら、入って、じっとしてろ。すぐに戻る」

「どうするつもり？」

「奴はきみから手を引くと思うが、そのタイミングがわからないんだろう。しかし、奴はすぐにボスたちに連絡をするとも思うから、ぼくはその場に居合わせたい。つまり、奴に狙いの物を盗ませる」

「あの男を見逃すっていうの？　いま？　今夜？　なんの手も打たずに？」

ルイスの手がわたしのあざのできた頬に優しく触れた。「ぼくが奴に手をかけるときは、二度と綱渡りをできなくしてやる。軽業のたぐいはなんでも。だが、これは仕事だ」

「わかってる」

ルイスの笑顔は見えなかったけれど、声がほほえんでいた。「知ってのとおり、きみの頬のあざは山ほどの極秘書類より価値があるが、ぼくはまだ雇われの身だという事実は否めない」

「いいのよ、ルイス。もういいわ」

「じゃあ、馬車に入って、動くなよ。すぐに戻る」

「ルイス……」

「なんだい？」

「あの——気をつけてね。あの男は危険よ」

ルイスは笑った。

古い馬車は小型金庫のようにわたしを閉じ込め、朽ちかけた革と藁のむっとする匂いがした。窓にかかったカーテンは厚手で湿っぽく、錦織のような手触りだ。暗がりで手探りすると、タッセルに触れたので、それを外してカーテンを引き、わずかに射す光を遮った。次にわたしはしゃがみこみ、じりじりしながら待った。

この小箱にしまいこまれて、何も見えなくても、音は聞こえた。馬車の扉の上半分にガラスがはまっていて、列車のコンパートメントを思わせ、厩舎に一番近い窓はガラスが壊れたり大きくあけられたりしていた。そこから風が吹き込み、間もなく中庭を忍び足で歩く音がして、厩舎の掛け金がそっと上がった。

ところで、この古い馬車が停まっている二ヤード足らず先で、厩舎と馬車置き場は壁で隔てられ、連絡用の扉がある。これは閉まっていたが、湿ったカーテンの合わせ目から必死に覗くと、扉の下のほうで太い光の筋がわずかに揺れ、だんだん広がった。シャーンドルが懐中電灯を持って、すぐそばの厩舎の端へ近づいてきた。餌入れがある場所だ。

シャーンドルは静かにしているが、思ったほどではない。きっと、遅れて到着する客のルイスが本館に入るところを見張っていて、わたしの夫だと察しをつけたが、自分はさしあたり安全だと考えたのだろう。なぜなら、ルイスが客室に行って妻が消えたと気づき、行方を探し始めるまでに時間がかかるからだ。シャーンドルは、目的の物を手に入れて一刻も早く逃げることだけを望んでいる。

小さな金属音がしたと同時に餌入れの蓋が上がった。のそのそと歩き回る音が続き、鞍がさらさらと麦から持ち上げられ、床に下ろされ、蓋が閉まった。

意外にも、シャーンドルはそそくさと立ち去らなかった。物音に耳を澄ましてみたが、何をしているのか……。再びのそのそという音、はあはあという荒い息遣いまでして、今度は確かに布を引き裂く音がした。引きはがす〝宝石〟は残っていないから、鞍をひらいているのだ。ルイスの言うとおりだ。結局、〝宝石〟に価値はなかった。あの鞍には何か別の物が入っていて、あの不格好な荷物を運ぶなり、シャーンドルは詰め物に丹念に縫い込まれた物を時間をかけて取り出す気だ。そう言えば、彼はあの鞍を縫うと申し出たのに、きちんと修理されていた。

二分、とルイスは言っていた。明かりがないので腕時計が見えず、判断しようがない。もう二分経ったかもしれないし、四分、あるいは四十分経ったとも思われたが、ルイスの二分がようやく過ぎる頃、近くで物音がぴたりとやんだ。

続く静寂の中で、再び廏舎の掛け金が上がる音がして、足音が近づいてきた。静かだが忍ばせてはいない。

耳を疑い、ぎょっとしたことに、ティムの声だった。

「誰だ――なんだ、バログさんか! ここで何してるのさ?」それから声が尖った。「その鞍をどうするつもりだ? おい、いったいどうなってる? ヴァネッサはどこだ? ああ、あんた――」

突進。つかの間の格闘。ティムの叫び声が途切れた。どさっという音がして、逃げていく足音が続いた。足音は廏舎の扉に向かい、外へ出て、中庭の角を回って消えた。アーチ道を抜けて橋に着いたのだろう。

「ティム!」わたしはなんとかして馬車の扉をあけた。よろよろと外へ出ると、ステップを一段踏み外して転びそうになった。シャーンドルとともに明かりは消えていたが、両手がひとりでに扉の取っ手と頑丈な鍵をつかむと、わたしはあっという間に扉をあけて廏舎の中にいた。

グラーネと名前が書かれた仕切りの向かいにある蜘蛛の巣のかかった窓から、月の光がぼんやりと漏れていた。餌入れのそばの、鞍の残骸が転がった床にティムが倒れていた。

わたしはそこに駆け寄ってひざまずき、ティムが動いたので、感謝の叫びで喉がつかえそうになった。彼は頭に手を当て、必死にあがいて片肘をついた。

「ヴァネッサ？　どうしたの？」

「大丈夫、ティム？　どこを殴られた？」

「頭を……ううん、外れて……首に当たった……。ちぇっ、痛いけど、大丈夫そうだよ。あの豚野郎のシャーンドルが、ほら――」

「ええ、知ってる。いまはその心配をしないで。本当に大丈夫なの？　すさまじい音を立てて倒れたのよ。扉越しにはっきり聞こえた。餌入れに頭をぶつけたのかと思ったくらい」

「たぶん肘をぶつけたんだろうな。ああ、やっぱり、肘の外側の骨だ」ティムは体を起こしながら、肘を盛んにさすっている。「こっちは、たぶん一生麻痺しそう。あの野郎。あいつは逃げたんだね？ねえ、奴は鞍を切り裂いてたよ。いったいどういう――」

「いったいどういう――」こだまが背後の影から戻ってくると、ふたりとも恐ろしい喚問に応じた罪人のように飛び上がった。わたしたち、ティムとわたしは無能な諜報員になったことだろう。シャーンドルが戻ってきた可能性もあったのだから。だが、声の主はルイスだった。現実離れした一瞬、彼はちっともルイスらしく見えず、シャーンドル本人のように危険で、シャーンドルの世界から抜け出したように見えた。

ところが、ルイスの手に拳銃が見えたと思ったら見えなくなり、彼は言った。「ティモシーじゃないか。盗みの現場を押さえたらしいね。なんでまた、そんなに目に遭った？　いや、言わなくていい。奴は逃げた、これから追いかける。何が盗まれた？」

「何かの包みだったよ。平たいやつで……大きさは、玄関ドアの下に突っ込まれる洗剤のサンプルくらい」ティムは肘をさするのをやめ、慌てて立ち上がった。「そうそう、一個残ってる。ぼくがこの上に倒れたんだ」

ティムの体が床を離れたとたん、ルイスが包みに飛びついていた。それは長方形の平たい包みで、サイズはマニラ封筒ほど、どう見てもポリエチレン製だった。ルイスはさっとナイフを取り出して、恐る恐る隅を切った。匂いを嗅ぎ、包みを振って少量の粉を手のひらにあけて舐めてみた。

「なんなの？」ティムが訊いた。

ルイスは答えなかった。包みの切った隅を折り曲げ、それをティムの手に押しつけて、唐突に言いつけた。「これを預かってくれ。誰にも見せてはだめだ。わかったかい？」

「うん、わかった」

「それから、ヴァネッサのそばを離れるな」

「でも、ぼく――」

だが、ルイスはとっくに歩き出していた。車のドアがあいて、彼が乗り込んで勢いよく閉まった。エンジンがうなりをあげた。

ベンツがバックで馬車置き場を出て行くと、わたしはぱっと立ち上がって中庭へ駆け出した。車は寸分の狂いもないアーチを流れるように描いて停まった。わたしは右側のドアに飛びつき、取っ手を引っ張った。ルイスが身を乗り出してロックを外すと、わたしはドアを大きくあけた。

「どうした？」

「わたしも行く。だめだと言わないで。邪魔はしないわ、絶対に。でも、来るなとは言わないで」

ルイスは一瞬ためらった。それから頭で合図した。「わかった、乗って」わたしが慌てて助手席に乗り込むと、ティムがわたしの肩越しに車内に手を入れ、後部ドアのロックを解除した。

「ぼくも行く。お願いします、ミスター・マーチ。ぼくは役に立てる。嘘じゃない。力になりたいんだ」

ルイスはいきなり笑い出した。「来たい者はみんなおいで」陽気な口ぶりだった。「ぼくは名刺を渡しておいてよかったわけだ。さあ乗って、頼むから急いでくれ」

ティムが乗ったドアが閉まらないうちにベンツは急発進して、タイヤをきしらせて回り、狭いアーチ道へ弾丸のように突進していた。一瞬ヘッドライトが点いてアーチ道が照らされ、飛ぶように過ぎ去り、ヨットの帆を叩く風に似た残響が漂った。タイヤの下で橋がしばし轟いた。そのあとライトが消え、エンジン音が静かになり、車は暗い松林のトンネルを下っていった。

第十七章

もしも、ルイスがきみの助力を得て勝利を収めたら……。

『ジョン王』(ウィリアム・シェイクスピア作)

「向こうもライトを点けていないようだね」ルイスが言った。列車に間に合うように運転していたとしても、ずいぶん浮かない声だ。「ただし、よく見れば、きみたちのどちらかは奴の居場所がわかるかもしれない。いいね?」

「あいつは車を持ってた?」ティムが訊いた。

「ジープを。城へ向かう途中で、道路沿いの木立にジープが停まっていた。覗いてみたんだ。奴の車に違いないね。何か見えるかい?」

ベンツが左回りにジグザグ道路に入り、わたしとティムは外や下のほうを覗き込み、木立の黒い幹にも目を凝らした。最初は何も見えなかったが、車が大きく曲がって次の角へ向かうと、一瞬、明るいライトが光るのが見えた。かなり下のようだ。

ティムもわたしも同時に声をあげた。「あそこ。あそこにいた!」わたしは慌てて続けた。「ずいぶん下で、ぱっと光っただけよ。また消えてしまった」

ティムは言った。「ずっと下に木こりの小屋みたいなのがなかったっけ？　見たような気がするんだよね。あのライトが点いたとき、梁が見えたと思ったし」

「そう、あったよ」ルイスが言った。「ちくしょう」

「どうしたの？」

「奴がライトを点けた理由がわかったような気がする。その小屋の真横に林道が走っているんだ。奴がライトを点けるとしたら、見通しを利かせるためだね。ジープなら苦もなく走り抜けただろうが、この車ではどうかな。まあ、やってみよう。じゃあ、事情を話してもらおうか、ティム。厩舎で何をしていたんだ？」

「なぜか目が覚めたんだ。理由はよくわからない。叫び声かな。ヴァネッサ、悲鳴をあげた？」

「ええ」

「じゃ、それだ……。でも、はっきりしなかった。ほら、目を覚めたまま横になってて、どうして目が覚めたのかな、って思うじゃない。うん、そのまましばらく耳を澄ましてたけど、ほかには何も聞こえなくて、叫び声は空耳だと思った。それから——なんて言うか、嫌な感じがしてね。少しして、ベッドを出てドアに向かった。どこかでドアがあく音がしたと思ったから、廊下を覗いてみた。でも、誰もいなかった。それでも、間違いなく音がした。ヴァネッサの部屋から聞こえたと思ったんだよ」

「それはシャーンドルがわたしの部屋の内側のドアをあけたときね。何かしら聞こえたかもしれないわ」

「えっ？　まあ、とにかく……。そのとき、あなたが来る頃だと思い出したんだ、ミスター・マーチ。あなたがヴァネッサの部屋に向かってるんだ、ぼくはばかを見たと思って、部屋に戻ってドアを閉めた。すっかり目が覚めたから、窓辺で外を眺めてた。月の光がすごくきれいでね、ぼくはただ立って見ていた——ううん、考えてた……すると、誰かが胸壁をよけて、門塔からやってくるのが見えたような気がした。向こうは林と暗闇で、はっきり見えなかったし、最初は気のせいだと思ったけど、少ししたら、絶対に誰かいるとわかった。だから、適当に服を着て、ヴァネッサに知らせに走ったんだ。つまり、ぼくが怪しむようなことが起こってたんだよ。わかってもらえるかな」

「もちろん、わかるさ」ルイスが答えた。

「ヴァネッサの部屋の廊下側のドアをあけて内側のドアをノックしようとしたら、大きくあいてた。中に誰もいないし、カーテンは引かれてて、塔のドアもあいてた。だから、屋根に出てみたんだ。そうしたら、ぞっとしたよ——だって、ふたりで月夜の散歩に行ったのかもしれないけど、あなたがドアをあけっぱなしにして、カーテンを引いたままにするとは思えなかった……。それはさておき、忍び足で屋根を歩き回ってると、車が入ってくるのが見えた。あたりはひっそりしてたから、様子をうかがってたんだ。そこならこっちの姿が見えないしね。そしたら、あなたが城に入っていって、二秒も経たないうちにあいつが動き出した。最初は誰かわからなかったけど、シャーンドルだったんだ。門塔のそばの屋根に上ってた。そこの階段を駆け下りて中庭に出て、廏舎に入るところまで見届けたんだ」

「そこで」ルイスは辛辣な口ぶりで言った。「当然、奴を追いかけたわけか」

「うん。まあ、当然だよ」ティムは少し不意を突かれたような口ぶりだ。「だって、叫び声を聞いたような気がしたし、あれこれ謎があったから。よくわからないけど、まだら馬に関係のあることかなと思って。だって、あれは盗まれた馬で、価値がありそうだもの。でも、実は何も考えずに忍び足で歩いていくと、あいつが床に座って、鞍をずたずたに引き裂いてたんだ。確か、何をする気かと訊いたら、襲われた。ぼくがまずいことをして手はずを狂わせたなら、すみません」

「きみはちょっと早まったが、大したことはないさ。奴は焦っていた。ぼくは追いつける望みを捨てていない。とにかく、妻を気遣ってくれて感謝するよ」

「あの……」ティムは息をのみ、言葉を絞り出した。屈託なさそうに、腹を割って。「そりゃあ、ぼくにできることはなんだって……」

「いいかい、きみはよくやってくれた。意図していてもいなくても、その包みを確保したのはお手柄だった。これで事情が正確につかめる。本当に感謝しているよ」

「ひとつのものを狙う豚野郎」わたしは悪意なく言った。

夫がにやりとするのが見えた。背後からティムがまた割り込んだ。「これ何？　すごく高価なものなんだね」

「そうとも。その包みを放すなよ、レイシーくん。それは数百ポンドで売れるコカインだ。ぼくの見立てが間違っていなければね」

「コカイン！　麻薬ってこと？　麻薬組織とかがあるんだ？　うへえ！」ティムの口調はショックを受けたようでも愕然としたようでもなく、ただもう興奮して、大喜びしているようだった。「うへえ！　ねえ、ヴァネッサ、だから言ったじゃないか！　やっぱりシャーンドル・バログは悪党だった！　そうだ、包みは五、六個はあったはずだよ。もっとあったかも。大口の取引だね」

「そのとおり」ルイスは淡々と応じた。「大口の取引だ。しかも、もっと大きくなりそうでね。事実、麻薬組織とかがあるんだ。ぼくの感触だと、長年行方不明だったリピッツァナーの馬を連れたきみたちふたりのおせっかいは、警察が壊滅しようとしてきた麻薬組織の手がかりをつかんでいる。だが、そのすごい思いつきはあとまわしにしよう。あれが木こりの小屋だ。つかまって」

ベンツがガタガタと揺れながら停まった。右側のドアの脇に鬱蒼と茂った木々が途切れた箇所があり、そこから轍のついた林道が始まり、曲がりくねって上り、森の中へ消えていた。

「待っていてくれ」ルイスはすばやく車を降りた。林道の境界に立ち、ひらけた道を明るく照らす月光を浴びて、地面をじっくり眺めている。

しばらくしてルイスは運転席に戻り、車はまた動き出していた。

「あっちじゃないの？」わたしは訊いた。

「痕跡がなかった。バログは幹線道路を使ったらしい。助かった」

「サーカスに戻ろうとしてるとは思わないのね？」

「そうは思えない。奴はきみの夫が到着したと知り、彼——夫——がさっそく非常事態を知らせると覚悟した。バログはこの先サーカス団と同行するわけがない……。その代物を持っていては無理だ。バログの読みでは、ぼくたちの通報を受けた警察は真っ先にサーカス団に向かい、一行を国境で止めて、船首から船尾まで捜索する……これがサーカス団にふさわしい言い回しならね」

「なんとかのひとつ覚えみたいに、そればっかり言うんだから」

「ミスター・マーチは海軍タイプ？」ティムが訊いた。

「前に長さ十二フィートの小型ヨットを共同で所有していて、ノーフォークの湖沼地方で二度船から落ちた。その経験がものを言うのなら——ちょっと待て、奴は錨を投げ込んでいるところだ」

眼下でいきなり赤い光が煌々と点いた。ベンツが急にスピードを落として徐行した。道路沿いの木はまばらで、次の坂が見下ろせる。車は山の中腹まで下りていた。ジープのブレーキランプが消えたが、また点いて橋に乗り入れた。

ルイスが言った。「奴がどっちへ曲がるか様子を見よう。左だな、決まってるさ……あえてツェヒスタインを抜けるとは思えない……。姿が見えるかい？」

「ぎりぎり」ティムは首を伸ばしている。「ほら……あいつ、またブレーキを踏んだ。そう、やっぱり左に曲がってる。村から離れてくよ。これからどうすると思う？」

ベンツは滑らかに走り出した。「きみならどうする、相棒？」ルイスが訊いた。

「ボスに電話する」ティムはすかさず答えた。「どう考えたって、あの野郎は下っ端だから。自分では判断できないんだ」

「そうであってほしいね――その下っ端が上層部につながる手がかりを与えてくれるといい。ウィーンのボスは無理だとしても、現地の連絡員に。きみがああしてバログに突進したのは、もっけの幸いだったかもしれないね」わたしは気になった。ルイスも、わたしと同じように、不要になりそうな国境越えの旅を考えているのだろうか。「バログはブツを手に入れて――全部あると思っているだろう――きみたちふたりに驚いて慌てて逃げている。ただ、焦りまくってはいないな。これほど早く追跡されたとは思いもよらないだろうし、いまのところ逮捕される心配もしていないだろう。車のライトを煌々と点けた様子からして、まだ自由の身だと考えているね。だから、このままあとを追って見張るんだ」

「ぼくがあいつだったら」ティムは言った。「ブツを捨てて逃げるけどな」

「バログがそうしても不思議はない。奴が逃げ出したら、うまくすると姿が見えるかもしれないぞ」

「そうだね。でもさ、とにかく奴を見つけたよね。ああ、そうか、誰かが麻薬を受け取りに来るから、それを見張ればいいんだ?」

　考えてみれば、ルイスが化学会社のセールスマンから武器を携帯した捜査員に変身した過程をティムはあっさりと受け入れていた。しかし、それも当然だろう。ティムは頭が悪いわけではない。わたしはルイスのリー・エリオットという偽装を説明していなかった。ここでリー・エリオットが武器を片手に、内情に通じた者として再登場して、なんの迷いもなく麻薬密輸人の追跡を始める覚悟でいる。早くもティムはいくらかドラマチックな予想をしているに違いない。

　思ったとおりだと、すぐにわかった。ベンツがジグザグの道路の最後の直線部分を曲がって橋に差しかかると、ティムは前部座席のあいだに身を乗り出した。

「それはどういう拳銃なの?」

「ベレッタの三二口径だよ」ルイスが答えると、ティムはさも嬉しそうに、はああと息をついた。

　車は狭い橋を音もなく突き進み、北に曲がって谷の本道に入った。ルイスが言った。「さあ、行くぞ。ここから上りだ。月が出ていて助かった」

　ベンツはぐんと飛び出したようだった。ティムが言った。「あいつがボスたちに電話するとしても、自動式電話だと逆探知できないんじゃない?　警察にはできるの?」

「できない。だが、連絡先がわかる。きみは知らないかもしれないが」ルイスは続けた。「ここオーストリアでは、公衆電話は市内通話しか使えない。バログがウィーン——あるいはこの地域《ベツァーク》の外にいる者——に連絡を取りたいのなら、自家用電話を使うしかなく……自家用電話なら逆探知が可能だ」

「てことは、こんな夜中に自家用電話を使いたいなら、仲間に頼むしかないわけで——」

「そのとおり。シャーンドル・バログの知人のうち、国境付近に住んでいて、午前三時に電話を貸した者を注視する必要がある」

「おまけに」ティムはさらに応じた。「あのハンガリー野郎がそこでヤクを手放すかもしれないし？」

ルイスがまたしてもニヤニヤしたのが見えた。「きみは諜報員に向いているな」彼はそう言うと、黙って道路を見つめた。

ルイスは猛スピードで運転していて、しばらく誰も口を利かなかった。

道路は川の流れに沿い、川と崖のあいだをくねり、ときどき林の下を走っていく。木々の影が月をよぎる雲のように車をくっきりと通り過ぎ、まぶしい月光の下へ戻した。車はライトを点けていなくても、窓を這い上る蠅のように丸見えになりそうだ。一度、わたしはちらっと振り返った。高く、青白く、月明かりに光る、塔の先端が金色のツェヒスタイン城がかすかに見える。やがて車は轟音をあげて鉄道橋をくぐり、傾斜した道路で角を曲がって、でこぼこだらけの舗道でタイヤがうなり続けていた。

「いた！」ティムが声をあげた。

「そうだ」ルイスはティムと同時に応え、わたしもそれを見ていた。逃れていく小さな黒い影。四角いジープが前方の長い坂道を上っている。せいぜい三百ヤードしか離れていない。ジープが坂のてっぺんに着くと、一瞬遠くの月明かりの空にさらされ、そして消えた。

「もう少し先まで森が続いている」ルイスは言った。「向こうが見張っているとしても、こちらが坂のてっぺんで姿を見せる前に、森の奥に入るはずだ。森の向こうには村があったと思う。ヴァン、地図を出してくれないか？　そこに懐中電灯がある。村までどのくらい距離がある？」

わたしは地図を調べた。「サンクトヨハンという村があるわ。森を出てすぐよ。縮尺は？」

「一インチが一マイルだ」

「じゃあ、ここから二キロくらいね。それ以上はないわ」

「よかった。その村かもしれない。そこに電話ボックスがあるんだろう」

すぐにわたしたちが坂を上る番になり、てっぺんに着いていた。目の前には、ルイスが言っていたとおり、真っ暗な森が広がり、頭上の山腹から鬱蒼と茂った木々がなだれ落ち、川岸の右手の谷へ続いていた。その先で月光にくっきり照らし出されたのは、白く塗られた村の家々や、きらりと光る風見鶏のついた尖塔のある教会だった。集落が垣間見えたと思うと、車は城のエレベーターのように音もなく坂をいっきに下り、わたしたちは小声で話しながら松林の暗いトンネルに入った。道路は物差しのように森を直進して、木に覆われたトンネルの突き当たりに黄色い光が点々と見えた。あれが村の通りの街灯に違いない。

トンネルの出口がぐんぐん迫ってきた。なんとなく、ルイスは森の隠れ家で車を降り、徒歩で村の電話を調べるとばかり思っていたが、森の三分の二まで走ると、彼は急にヘッドライトを点け、スピードを落として、村の通りをゆっくりと走った。

とても短い通りだった。鮮やかな外壁の小さなホテル。入口が低く、一瞬目がくらむほど白い家。壁に影を落とす果樹。井戸。教会の壁を背にした杉並木。脇に材木が立てかけてある大きな納屋。すぐ近くの、道路から引っ込んだところに小さなカフェが一軒。町角にガラスがきらりと輝く電話ボックスがあった……。

さらに、杉並木の影にあのジープが停まっている。

ベンツはライトの渦を作ってエンジンをうならせ、角を曲がり、坂を上って納屋を通り過ぎ、木の橋を走り出した。

「あそこだ」ティムが勢い込んで言った。「あそこにいた。あいつが見えたよ」

「ジープが見えたわ」わたしも言った。

「電話ボックスに入った。あなたが言ったとおりだね」ティムは続けた。

ルイスは答えなかった。村のすぐ外れで、また森が始まった。車が木々の影に入ると、彼は車のライトを消し、バックしてUターンした。

ルイスはそこでエンジンを切った。大型車は緩やかな坂を静かに村へ戻っていった。木の橋を渡る際に立ちそうだった音は、川の支流が本流に合流する水音でうまくかき消された。じきに車は道路を出て、納屋の壁の陰で停まった。道路に面しているが、隠れている。

ルイスは小声で言った。「声を落とせ、ふたりとも。バログがこの車を見ても、ここにひと晩じゅう停まっていたと思うはずだ。奴が車を気にするとしたら、それはライトを点けて適当なスピードで走っている車で、道に迷ったと思うだろう。ここに停めれば、奴がひと仕事終えてどっちへ行くかわかるし、すぐに追跡できる。さてと、奴の狙いを確かめてこよう。音を立てるなよ」

ルイスは車を降り、静かにドアを閉めて、あっという間に納屋の陰に消えた。

わたしはハンドルを回して窓をあけ、耳を澄ました。夜の音しか聞こえない。牛小屋にいる牛のあたりだ。ベルの快く低い音が聞こえ、牛は眠ったまま身じろぎしている。遠くで犬が鎖をじゃらじゃら鳴らし、一度吠え、それきり静かになった。すぐ近くではいきなり雄鶏が鳴き立て、まばゆい月光がだんだん消えて、朝空との境がぼやけていく。

ティムもわたしも口を利かなかったが、彼はわたしの真似をして窓をあけ、耳を澄ました。振り向くと目が合い、彼がほほえみかけた。天真爛漫に胸を躍らせている笑顔だった。

そのとき、静かな空気を切り裂くほど騒々しく、ジープのエンジン音が近づいてきた。それは激しくなり、タイヤが砂利の上をぶうんと音を立てて進み、舗装道路に出た。

すばやくティムに合図したが、その必要はなかった。わたしがダッシュボードの下に潜り込む前に、彼の頭は消えていた。ジープのエンジンが轟音を撒き散らした。ダッシュボードの下にかがんでいては、ジープがどちらへ向かっているのかわからなかった。だが、轟音が納屋の端を駆け抜け、わたしたちの数ヤード足らず横を通り過ぎた。

ジープはなおも北へ向かっていた。橋がうつろな音を立てると、わたしは思い切って顔を上げた。ジープは早くも木立の濃い影に包まれて見えなくなった。ライトは点いていない。

次の瞬間、車のドアが静かにひらき、ルイスが乗り込んできた。エンジンがかかり、彼がドアを閉めないうちにジープの追跡が始まっていた。

「猛スピードで走ってたわ」

「だろう?」ルイスが言った。速度計の針が右に揺れ、そこで落ち着いた。

ティムの頭がまたわたしたちのあいだに現れた。「あいつが古い納屋のそばに麻薬を隠したところを見てないよね?」

「ああ、バログは足を引きずる片目の中国人に麻薬を渡してもいない。しかし、芳しくない結果も役に立つ。奴はまだ持っているんだ。要するに、命令を受けたんだよ。そこで、われわれに命令が出たとも言えるね」

「命令が？」それはティムがルイスの活動について訊ける、精いっぱいの立ち入った質問であり、ルイスが穏やかで率直なふりをした答えは——あのときは——自信満々なだけでなく、適切に聞こえた。

「たとえ話だ。ぼくは警察の人間じゃないよ、ティム。私人であって、業務で秘密——極秘——調査を行っていたら、今回の一件にぶつかった。ふたつの出来事の共通項はポール・デンヴァーだ。彼はこの事件の手がかりをチェコスロバキア（サーカス団の最近の興行先だぞ）でつかみ、時間ができたら調査しようと思ったらしい。彼は事故死した可能性もあるが、さっきのことを考えると、事故ではなかったに決まっている。おそらく、フランツ・ヴァーグナーは鞍に縫い込まれた麻薬に気づき、俗に言うほろ酔い機嫌で口を滑らせ……。バログの前ではらはらさせることを言ったに違いない。そのうえ、バログはフランツとポールが一緒にいるところを見て、その場で口止めすることにしたんだろう。奴はふたりの仲間入りをして、フランツが酔い潰れるのを待ってから、ポールを襲い、ランプを落としてトレーラーに火をつけた。フランツが以前にも火事を出したため、犯行の手段が浮かんだのだろう。バログがどうやってポールの虚を突いたのかわからないが……うまくいけば、夜が明ける前に奴から一部始終を聞き出せるぞ。すまない」

こう言ってルイスは急ハンドルを切り、スピードは緩めず、落ちて道路に突き出した大枝をよけた。

「つまり、こちらがなんらかの公的立場にあるとは考えないでくれ。そうではないんだ。われわれは真っ先に現場に到着しただけだった。きみたちの馬の救出活動のおかげでね。それから、ぼくとしてはバログ氏に面会したい緊急の理由ができたわけだが……。まあ、こちらの行動が違法にならないよう、できる限り手を打っておいた——ツェヒスタイン城からウィーンに電話をかけたんだ」

「ウィーンに？」それとなく訊いてみた。

「向こうの知人に」ルイスの気楽な口調はさりげないところに説得力がある。「これは国際刑事警察機構《インターポール》の担当だからね。麻薬課だ。麻薬課に知り合いはいないが、ほかの部署の職員を何人か知っている。以前に――」これはティムのために肩越しに投げかけた言葉だ。「ウィーンで訪問した顧客の件で手を貸した。その男は偽造した輸入許可証を所持していたんだ。このときの職員に城から電話をかけたのさ。とっさの思いつきだったから、麻薬組織の末端をつかんだらしいとしか言えなかった。ついでに、大小のいかんにかかわらず宝石の盗難事件について確認すると、一件もなかった。ミュンヘンでも、ほかの場所でも。そこで、あのおとりは用無しで、きみはそのサファイアを自分のものにできるよ、ヴァン……。しかし、インターポールはバログとサーカス団を捜索中の一味だと考えかねない――おまけにティムの包みがそれを裏付ける。だから、ぼくは先に行く。向こうはすぐに応援を出せないようだ。われわれの追跡がどこまで続くかわからないが、ジープを探しているパトカーがもうじき駆けつけて、サーカス団は国境で足止めされ、グラーツ警察はぼくの電話を待ち受けているんだ」

「じゃあ、奴を見失っちゃだめだね」ティムの口調はルイスの冷静な口調をいじらしいほど真似ていたが、興奮がにじみ出てしまい、ルイスがにやりと笑った。彼らに対する愛情がとりとめもなく、苦しいほどにこみあげた。

ルイスは言った。「公式であれ非公式であれ、神は行動する者を助ける。地図を持っているかい、ヴァネッサ?」

「ええ」

「できるだけジープに近づいて、こっそり背後に回りたい。この地域の土地鑑があるつもりだが、この先も道を教えてくれ。どれくらいで次の脇道に着く?」

わたしは地図に身をかがめて、目を凝らした。ベンツが曲がりくねった、でこぼこの道路を疾走して、小型の懐中電灯の光が地図の上をがくんと動いた。「もうすぐ林を抜けるわ。すると、川沿いに半マイルほど直線道路が続くの。そこは見通しがいい。シャーンドルが見つかるかもしれないわ。そこで川を離れて、林に戻ると、湾曲した道があって、たぶん……そうね。それから橋がある。川にかかってる橋じゃなく、別の水路にかかってる橋よ。その後、谷が左へ、つまり西へ曲がる。これは約三マイル先の話。そこは舗装されてない小道しか通ってないわ」

「舗装されてない小道？　地図にどんな記号がついている？　二重線？」

「ええと……。一本の点線よ、ほとんど。田舎道ということじゃない？　あら、二重線が一カ所ある。すごく短いわ。この先は、そう、農場に向かってる。もう通り過ぎたみたいよ、ルイス。森の向こう側にあるの。ごめんなさい、見つけるのが遅かった」

「まあいいさ。バログが農場に向かっているとは思えない」

「どうして？」ティムが訊いた。

「農場に行くなら、車を停めて電話をかけずに直行しただろう。ここからわずか一マイルで着くんだ。ヴァネッサ、続けてくれ」

「次のまともな脇道は四マイルほど先にある、村の中よ。ツヴァイブルン・アム・ゼーという、とても小さな村みたい。ホテル一、二軒と数軒の家が小さな湖のほとりにあるの。いま走っている道路は村を抜けて湖畔を進んでるわ。でも、村の真ん中でもう一本の道路が左に分かれてる。等高線まではっきり見えないけれど、その道路はすごく曲がりくねってて、上に向かってるみたい。そうよ。そう、そこが行き止まりで、山に入っていくの。本道はまっすぐ伸びて、村を抜けると――」

「ツヴァイブルン・アム・ゼー村？」ティムが割り込んだ。「それって、ヨーゼフが教えてくれたよね？　ちょっとした観光地で、ラック式鉄道の始発駅だって」

「そうそう、思い出した。となると、ここは山岳道路ね。ちょっと待って、これは鉄道の記号じゃないかしら。魚の背骨に見えるのは線路？　見る限り、どこにも続いてないけど」

「ラック式鉄道だって？」ルイスが言った。「それなら行き先はわかる。山頂にレストランのある旅館があるんだ。かなりの高地で、谷底から二、三千フィートはあるな。その山岳道路も、同じ場所に通じていると思う。ああ、幸い、われわれは道路から外れるぞ。地図に魚の背骨のような記号があったら、それが線路だ」

　車は森の深い影を飛び出して、ひらけた谷に入った。疾走するタイヤの下で道路はひとりでに滑らかになってまっすぐに伸び、ベンツは拍車をかけられた馬のように急発進した。

「ほら、あそこにいた」ルイスが言った。

　確かに彼がいた。猛スピードで走る小さな影がほんの四分の一マイル前方に見える。右手には川が、滑らかに、銀のように光り、道路はかすみゆく月の光を浴びて、ぼんやりした明るさに包まれていた。よく冠水する牧野で早朝の靄が草から立ち上っていく。畜牛の群れが草むらに膝までつかっている。半開きにした窓から流れ込む空気は冷たく澄み切っていて、松の匂いが鼻を突いた。

「向こうから見えてない？」ティムは不安で早口になっていた。

「ないだろうね」ルイスが答えた。「こちらはまだ向こうのバックミラーに映っていない。バログがくるりと振り向いて、よくよく見ない限り気づかないが、あのスピードでは振り向く気はなさそうだ。そもそも追跡されると覚悟しているなら、相手は警察だと思っているし、パトカーはライトを点けて追ってくる。間違いない」

「村じゅう追いかけたら、ぎょっとしたんじゃないかな」

「肝を潰しただろうが、警察だったら、そこで追跡は終わっていた。ジープは嫌でも目についたし、バログはそれを知っていた。警察がさっそく追跡を始めるとは考えていないんだ。そう、奴が不安になる理由はなさそうだよ。もう少し接近しよう。曲がり角に近づいたらね。追い抜いては困る」

「どうするつもり?」

「さあね」ルイスは上機嫌だ。「出たとこ勝負でいって、万一に備えよう」

「ベレッタがあれば――」ティムが言いかけた。

「村がある」わたしは早口で言った。「あのカーブのすぐ向こう。木立の上に教会の尖塔が見えたの」

と思うと、逃げているジープがカーブの向こうに消えていた。

「さあ、しっかりつかまれ」ルイスが言った。「ここでいっきに距離を詰める」

第十八章

なんだと！　この線は最後の審判の日に伸びているのか？

『マクベス』（ウィリアム・シェイクスピア作）

ルイスが言ったとおりだった。シャーンドルは追跡されているとは考えていないようだ。ジープが湖畔に点在する人家の外れに着くと、ベンツはその後方二百ヤードに迫っていた。だが、彼は追われていることに気づいている気配はなかった。スピードを緩めて村の通りに入り、大きなホテルの脇の枝道に来ると、ためらうことなく左へハンドルを切った。

わたしたちもすぐにあとを追った。

脇道は狭くて急な上り坂で、たちまち曲がりくねった山登りが始まった。そこへ入ると、獲物はとっくに姿を消していたが、ベンツのエンジン音に負けじとジープのエンジンが轟音をこだまのように送り返して、家々の狭い谷間を猛然と走り抜けた。

ルイスは満足そうな声を漏らした。「楽勝だ。カーブ二本分うしろから走れば、尾行していると気づかれない……ただ、こちらが森林限界を越えたら、勝手が違うだろうな」

「見える？」わたしは訊いてみた。わたしの目には道路がぼやけて見え、砂利敷きの路面はでこぼこで、家々の影で筋がつき、そこかしこでそびえる木の下は真っ暗だった。

「よく見えるよ」確かにベンツはかなりのスピードで山を上っていた。ルイスは続けた。「ティム、ミイラ取りがミイラになっていないだろうな？　この車を尾行している車があるか？」

「そりゃ大変」ティムは仰天したようだった。ちょっと間があいた。「ううん。ううん、いないと思う。いるはずなの？」

「ぼくが知る限り、いるはずがない」ルイスは静かに答えた。「だが、確かめるに越したことはないさ。結局、バログは電話をかけたが、先にいる連中に警告するまでもなかった。おいおい、なんて道だ！　ヴァン、この状況で地図を見てくれと頼んでも、ちっとも役に立たないだろうね」

「ちっともね。あいにく、何も見えない」

「まあ、とりあえず曲がり角を探す必要はなくなった」ルイスが言った。「この道路を外れるのはシャモア（カモシカの一種）の道だけだ。あとは、ジープに追突しないようにすることだな」

　数軒の家を通り過ぎると、道路はさほど急ではないが、山腹を目指し、あちこちが欠けた砂利敷きの小道に過ぎないものと化していた。眼下に、家や教会やきらきら光る小さな湖が集まっている。頭上の道路の左側に、すでに松が密生している。鬱蒼と茂って張り出した松の壁の下を道路が走る様子は、防波堤の下を流れる川のようだ。やがて、次のカーブで道はくねくねと戻って松の木陰に入り、すぐさま深い森に突き進み、ときおり森から抜け出した。そこでは数ヤードに渡り、かすんでいく月光が明るくなる夜明けの光と一体になって、道を教えてくれた。ルイスは特にためらいもせず、どう見てもスピードを落とす気もなく運転している。わたしなら、この道路は真っ昼間でも運転したくない。

猛スピードでのけぞるように坂を上がり、カーブに次ぐカーブを曲がると、上方にジープの断続的なエンジン音が聞こえた。その音は突風となって流れ、ぱっと現れた木々と岩に遮られた。音はベンツのエンジン音より大きく、嫌でも耳に入るこだまというところだ。いっぽうジープに乗ったシャーンドルには、こちらの音はずっと聞き取りにくく、自分が立てる音がときどき反響するように聞こえるだろう。

木がまばらになってきた。道路は下のほうで再び曲がりくねっている。ベンツは傾いて窪みを越え、またヘアピンカーブをぐるりと回り、しばらく森を抜けて走ったので、右手に、暗い山に挟まれて夜がしらじらと明けていく谷底の景色が目に飛び込んできた。湖は磨き抜かれた白目《ピューター》で、銀色の霧がたなびいていた。星々は消え、月は朝の空に残り、こすられて色褪せた様子は薄い古銭のようだ。

ベンツはがたがたと揺れながら停まり、エンジンが停止した。ルイスが運転席側の窓を下ろすと、湿った冷気の中、上方のどこかでジープのエンジン音が轟いた。

「地図をくれ」

わたしは現在地のページを折ってひらき、地図をルイスに手渡した。彼はそれを小型の懐中電灯の光で覗き込み、しばらく眺めていた。

「覚えていたとおりだ。この道は頂上まで通じていない。ここに建物の記号が……。何かわからないし、大したものではなさそうだが、ここにラック式鉄道の停車場があって、道路はそこで行き止まりだ。山を三分の二くらい登っている。残りの三分の一は鉄道で越えるしかない。高地の岩場はかなり険しそうだ。岩山の記号もついている。鉄道は頂上のレストランへ直行している。一部はトンネルを通るらしい。ありがとう」ルイスは地図と懐中電灯をわたしの膝に放り投げて、再び車のエンジンをかけた。「もうひと息だな。バログがどこへ向かっているにせよ、行き止まりでジープを乗り捨てるしかないし、それはこの上のカーブをせいぜい三本くらい回った先だろう。こっちは向こうのエンジン音に紛れているうちに車を停める。そこにもってこいの場所があるぞ」

十秒とたたないうちに、ベンツは木立の影で前部を道路に向けて停車して、ルイスが緊迫した小声でわたしたちに指示を出していた。

「ふたりとも一緒に来るんだ。ただし、静かに隠れていてくれよ。二十ヤードくらい下がって、合図するまで出てこないこと。きみたちが必要になるかもしれない。ただの使い走りだとしてもね。これは車のスペアキーだ。ここに置いていくよ」

木の根元に生えた毒キノコの塊が霧深い朝に鮮やかに見えた。柄は長く青白く、真っ赤な笠に白い斑点がある――おとぎ話によく出てくる毒キノコだ。その傍らに平たい石があった。ルイスはかがんでこの石を持ち上げ、下にスペアキーを押し込んだ。ティムがすばやく声をかけた。

「ジープが停まった」

「よし、行くぞ」ルイスはひらりと斜面に登り、次の脇道へ向かう木立を走り抜けて姿を消した。

わたしたちは彼を追った。急勾配の道は、土と岩が松葉だらけで歩きやすいが、そこかしこで岩が緩み、イバラが生えているので、気をつけて進んだ。どんどん明るくなる陽射しがありがたかった。

次の脇道はベンツを停めた場所の七十フィートほど上だった。上にいるルイスは、まばらになっていく木立をじりじりとかき分けて、一瞬動きを止め、姿が見えなくなった。光はあの不思議に変化していく段階にあって、まばゆく澄んだ月光とも、明るさを増す朝の光ともつかない。光がとりわけ強く射す場所は曇った灰色だが、何もかもぼやけている。木立、小道、灰色の石、いまも頭上に下がっている枝。どれもこれも、ピンぼけの映画の場面のようにかすんで見えた。

ルイスがついてこいと指示を出したのかどうかもわからなかったが、ふと気がつくと、彼が立っていた場所はがらんとしていた。わたしは息を切らし、若木をつかんで、道路の端までにじり寄った。そこに人影はない。だが、木立の中で反対側へ向かうかすかな動きがあり、彼は建物の手前のカーブを目指しているとわかった。わたしたちもついていくと、泉から流れて沿道の石の溝に消える小川の水音が足音を消してくれた。

ルイスは上方で再び立ち止まろうとしていたが、今度はこちらを手招きして、その場を動かなかった。わたしたちがよじ登ると、夫は片手でわたしを引き上げ、抱き締めた。

最初に見えたのは建物だった。それは家ではなく、ただの煙突がない箱に、波形鉄板の勾配屋根があり、鉄道の待避スペース——列車がすれ違う場所だけ短い複線になっている——に立っていて、鉄道員の休憩所か資材の保管庫のようだ。なんであれ、道路は行き止まりだと見える。建物の前で、道が細くなって踏み固められた土と砂利の空き地で終わった。まるで使われなくなった石切り場のようで、低木や荒れた若木に覆われている。いまのところ、その場所にはぼやけた影が重なっているが、岩から垂れ下がる蔓植物の下まで行くと、おぼろげに見えてきた。あれはジープだ。

光も動くものもどこにもない。

ルイスが小声で言った。「ジープだ。見えるかい?　しかし、あそこにバログはいなかった。少し登ったら姿が見えた。まだ単独行動をしていて、追跡されていると思っていないんだな。間違いなく、奴はレストラン——ほかに行き場所はない——へ向かっていて、鉄道を使う気だ。ぼくはすぐにあとを追う。ティム、あのジープを見てくれ。あれを動けないようにできるかい?　頼んだぞ。それが終わったら、あの建物をざっと見ること。そこにブツがあるとは思えない。奴に置いてくる暇はなかったはずだが。何を探せばいいか、わかっているね。あとから追いかけてくれ。線路を外れなければ、絶対に迷わない。ヴァネッサ、きみは一緒においで」

わたしたちはひらけた道路を駆け抜け、生い茂った木々に隠れた石切り場をよけ、ほどなく建物の脇の道を慎重に進んでいた。背後で、ティムがジープを壊そうとしているかすかな金属音が聞こえた。建物のドアの前を通り過ぎた拍子に、ルイスが手早くあけようとした。鍵がかかっている。

「ふうん、これで多少の手間が省ける」ルイスは言った。「ここに麻薬はないだろうし、〝八方手を尽くせ〟がPEC営業部の標語だからさ」

「営業部にしては、立派な仕事を任されてるのね」わたしはそっけなく言った。

「そうとも。奴がレストランへ急行するよう、神という神に祈っている。そこに線路があって、傍らを小道らしきものが走っているようだ……。好都合だ、線路はひどく歩きにくいからな。大丈夫かい？」

ルイスは先へずんずん歩いてゆく。思うに、彼の問いかけはよくある優しい譲歩に過ぎず、女の生活を男の生活よりはるかに面白くする（とわたしはずっと思っていた）。実際ルイスは、わたしが彼の予想どおりに動けるし、動くものと思い込んでいた。ただ、これほど稀有で、貴重で、か弱いものが、男たちの厳しい世界と渡り合えるのは奇跡だとも言えるのは、たまには悪くない。

「あなたの行かれるところは、どこへでも行きます（旧約聖書「ルツ記」より）。より高みへ」わたしは勇ましく宣言して、ルイスのあとから線路沿いの歩きやすい小道を進んだ。

線路はレールの間隔が狭く、鉄道にしては、次々と連なる急峻な斜面の岩と木立を切り開いている。

上りの一部は、たとえ車道でも険しかっただろう。わたしはラック式鉄道の仕組みを初めて見た。レールは日々の使用で鉄のリボンのように黒光りして、そのあいだにあるのがラックレールだ。重いはめ歯歯車を広げて伸ばしたような形状で、恐ろしげな鋸歯のついたレールは走行用レールより目立っていた。機関車に取り付けられた小歯車が線路の歯と嚙み合い、列車が急斜面を上るときも下るときも支え、一定のスピードを保つのだろう。

ベンツは相変わらず木立のあいだを縫っていたが、木々はいよいよまばらになり、じきに高地ではげた斜面になった。視界はまだ悪い。わたしには、点在する松のあいだで揺れるもやしか見えなかった。それから、一度大きな黒い鳥――ニシコクマルガラス――が横をぶざまにかすめ飛び、素っ頓狂に〝カアッ！〟と鳴いた。

「どこに見えたの？」

ルイスは上のほうを指さした。そこで線路はカーブを描いてせり上がりながら白い岩山の肩を回っていた。「あそこにちらっと見えた。飛ぶように登っていたよ」

そう言うルイスの足取りも大したものだ。彼がさっきの曲がり角に着いた頃には、このわたしがいくぶん貴重でか弱いような気がしてきたが、彼が先の道を偵察するあいだに息を整えることができた。また手招きされたので、前途に支障はないらしく、わたしたちはとぼとぼ歩き続けた。とにかく、わたしはとぼとぼ歩いた。ルイスは元気潑溂という感じだ。言わせてもらえば、その夜のわたしと同じような目に遭ったら、誰だってか弱い気分になっていただろう。ルイスはせいぜい、ウィーンから二百キロくらい運転すればよかった……。

わたしたちはかなりの速さで歩き、カーブで慎重に見通しをつけ、ほとんど物音を立てなかった。

幸い、わたしの靴はゴム底だし、ルイスは、わたしがスパイ道具と呼んだ靴は履いてこなかったけれど、オーバーハウゼン村のホテルで証明したように音を立てずに歩けるようだ。さらに、霧が出てきたので隠れる必要がなかった。

ふだんだったら厄介な状況になっていたはずだが、最悪の場合、獲物に気づかれる前にちょうど霧が晴れた。視界が十ヤードから二十五ヤードに広がって、道を見失う危険がなくなった。線路は火柱のように確実に、山のかすんだ頂上へ導いてくれた。

だが、決して一直線ではない。このまま線路伝いに歩いたら、ずっと遠回りをするはめになる。おそらく線路は折り返して緩やかに山を登り、道路は険しい斜面をジグザグに上っていくのだろう。もし前が見えていたら、カーブを避けていくこともできたのに。そうは言っても、地形を知らず、どこでつまずいたり道を間違えたりするかわからないので、線路沿いを歩くしかなかった。せめてもの救いは、シャーンドル・バログが山腹に詳しくない限り、同じ目に遭うことだ。運がよければ、彼の足跡をたどれるかもしれず、ティムもわたしたちを追って来られるだろう。

ルイスが言った。「始発列車は何時かわかるかな」

「知ってるわ。始発は七時。ホテルで教えてもらったの。玄関広間に時刻表があって、それで確認したわ。ここに何日かいるなら、乗ってみようかと思って」わたしは渋い顔で続けた。「おかしな感じがしない？　ここに遊びに来ることを考えるなんて」

ルイスは笑った。「来られるかもしれないぞ」

そのときルイスがさっと腕を出してわたしの行く手を遮り、わたしたちは立ち止まった。前方で晴れてきた霧がつかの間たなびいて、長く続くがらんとした斜面が現れた。青白い岩が広がる場所に、低木と丈夫な草の吹き溜まりが点々として、ところどころにぽつんと立つ木は、霜で歪んで折れ、風に長い指を伸ばしている。ここにある木は背丈が伸びず、葉の薄い、山で育つ品種で、何も生えないはずの灰色の岩にすがりつくように見えた。

でも、わたしはこれにほとんど気づかず、ちょっとした印象を受けただけだった。ルイスを見ていたからだ。さっきの返事は何気なく、さらには皮肉交じりだったが——まるで薄もやからまぶしい光が射したようにわかった——本気だったのだ。ルイスの口調ならなんでも知っている。あれは本気だった。わたしにとって、今夜は恐怖と安堵と喜びを抱え、さらに張り詰めた興奮まであった。そして、興奮と寝不足のせいでぼうっとして、強烈な安堵感とルイスのそばにいる喜びで浮き浮きして、いわば夢の中——不安ではあるけれど、もう怖くはない夢——をふわふわと漂っていた。彼がいれば、わたしの身には何も起こらない。ただし、彼がいれば、こんなことでは済まされず、もっと断固とした行動を取るだろう。彼は男だから、わたしのように肉体の弱さと恐怖にとらわれていないし、終わりが迫った気疲れする仕事を抱えてもいない。どう見たって、いまを思い切り楽しんでいる。

「ルイス」わたしは咎めるように言った。「まさか、暴力に訴える気じゃないわよね?」

「冗談じゃないよ!」ルイスが軽く答え、それは嘘だとわかった。繰り返すまでもない嘘だったが、次の言葉に本音が表れた。「顔はまだ痛む?」

「顔? ああ——ええ、そうね」腫れた頰に手を当てると、あざのできた唇がこわばっていた。「考える暇もなかったけど、ひどい顔でしょう?」

「こっち側から見ればきれいだよ。ありがたい、ここぞというときに霧が晴れてきた。この先にトンネルがあるぞ」

「トンネルが?」

「ああ。ほらね? まるで洞窟の入口のようだ。どこまで続いているのかな。もう少し先が見えて、上まで近道ができればいいんだが。そうはいかないなら――ああ!」

ルイスが話しているときも、またあの気まぐれな空気が流れ、霧がたなびいた。彼は線路から離れた山腹をまっすぐ指さした。「ほら、線路の行き先が見える。ここに沿ってもう一度走っているんだ。よし、この手に賭けてみる。このトンネルは迂回しよう」

まだ運に見放されていなかった。斜面を数分よじ登ると、ルイスが見ていた場所にたどり着いた。湿った霧がほんの幾筋か紛れ込んで先をぼやかすだけだが、山頂は雲に隠れたままで、うまい具合に獲物は追跡に気づかなかった。もうシャーンドルの姿は見えず、足音も聞こえなかったが、あちらこちらで小さな泉の水しぶきが岩を洗う音がして、一度は前方を行くシャーンドルの通り道で羊たちのベルがどこか興奮した様子で鳴った。

上方の道の霧にのみこまれる寸前、はるか下にティムが見えた。彼は手を振って、両手を広げた昔ながらの身振りで〝何もなかった〟と伝えた。ルイスは了解したと片手を上げて、山の上方を指さした。それは明らかに〝ついてこい〟という意味であり、遠くの人影はすぐさま線路を離れ、わたしたちのあとから険しい斜面をよじ登り始めた。

「ティムが追いつくまで待ってる?」

「その余裕はないし、ティムは迷わないさ。どこに行っても線路があるからね。ヴァネッサ、彼はいい子じゃないか。きみの話では、父親がばか者らしいな。彼はこれからどうする気なんだ?」

「スペイン乗馬学校で働きたいそうよ。カーメルがなんて言うかわからないけど、もう息子と喧嘩してもしかたないと気づくだろうし――再婚する以上、そうそう息子にかまっていられない。わたしはこの国の就業規則を知らないわ、ルイス。ティムは父親に力を借りたいと思ってるの」

「ぼくが力になれそうだよ。知り合いに――その石に気をつけて、緩んでいる」

「ねえ、あなたがいてくれると助かりそう」

「それはどうかな。時間が経てばわかる」ルイスは目を上げて霧の向こうを眺めた。「とにかく、ティムの話を聞いてみよう。それより、ぼくにあんな息子がいたら……。ついてこられるかい？」

「一緒に行くわ。いつでも、どんなところでも」

「この仕事が終わり次第、行き先を検討できるってことだね？」

「もちろん。供給が需要を満たしてもいいわ。ＰＥＣの営業部流に言えばね」

ルイスは手を差し出して、急斜面を登るわたしを助けてくれた。「ぼくが所属する別の局ならなんと言うかは、考えたくないね。しかし、これは警察の仕事だとわかってよかった」

「ティムとわたしは、ここで一般市民として協力していいのよね？」

「もちろん。ぼくにも私人として協力する資格がある。ただし、セキュリティ上の協力になるに違いない。そもそもぼくはポールに呼び寄せられたんだからね。しかし、それは別の問題で、ぼくたちがこれを片付けた頃に、局から新たな担当者が送られてくるだろう。ぼくの感触では、リー・エリオットはヴァーグナー・サーカス団での偽装工作で精も根も尽き果てそうだ。今回きみが加わったことで、ぼくが仕事をやめる予定でなかったとしても、局でひと騒動持ち上がっていたかもしれない」

「解雇を通告された人間はなんだってやりかねないし」

「それもそうだ」

ルイスの口調に何かを察して、わたしはすかさず訊いた。「どういう意味？」

「バログと話し合いたいのは」ルイスが言った。「厳密には許可されていないことだ」

「そうか、あなたがシャーンドルに追いつきたい〝個人的な理由〟ね？」

「そうとも。異存はあるかい？」

「なし。待ち切れないわ」

「きみは手ごわい女だと思っていたよ。ちくしょう、この霧はよくもあり悪くもありだ。この美しい山は、見たところ申し分ない立地じゃないか。確か、このあたりに〝見晴らし〟と呼ばれる場所が……つまり、少なくとも二カ国の国境を越える明確な伝達経路があるんだ」

「これからどうする気？」

「できれば、さっそく踏み込んでバログと連絡員を捕まえ、クスリを見つける。警察は旅館を見張っていれば情報が増えるかもしれないが、バログには素性が割れたと気づかれる。いっそわれわれが押し入って、逃げられる前にふたりを捕まえたほうがいい。何か出てくるとしたら、旅館が捜索されるときで――それはぼくたちがやったほうが手っ取り早い」

「わたしに何をしてほしい？」

「着いたら、隠れて合図を待ってくれ。ぼくが手一杯だったら、きみに電話をかけてもらうかもしれない……。あるいは、不測の事態が生じたら、ティムと一緒に山をまっしぐらに下りろ。車でホテルへ行って、グラーツの警察に通報してもらうんだ。それから、現地の警官と頼れる市民を二、三人、ここによこしてほしい。きみたちは戻ってくるな」ルイスがわたしを見下ろしてほほえんだ。「そんな顔をするなよ。いまのはまずいことになった場合の話だが、それは考えられない……。ただ、あらゆる不測の事態に備えているだけさ。わかったかい？」

「ええ」

「もうおしゃべりはやめたほうがいい。霧の中は水の上のように音が伝わる。そろそろ建物に近づいてきたはずだ」

「見て」

はるか頭上の、やや左手で、霧の向こうにぼんやりとした、握りつぶされた星のように、光が急にピカッとついて瞬きもしなくなった。

「旅の終わりだ」ルイスが言った。

「それとも、お楽しみの始まり？」

「そっちだな」ルイスはすぐさま答えた。

第十九章

敵のために暖炉を熱しすぎて
おのが身を焦がさぬように。

『ヘンリー八世』（ウィリアム・シェイクスピア作）

その旅館は大きな建物ではなかった。霧のかかった薄明かりで見える限りでは、頑丈そうで、間口が広く、壁に水漆喰が塗られ、屋根には谷でよく見かける灰色の屋根板が張られていた。片側に屋根付きの松材のベランダがあり、夏はテーブルを何台か置けそうだ。ここは鉄道の終着駅から二十ヤードほど奥まったところだ。旅館の向かいに低い壁をめぐらしたテラス、つまり見晴台があり、その先に絶壁が二、三百フィート続いているが、わたしたちが近づいた線路側は、よくある横長の低層の建物で、鎧戸のついた窓と重厚なドアが並び、その脇にごみ箱と空き瓶が入った木箱が置かれていた。

窓のひとつ――そこだけ鎧戸がなかった――から明かりが漏れていて、ルイスとわたしはそれを頼りにした。鎧戸が一枚あいていて、窓も外壁に押しつけられていた。あの鎧戸はシャーンドルの電話をきっかけに、霧の中で彼を山頂へ導くため、わざとあけたのかもしれない。ほかに明かりはなかった。

ラック式鉄道の終着駅に車庫がある。駅舎も兼ねた、ずんぐりした長方形の建物だ。わたしたちはこれに隠れて走り、ガードレールをよけて裏側の曇った窓へ向かった。この窓と旅館のあいだは、山と積まれた箱と外壁近くのごみ箱しか隠れ場所がない。あいた窓から室内がよく見える。明るく照らされた映画のセットのようで、中の動きがはっきりわかる。

その部屋は厨房だった。左手にぴかぴか光る大きな調理用レンジがあり、その上に銅の鍋一式と青い皿が一枚吊るされていた。壁を背にして、窓に向かい、食器棚のてっぺんが見える。青い皿が何枚も入っていて、ボール箱がいくつか詰められていた。壁の右手にはドアがありそうだが、外からは見えない。大きな古いテーブルの端が窓際に突き出している。なにより肝心なのは、食器棚の脇の壁の、肩の高さに、古めかしい電話機が掛けてあり、その近くでシャーンドル・バログが立って、しきりにもうひとりの男に話していることだ。相手はここの主人と見え、レンジのそばで窓を背に立っていた。見える限りでは、白髪が薄くなりかけた、がっしりした体格の男だ。とにかく古いオーバーに体を包んでいるが、その下はパジャマか、夜に着る服だろう。彼はレンジからコーヒーポットを持ち上げていて、手を止めて肩越しにシャーンドルに何か言った。

これはみんな、一瞬でとらえた印象だ。なぜなら、そのときルイスが「ここにいて」とささやいてそばを離れ、車庫と厨房の外壁を隔てる空間を軽やかに走り出していたからだ。

ルイスはカーブを描いて走り、相手の視線に入らないようにした。あっという間に、気づかれず、あいている窓のそばの壁に背中をつけて、室内の会話を聞いているようだ。

厨房の明かりは電気だったのか、灯油ランプだったのか、今日になるまでわからない。ただ、覚束ない夜明けに明かりは心強く、まだ霧のベールが漂っていたにもかかわらず、厨房の光景をくっきりと照らしてくれた。いっぽうルイスは、明かりが直接届かない場所にしゃがんでいて、なかば姿が見えなかった。それでも、彼の手に握られた拳銃は見えた……。

同時に、厨房の動きに目を引かれた。もうひとりの男が話を続けながらコーヒーポットをテーブルに運び、二個のマグカップにコーヒーを注ぎ始めた。湯気が上がるのが見えた。いまでも覚えているのは――そのときの激しい不安さえ忘れ――そのコーヒーを見て、一瞬空腹を覚えたことだ。香りまで覚えているような気がする。だが、言うまでもなく、それはばかげた話だ。厨房とのあいだには、まだ湿った灰色の空気が二十ヤード流れていたのだ。

次の瞬間、コーヒーのことはきれいに忘れた。ルイスが例の窓からゆっくり離れ、壁に沿い、ドアのノブに手をかけた。

鍵がかかっていた。シャーンドルが中に入ってから再び施錠されたようだ。ルイスはすうっと、幽霊のように窓へ戻っていった。あけっぱなしとは驚いたが、見逃されていたのか、シャーンドルには追手がいる気配がなかったのだろう。

わたしがふとそんなことを思ったとき、シャーンドルは窓があいていると気がついた。彼は指を差し、何か言うと、テーブルにマグカップを置いて電話に近づいた。主人が顔を上げ、肩をすくめて窓に歩み寄った。窓を閉めようというのだ。シャーンドルは受話器を持って見守っている。そしてルイスは――もう姿が見える――ルイスは、なんと、片手を出して窓と鎧戸を外壁にがっちり押さえつけていた。

主人は片手を突き出して窓を引っ張った。窓はガタガタ揺れて、途中でつかえた。彼は引っ張り直した。わたしが立っている場所でも、いらいらした声が聞こえた。窓は大きくあいたままなのだ。シャーンドルが肩越しにちらっと目をやり、電話に向き直って何やら手短に伝えた。たぶん、番号だろう。主人は下枠から身を乗り出して、窓を引っ張ろうと手を伸ばした。

ルイスは主人の頭をしたたか殴った。その体が滑り落ちる前に、ルイスも一緒に窓枠を乗り越え、明かりを背にシルエットがくっきりと、握った拳銃ともども浮かび上がった。

同時に上階で明かりが点いた。

わたしは隠れ場所を出て、厨房まで駆けて行った。

厨房は大騒ぎになっていた。もちろん、ルイスはやみくもに窓に飛びつかねばならず、シャーンドルが電話をしていたのは聞こえただろうが、室内の様子は想像するしかなかったのだ。ルイスの動きはすばやかったが、シャーンドルには虫の知らせがあったらしく、ルイスが窓枠に飛びついたと同時に受話器を勢いよく戻し、振り向いてポケットを探っていた。

だが、シャーンドルは拳銃を構えられなかった。ルイスが撃った。撃ち殺しはしなかった。食器棚に入った青い皿を粉々にして満足したようだ。ただし、銃声にはそれなりの効果があった。シャーンドルは棒立ちになり、大声で命令されると自分の拳銃を床に放り出し、それはルイスの足元で止まった。

シャーンドルが呆気にとられた声を出した。「リー・エリオットじゃないか！　どういうことだ?」

ルイスは彼の話を遮った。「こっちの男は何者だ?」

「ああ、ヨハン・ベッカーだが、いったい――」

わたしは窓の外から息も絶え絶えに声をかけた。「二階で明かりがついた。誰か、目を覚ました、みたい」

シャーンドルはわたしを見ると、滑稽なまでに表情が変わった。驚きから計算へ、それから激しい怒りへと。「あんたかい？　じゃあ、あんたのせいでこのばか騒ぎになったのか。エリオット、この女にどんな話を聞いたんだ？」

ルイスはわたしの声を聞いて、身動きもしなければ振り向きもしなかった。「さあ入って。その銃を拾うんだ。ぼくとバログのあいだに入るな」シャーンドルにはぶっきらぼうに訊いた。「この建物にはほかに誰がいる？」

「そりゃ、ベッカーのかみさんだ。おい、エリオット、あんた正気か？　ちょっと話を聞いてくれたら、おれが――」

「下がれ！」ルイスは語気荒く命じた。「こいつは脅しじゃない。次は皿を狙わないからな」シャーンドルがルイスに従い、わたしはすばやく窓から入って拳銃を拾った。「よくやった」ルイスは目も拳銃もシャーンドルに向けたままだ。「この手の銃を扱ったことは？」

「ないわ」

「じゃあ、とにかく銃口をこっちに向けないでくれ。いいね？　バログがどうなろうと構わないが、きみにはそれでベッカーの奥さんを黙らせてほしい――」

シャーンドルはかりかりした。「おい、いったい何事だよ？　その女――その銃――あんたに何を話したんだ？　あんたはイカれてる！　その女の思い込みで――」

ルイスはしびれを切らしたように言った。「黙れ。ぼくがここにいる理由は、お互いよく知っているじゃないか。知りたいことはほとんどわかったが、おまえがいろいろと面倒から逃れるには、ベッカーと奥さんの役割さえ教えれば――」

そこで話が途切れた。厨房のドアがばたんとひらき、見たこともない大柄な女が飛び込んできた。女は特大のピンクのフランネルのガウンに青いウールの部屋着をはおり、髪はきつい三つ編みにして背中に垂らしている。シャーンドルの到着で目を覚ましていたのかもしれないが、最初に格闘があった物音で寝室の明かりを点け、今回の銃声で階下へ下りて来たようだ。深夜の銃声など怖くもなんともないのか、調べにきたのは皿の割れた音だった。夫と客がどんちゃん騒ぎをしていると思ったに違いない。ハリケーンよろしく、厨房に突進してきたのだ――手に火かき棒を持って。

わたしは慌てて女を阻止しようと拳銃を突きつけた。英雄ダビデが小さな石投げ器を巨人ゴリアテに向かって振り回したように。

女は拳銃を気にも留めなかった。ハムのような腕を上げてわたしを押しのけ、男たちに迫った。なんと女は、気絶した夫にも、怒り狂っているシャーンドルにも、ルイスの拳銃にさえ目を向けず、食器棚の前に立ちすくんだ。

「あたしのお皿！　あたしのお皿が！」あとになってルイスが英語に訳してくれたが、女の気持ちは伝わった。「きれいなお皿が！　よくもうちを壊してくれたね！　この強盗！　悪党め！」

そして火かき棒を振り上げ、女はルイスに襲いかかった。

それからどうなったのか、いまでもよくわからない。わたしは女の高く上げた腕に飛びついたが、彼女が腕を振りほどこうとして、わたしもろともよろよろと歩き、つかの間ふたりでルイスとシャーンドルのあいだをうろついた。

ルイスはシャーンドルを射程内に入れようと飛びすさったが、あとの祭りだった。

シャーンドルは獲物を仕留める虎のようにルイスの拳銃を握った手に飛びかかり、格闘になった。わたしはベッカーの奥さんにかかりきりで、格闘の始めのほうを見逃した。ルイスがきれいに片をつけられないならば、この女を押さえておくのはわたしの役目だ。いくら彼でも、女を撃てないだろう。

あとは、わたしが彼女を撃たないようにするだけだ。二、三分のじりじりする時間、火かき棒を握った手を必死に押さえて殴られないようにしていた。わたしは怒った牛にしがみつくテリアの心境で部屋じゅうを振り回された。

と突然、奥さんが倒れた。中身が漏れ出した穀物袋のようにくずおれ、わたしに本当に撃たれたようだった。幸い、歩いていた途中に椅子があり、ふたりしてこれにぶつかった。わたしは動物の子供みたいに彼女にしがみついたまま、広い膝に乗った。椅子がふたり分の体重で壊れたとばかり思ったら、それはロッキングチェアであり、海を行く船のように揺れながら、ギシギシと下がってドアを背にして止まった。そのときティムが、青ざめて目をきらきらさせ、窓から飛び込み、倒れているベッカーにつまずき、マグカップをテーブルから落として床のコーヒーだまりに着地した。

さすがのベッカーの奥さんも三人目の悪党の登場がこたえたのか、あるいは（わたしの睨んだところ）マグカップが割れたショックでついにくじけたのか、手も足も出なくなった。取っ組み合いをやめて、ロッキングチェアに力なく座り、どっしりと動かず、ドイツ語で泣き言をこぼした。わたしは彼女の膝から立ち上がって火かき棒を取り上げ、ティムがベッカーから離れて火かき棒を受け取ると、厨房を吹き荒れるもうひとつのハリケーンにふたりで立ち向かった。

男たちは互角の戦いをしていた。シャーンドルには力と運動神経があり、ルイスはしたたかで訓練されていた。ルイスは拳銃を握った手をシャーンドルにつかまれたままで、必死にその手を振りほどこうとしている。わたしたちが振り向いたとき、ふたりは絡み合い、熱いレンジの前面に背中から突っ込んでいた。動けなくなったのはルイスだった。恐ろしい二秒間。わたしは動転して夫の言葉が聞こえなかったが、あとでティムがつくづく感じ入ったという口ぶりで教えてくれた。あの二秒間は、パブリックスクールで過ごした六年間より学ぶことが多かったよ——それは多くを物語っていると思う。確かに、ルイスが悪態をついたとき、わたしが悲鳴をあげてティムは飛び出した。ルイスの手首がレンジの端に叩きつけられて銃がはじけ飛び、テーブルの下を滑った。ルイスがシャーンドルの股間を激しく膝蹴りすると、絡み合った体は横に揺れてすさまじい勢いでテーブルの端にぶつかった。ティムの火かき棒はわずかに狙いを外し、レンジを叩きつけてやかんを弾き飛ばした。

「あたしのやかん！」ベッカーの奥さんはさらにショックを受けてうめいた。

「ティム！　もうひとりの男！」わたしは金切り声をあげて奥さんを押さえつけた。

ベッカーが動いていた——立ち上がってさえいた。それを見たシャーンドルが喘ぎながら何か言い、ベッカーはよたよたと歩いた。

だが、助けるためではなかった。ベッカーは電話に向かっていた。すぐ前にいた。

ルイスがきっぱりと「止めろ！」と言って、シャーンドルをテーブルから放り出した。シャーンドルの片手が、あの鋼のような手がルイスの喉にかかった。指の下で肉が膨れて青黒くなった。ふたりとも汗を垂らしていて、シャーンドルは肺が破裂したように息を吸った。そのときルイスは体を引かずに近づけた。ルイスはシャーンドルの背中に回り込み、彼を押し上げ、自分の体をねじって……仰向けにしたシャーンドルを膝の上に叩きつけた。シャーンドルが転がって逃げる前に、ルイスはもう一度相手を引きずって立たせていた。ルイスがシャーンドルの喉を叩くたび、骨が肉を打つおぞましい音が聞こえた。

ベッカーは受話器を上げていなかった。力を振り絞って電話のコードを引っ張っている。

わたしは叫んだ。「それを放して！」役に立たない拳銃を取っ組み合っている男たちから離して、銃口をベッカーに向けた。彼はわたしには目もくれない。わたしに彼を撃つ権限があるのかどうかわからなかったし、この至近距離から撃っても、当たるかどうか怪しいものだった。そこで拳銃を逆さに持って彼に襲いかかった。

手遅れだった。ティムがくるりと向きを変えて飛びかかったと同時に、電話のコードが抜けて漆喰と木材が散らばり、哀れなベッカーは再び倒れてぐったりした。

「あたしのお皿！」ベッカーの奥さんがわめいた。「あたしのきれいなカップ！　ヨハンが！」

「大丈夫です」わたしは弱々しい声で必死に訴えた。「あなたたちを傷つけたりしません。わたしたちは警察です。ああ、ティム――」

けれども、ティムと火かき棒はもう必要なかった。格闘は終わっていた。

ルイスが立ち上がろうとして、シャーンドルも一緒に引っ張っていた。シャーンドルの息遣いは荒く、抵抗を続けているが、わしづかみにされた手から逃れられそうもなかった。

わたしは歩き出したような気がするが、ティムに手を握られて引き留められた。これからどうなるのか、彼にはもうわかっていた。

シャーンドルは無理強いされて、じりじりとレンジへ向かっていく。

あっという間だった。ルイスが何をしていたのか、わたしはまだわかっていなかった。シャーンドルが口をひらいたが、出てきたのは聞き覚えのない声だった。

「何を知りたい?」それから早口で、吐き気を覚える、うろたえた調子で言った。「なんでも話す! 何が知りたい?」

「それは後回しだ」ルイスが言った。

そしてルイスはシャーンドルの手首をつかみ、腕を引っ張ってやかんがかけてあったコンロに近づけた。

シャーンドルは息ひとつ漏らさなかった。息をのんだのはティムだった。わたしはこう言ったと思う。「ルイス! やめて!」

でも、わたしたちはその場にいなかったようなものだった。

それはスローモーションで起こっていた。ゆっくりと、汗だくになりながら、ルイスは敵の手を下ろしていった。「確か、この手だったな?」ルイスは言い、その手をほんの一瞬だけコンロに押しつけた。

シャーンドルが悲鳴をあげた。ルイスは抵抗しない彼を引きはがし、手近な椅子に放り出すと、わたしが握っている拳銃に手を伸ばした。

だが、その必要はなかった。椅子にぐったりと座った男は、やけどした手をかばっていた。

「今後はその手で他人のものに触るな」わたしの夫がきっぱりと言った。

ルイスはしばらくその場に立ち、息を整えながら嵐の去ったあとを眺めた。気絶したベッカー、壊れた電話、ロッキングチェアですすり泣く女、火かき棒を手にしたティム。わたしはたぶんティムと同じくらい青ざめ、震えて目を見張っていた。

まずティムがわれに返った。テーブルの下から這い出てきたときは、拳銃——貴重なベレッタ——を慎重に握っていた。

「よくやった」ルイスが言った。わたしたちふたりにほほえみかけ、目にかかった髪をかきあげた瞬間、人間味が戻ったように見えた。「ヴァン、まだコーヒーは残っているかな? 注いでくれないか。ティムとふたりで、悪党どもを縛り上げてくるよ。そうすれば、ほかにもぼくの知りたいことをしゃべってもらえるからね」

第二十章

黒い、煉獄のような柵に囚われて。

「聖アグネス祭前夜」（ジョン・キーツ作）

ティムとふたりで旅館を出ると、外はすっかり明るくなっていた。まだ山頂に雲や霧がかかっていて遠くまで見渡せないが、視界は二、三百ヤードになり、刻々と晴れてきた。空気が薄く感じ、どんよりして身を切るようだが、わたしたちは熱いコーヒーのおかげで驚くほど元気になっていた。

「いま、何時かしら。わたし、腕時計をつけてないの」

「ぼくもしてないけど、厨房の時計で確かめた。四時半頃だね」

「時計まで壊れなくてよかった。気の毒なベッカーの奥さん。ルイスの話だと、奥さんは何も知らないみたいだから、一番つらいのはご主人としばらく引き離されることね」

「一番つらいのはお皿が壊れたことじゃないかな」

「言えてる。ああもう、草が湿ってるわ。ものすごく寒くない？」

「寒さが何さ」ティムは上機嫌だ。「怖いもの知らず、それがぼくたちだよ。アーチー・グッドウィンも駆けつけた」

わたしはちくちくと嫌みを言った。「あなたは少し眠ったものね。わたしと違って」

「そりゃそうだ」ティムは頷いた。「あなたはひどい目に遭ったしね。屋根の上であんなふうに駆け回るなんてさ」

「自分はひどい目に遭ったと思わないのね？　厩舎でシャーンドルに殴られたのに。それとも、あれくらい涼しい顔で受け流すわけ？　ねえ、お願いだから、そんなに急がないで。ここの草はやけに滑りやすいし、岩がゴロゴロしてる。おまけに、あなたはあれを持ってるのよ」

〝あれ〟とはシャーンドルのオートマチック拳銃のことだ。ティムがそれを扱う態度は、わたしの目には恐ろしくも見事にさりげなく映った。

「あなたがああいうものをよく知ってるといいけど」

ティムはにっこりした。「うん、まあね、楽勝だよ。はっきり言って、こいつはわりと使いやすい。うちのおじいさんは戦争中に使ってた古いルガーを持ってた。第一次大戦だよ。ぼくはその銃でしょっちゅう兎を撃ってたんだ」

「悪い子ね。まさかそうとは思わなかった」

「それがさ」ティムは陽気に言った。「一匹も仕留めたことがないんだ。ルガーで兎を撃つのがどんなに難しいかわかる？」

「わかりっこないでしょ」

「実際問題、無理だよ。ぼくの手はまだ血に汚れてないけど、いつまでもきれいなままではいられないだろうね。ねえ、厨房でつかみ合いがあったでしょ？　どうしてご主人はシャーンドルの手を焼いたの？　あいつを脅して口を割らせるため？」

「そうじゃないわ。個人的な恨みのせいね」

「へえ？　そう言えば聞いてるよ。サーカスでいざこざがあったとか？」

わたしは首を振った。「シャーンドルがわたしを殴ったの」

ティムの視線がわたしのあざができた顔にすばやく向かった。「ああ……ああ、そういうことか」

このわたしにもわかったが、ティムのルイスに対する憧れは早くも崇拝の念にまで達していた。しかたない、とわたしは思った。男たちは時代錯誤なほど原始的なレベルで生き方を伝えていくらしい。まあ、とてもけちはつけられない。わたしだって、夫が厨房で「目には目を」でしかけた暴力に、原始的に反応してしまった。それをいまでは冷静に恥じていても、なんにもならない。

「理由はどうでもいいさ」ティムは言った。「あれでうまくいったよ。あいつ、ぺらぺら秘密を漏らしてたのを気づかなかったんだ。あの話、どこか意味がわかった？」

「いいえ」ルイスの手早い尋問——それはベッカー夫婦も含まれた——はドイツ語で行われていた。

「これから教えてくれるんでしょ」

そこで、淀んだ空気の中を早足で山を下りながら、ティムは要点を伝えてくれた。こちらにとって大事なことは、もうわかっていた。つまり、（ルイスが厨房に入る前に立ち聞きしたとおり）シャーンドルは山に登る途中で麻薬を隠してしまった。ルイスとわたしが避けて通った鉄道保線区の木立に。シャーンドルはわたしたちのほんの数分前に旅館に着いて、麻薬を抱えた逃亡劇をベッカーにしゃべっていたとき、ルイスが窓に張り付いて聞き耳を立てた。この情報を、ルイスはあとでふたりから入手できるだろう。運が好転したのは、彼が窓から飛び込んだタイミングのおかげだ。彼はあれをわざと遅らせて、シャーンドルが電話で伝えたウィーンの電話番号を聞いたのだった。

そのため、シャーンドルにはそれほど手間はかからなかった。ティムが言ったとおりだ。シャーンドルがうっかり秘密を漏らしていたのを、わたしはこの目で確かめていた。きっと、彼はたちまちルイスに怯えたばかりか、共犯者に不利な証言をすれば罪が軽くなると考えたのだろう。すると、ベッカーもそれに倣った。最初はシャーンドルを怒鳴りつけて黙らせようとしたが、ルイスが内情に通じているとわかると、ころりと態度を変えた。そして、しばらくすると事実——といくつかの名前——が出てきて……。

「全容には程遠いってとこだけど」ティムが断った。「あいつらはただの使い走りだ。でも、ルイスの話だと、警察が旅館を徹底的に捜索したらいろいろ見つかるはずだし、シャーンドルが電話を切る直前にウィーンの番号がわかったんだって。そりゃあ、交換台はあいつが電話を切ったとわかる前につないだはずだから、ウィーン側の人間はぎょっとしただろうね。でも、連中は間違い電話をしたくらいじゃ逃げ出さないし、逃げようとしても、インターポールが動き出す前に引き払うのは無理だってさ。どっちにしろ、インターポールはそこらじゅうにくさびを打って、麻薬組織を解体させようとしてる。たぶん、シャーンドルがブツをユーゴスラビア経由でハンガリーに送ろうとしてたら、インターポールは罠を仕掛けて向こう側で連中を捕まえたんじゃないかな。ルイスはそう思ってるみたいだ」

ティムの口調がどこか気になり、わたしは彼の顔を盗み見た。押しつけるわけではなく、保護者ぶっているわけではなく、えらそうな態度はみじんもないが、男が女に話すときの、あの聞き間違えようのない響きがあった。感じのいい男の人でさえ、女に男の世界を垣間見させるときはこういう話し方をする。ティモシーもその仲間入りを果たしていたとは。

わたしの言葉もあながち的外れではないはずだ。「ルイスもあなたを高く買ってるわよ。さあ、シャーンドルが例のものを隠したという枯れ木が見つかりますように」

「場所はトンネルのあいだの区間。目印は立ち枯れした一本松か。そいつは最高」ティムは嬉しそうだ。「足を引きずる片目の中国人みたいだ。ああ、ちゃんと見つかるって。心配しないで！　また線路が見えたよ」

わたしたちは石がゴロゴロした草地の最初の長い斜面を急いで下り、線路を横切った。ここでレールは右手に四分の一マイルほど大きくカーブを描き、二百五十ヤードあまり下方で消えていた。ちょうど淡い色の岩を掘った切通しが見え、その先で、どんよりした朝の遠景に暗い低木の輪郭がひとつかふたつ、幽霊のように姿を現した。草はびしょびしょだ。よく茂った芝は足の下でスポンジのように潰れ、シダの長い葉はかすんだ水晶のような水滴の重みで揺れて、わたしたちは膝までずぶ濡れになった。四方を灰色の岩に囲まれた場所では、群生した大きなリンドウの蕾がひらきかけていた。こんな場合でなかったら、足を止めて眺めていたところだ。もっとも、わたしは花を踏まないように気をつけたりせず、山を駆け下りただろう。頭にあったのはただひとつ、スピードだ。

線路が通っている浅い切通しに着いて、わたしはそこへどさっと飛び降りた。背後でティムが石をゴロゴロ鳴らして滑り、濡れた草地で滑って転びそうになり、情けない悲鳴をあげた。

「気をつけて。大丈夫？」

「うん。ごめん。ブーツを履いてくればなあ。この靴じゃ濡れた草には役に立たないよ。下を走ってる次の線路は見える？」

「ここからは見えない。斜面は緩やかになるけど、まっすぐ進みましょう」わたしたちはもう一度走り出し、群生した高山植物の上を駆け下りた。今度はティムが先になっていた。視界がよくなり、日の出に向かって色が明るく見えてきたようだ。山のこのあたりは低木が増え、ビャクシンや山つつじが生い茂っている。ときには、ずっと以前に岩が落ちた窪地をぐるりと迂回しなくてはならなかった。そこは薊《あざみ》や丈の長い草が危険なまでにはびこっていたのだ。

前を行くティムがよろめき、臭跡を失った猟犬のようにきょろきょろして、それから立ち止まった。わたしは彼に追いついた。

「どうしたの?」

「線路が影も形もない。ここにあるはずだよね?」ティムがうろたえた顔を向けた。「線路を見失ったとか? あそこで左に戻ったから、山の裏側を回ってたはずだ。まさか道を間違えたのかな……。どこもかしこも同じに見える。遠くまで見渡せるといいんだけど……。谷を見下ろせれば、湖も村も何もかも見えるから、ここがどのへんかわかるのに。戻って線路を見つけてから、たどっていくほうがいいかな?」

「とんでもない。線路を見失うわけないわ。ちょっと待って、ティム。そこを動かないで。だんだんはっきり見えてきた……。下を見て……。いいえ、ずっと右のほう。あの木。あの枯れた、幹が裂けてる木よ。シャーンドルが言ったとおりだわ。あれだと思わない? 狙いが的中したなんて、思ってもみなかったわね。行くわよ!」

ティムは横を走り過ぎたわたしの腕を捕まえた。「でも、線路はどこにあるのさ? 二本のトンネルのあいだに、って奴は言ってたよ」

「わからない?」わたしは肩越しにティモシーに言った。「だから、線路が見えないのよ……。わたしたち、いまは上のトンネルを渡ってるところね。トンネルのあいだは、線路は切通しを通るんだわ。きっと、それはあの下に、一本松が立つ小さな崖の下に伸びているのよ。さあ、確かめましょう」

やっぱり、思ったとおりだ。枯れた松は、幹が裂けてうろがあり、低い崖の表面にへばりつくように立っていて、むき出しになった根の十五フィートほど下を、線路が走っていた。小道の七十ヤード先に第一トンネルの黒い口が大きくあいていて、同じくらい離れた反対側に第二トンネルの口がある。ここが問題の場所だ。

「大当たり」わたしは言った。「これだわ。この探知能力はどう?」

「麻薬も酒も嗅ぎつけるの? 麻薬探知犬、ヴァネッサ・マーチ。こいつはすごいや! 覗いてみようよ!」

小さな崖の上から松の木を見下ろすと、容易に近づけないとわかった。幅六インチの小道はたくましい山羊に踏み固められたものらしく、曲がりくねって線路へ下りていた。この小道を離れ、枯れ木の幹にしがみついて、あの隠し場所に手を伸ばすしかない。地面から五フィートほどの幹に穴があいているのだ。

「空中馬術ならぬ空中馬鹿術だね」ティムはぼやいた。「シャーンドルには楽勝だろうけどさ。うん、ぼくにやらせてよ。あなたは根元に下りて、ぼくが包みを放り投げる」

「そこにあったらの話ね」

「そこにあったらの話だよ」ティムは頷いて、むき出した根に恐る恐る足をかけた。わたしも恐る恐る滑って彼の横を通り、山羊道の端をじりじりと線路へ下りた。

結局、包みはそこにあった。ティムが猿のように幹にしがみつき、うろに手を突っ込むと、押し殺せなかった得意げな声がした。「あった！　持ち上げて確かめられないけど、ひとつ、ふたつ……うん、みっつだ……」

「シャーンドルは、包みは八つだと言ってたわ。ひとつはあなたが持ってたから、その中にあるのは七つね」

「またひとつあった。これで四つ。いっそ立てるといいのにな。もうちょっと幹をよじ登ったら、底まで手が届くかもしれない。いいぞ……五つ、六つ……七つ。うへっ、これだから木のうろに手を突っ込むのは嫌なんだ。リスに嚙みつかれる気がするからさ」

「ルイスの読みが当たってたら、その包みは嚙みつかないわ。ひとつずつ放り投げてくれる？」

「了解」ティムが答え、ひとつ目の包みが飛んできた。厚みのある長方形の包みには、小袋がいくつか入り、それは平たく防水包装されて密封されていた。数百ポンド相当の夢と死だ。わたしは包みをアノラックのポケットに押し込んだ。「いいわよ、次をちょうだい」包みが次々に落ちてきて、半分をわたしがしまい、あとはティムに残しておいた。

「ほら」上からティムの声がした。「これでひと山かな。七つあった？」

「ええ、七つある。もういいわ、シャーンドルは本当のことを言ったはずよ。気をつけて」

「大丈夫、ぼくは猿族みたいにぶら下がってる。うん、うろの中にはもう何もない。よし、下りていくよ」

　ティムが木の根をそろそろと下りて山羊道に戻ったときだった。緩んだ岩を踏んだのか、あの当てにならないゴム底が濡れた岩で滑ったのか、つまずいて、ずるずると線路へ落ちていった。そのままでは線路の脇にある、採石が詰まった不快な下水溝に落下しそうだったが、彼は必死に両手両足を広げて跳び、溝を越えて線路に下りた。

ティムは完全にバランスを失って着地した。濡れた砂利で滑り、左足が金属のレールにぶつかり、右足はこれに当たらなかったが、一段高い中央のレールに叩きつけられた。ラックレールだ。次の瞬間、鋭い苦痛の声があがり、彼はわたしの足元に、彼のためによけておいた包みに囲まれて転がっていた。

「ティム、ティム、大丈夫？　怪我してない？」

わたしはティムの横に膝をついた。彼は立ち上がろうとしなかったが、レールの上でぶざまにうずくまった。うなだれている。小さく苦痛の声をあげながら右足を抱え込んでいた。

「それが……なんだか……足が抜けそうも……。うう……これは折れてるかも」

「ちょっと見せて。まあ、ティム！」

右足だった。ティムは駆け下りた勢いで足から先に落ち、右足を中央のレールの下の狭い隙間に突っ込んでしまった。そこは砂利が吹き飛んで彼の靴底が詰まり、足が見るも恐ろしい角度にねじれている。

「ちょっと待って。なんとか出してみる」ところが、いくら靴を引っ張ってもびくともしない。ティムは落ち着きを取り戻して、声は出さないけれど、これ以上続けたら、彼にどれほど痛い思いをさせるだろう。

「靴紐をほどいたら、靴を脱げるかしら」

靴紐は当然ながらぐしょ濡れで、きつく結ばれていた。「切らなくちゃだめね。ナイフ持ってる？」

「えっ？」ティムの顔は真っ青で、汗が浮かんでいる。いまにも気絶しそうだ。わたしは以前に足首をひどく捻挫した経験があり、痛みがもたらす吐き気をよく覚えていた。

「ナイフよ。ペンナイフ持ってる？」

ティムは首を振った。「ごめん」

わたしは唇を噛んで、靴紐を解こうとした。わたしの手元にも道具はない。爪やすりさえも。ティムの右足はどんどん腫れてきた。数分あまり奮闘して爪が割れ、わたしは音を上げた。すぐに靴を脱がせたいなら、革ごと切るしかない。砂利をかき回すと、尖った石が見つかったが、ちょっと試しただけで、あきらめるほかなかった。腫れた足の上を切れないのだ。

「足の下の砂利をかき出すわ。靴紐が解けるかもしれないから」だが、レールの下の地面に手を入れると、狭い空間しかないのに、レールは硬い岩の上を走っていた。これではどうしようもない。事実、もうお手上げだ。どう考えても、ティムの足は折れている。彼の苦痛に歪む顔を見て、わたしはおののいた。

それでいて、唯一の現実的な提案をしたのはティムだった。

「砂利なんか放っておきなよ。あなたひとりじゃどうにもならない。助けを呼んできて。ぼくは大丈夫だから。靴を切らなくてよかったよ。こうして向きを変えれば……うん、マシになった。大丈夫だよ。ほんとだって。ぼく——しばらくしたら、またやってみる。とにかく、いまはルイスが肝心だ。言われたとおりにして、救援隊をよこしてよ。仮にあなたがぼくを助けられたとして、山を下ろすのは絶対に無理だ。さあ行って、ぼくのことはいいから」

「ティム、気が進まないけど——」

「こうするしかないさ」無理もないが、ティムはそっけなかった。「電話のあるところまで下りるんだ。拳銃を持っていきなよ。さっき、向こうで落としたけど」

わたしは拳銃が滑り落ちたところから拾い上げ、ティムの手に押しつけた。「いらないわ。あなたに預けていくほうがいい。さあ。じゃあ、行くわね。なるべく急いで戻るから」

「ヤクをお忘れなく。ひと山持って行かないと。ぼくとしては、ここでばら撒かれた包みに囲まれて、身動き取れずに残されるのは遠慮したいな。いくら銃を持っててもさ」ティムはほほえんでみせた。

「頑張って」

「あなたもね」

そして、わたしは振り向いて走り出した。

森の外れでまばらになってきた木立に着いた頃、日が昇ってきた。

予想外と言ってもよかったが、小屋とジープと石切り場は以前に見たままだった。ただし、いまは早朝の陽射しが松林から降り注ぎ、この場の幽霊めいた寂しさをいくらか奪って、金色の光とくっきりした青い影の絵を描いていた。おかげでわたしは石切り場を走り抜け、車道を走って森に入った。

ベンツが停まっていた。そこに、赤と白の毒キノコのそばの石の下に、車のキーがあった。車に乗ると、ポケットがぶざまに膨らんだアノラックを脱いで後部座席に放り、エンジンをかけた。すぐにかかった。タイヤが砂利をかきむしって車が飛び出した。わたしは轍ができた道へ慎重に乗り入れて山を下った。

ベンツは重い車で、わたしがこれまで運転していた車よりはるかに重く、カーブは急だった。必死になって、はやる気持ちをこらえ、焦りや危険という感覚を頭からもみ消し、この強力な車で厄介な道路を下りることに神経を集中した。わたしたちの身に何か起こったらどうなるのか、想像もできなかった……。

ただし、とりあえず日が射した。すでに太陽が輝き、鮮やかな光の柵を松林から道路まで巡らせていた。わたしは車の窓を下ろして、爽快で刺激のある空気を入れた。鳥たちはけたたましく鳴いて、まるで春が来たようだ。近くで雄鶏の声が聞こえた気がした。どこか、もっと近くで、列車の汽笛が鳴った。思わず心が浮き立った。朝が来て、日が昇った。もうじき何もかも終わる。

道路はこんもりした松林を迂回して、眼下に緑が波打つ丘が続き、その向こうに尖塔の輝きと湖のきらめきが見えた。農場の煙突から煙が立ち上っている、その少し先の生い茂った松の陰で、もうひと筋、今度は黒い煙が上がり、工場か何かが早くも操業を始めたとわかる。朝の光の中で見れば、こののどかな田園風景に恐怖感が残っているわけはなかった。あとはあの美しい村へ下りて、ホテルへ行けばいいだけだ。従業員は目を覚まして働いているだろう。英語を話せる人がいるはずだし、電話がある……。

最後のカーブを慎重に曲がって、直線の坂を下り、駅を通り過ぎて村に向かった。駅を通りかかったとき、ブレーキをかける気になった唯一の理由を覚えている。門があいていて、青いオーバーオール姿の男が小さな切符売り場から待避線までの短いホームをほうきで掃いていたのだ。線路では傾いた奇妙な小型機関車と三台の客車がつながれ、一日の始まりを待っていた。駅には電話があるに違いない。

駅員はわたしに気がついていた。掃除の手を止めて顔を上げた。わたしは車を停めて、窓から身を乗り出した。

「すみません、英語を話しますか？」

駅員は片手を耳に当て、もどかしいほど丁寧にほうきを置いてから近づいてきた。

すぐに車を出してこれ以上時間を無駄にしたくない気持ちと、なるべく手近な電話を使いたい気持ちがせめぎ合い、わたしは車のドアをあけて飛び出し、駅へ駆け込んだ。

「すみません、英語はわかりますか?」

あのとき駅員はノーと言った気がする。それにもめげず、彼はわけのわからないドイツ語でまくしたてたが、わたしはもう聞いていなかったような気もする。

ちっぽけな駅に二本の待避線があった。その一本に列車が停まり、傾いた機関車が三台の客車を長い山岳線路に押し上げようとしていた。二本目の待避線は空いている。そこから長々と輝く線路が松林に続いて消えた。さらに、同じ方向のはるか上で木が密生した丘の先で、黒い煙がもくもくと上がっている。さっき、工場の煙突の煙だと思ったものだ。そのとき、ふたつのことを思い出した。立ち上る煙は、ヨーゼフが教えてくれた〝消防自動車〟、またの名を〝怒れるエリヤ〟だ。そう言えば、三分前に列車の汽笛を聞いたような気がする。

わたしは小柄な駅員を振り返って線路を指さした。

「あそこ! あれ! 列車? 列車?」駅員は年配で、口髭が垂れ下がり、薄青い目の目尻にふだんは笑い皺が刻まれるのだろうが、いまは狼狽して、早朝のためか涙目だった。駅員は話をちっとも理解してくれず、こちらをまじまじと見ていた。わたしはまたがむしゃらに手を振って、列車を、木立より高く上る煙を、線路を、破れかぶれのパントマイムとも言うべきしぐさで示した。そのあとで、自分の手首を指さした。

「列車……始発列車……七時……七時《ズィーベン・ウーア》……列車……出た?」

駅員は背後の壁を示したが、そこにある掛け時計は五時半を指していた。そして、彼はわたしのように山に立ち上る煙を指さして、またしてもドイツ語でとうとう話し出した。

だが、その必要はなかった。その黒い煙がじりじりと進み出し、木々の合間を休まず登っていき、いまでは木立の上に出て、日当たりのよい草地の丸みを帯びた坂を越えたところをわたしは見ていた。機関車は走っている。この駅に停まっている機関車とそっくりだが、一台の客車しか押していない。あれは客車ですらなく、貨物車に見える……。

隣で老駅員が言った。「旅館《ガストハウス》……カフェ」続いて、ホームに停まっている列車に関係のあるパントマイムを始めた。駅員が完璧な英語で話していたら、このうえなく明快だっただろう。ようやくのみこめた。お城で調べた時刻表は、当然ながら観光客向けの列車しか載っていないので、始発列車は七時発だった。機関車がレストランに補給品を届ける五時半発が始発列車とは、誰も思わなかったのだ。

ドイツ語を話しても話さなくても、ここに使える電話はない。老駅員はぺらぺらと、親切にしゃべり続け、早朝から聞き手が現れて嬉しそうだった。たぶん、わたしは「ありがとう」と礼を言って振り向き、宙に向かって話し続ける駅員を残して立ち去ろうとしたはずだ。

幸い、車をUターンさせる余地があった。ベンツはブーメランのように旋回した。わたしはうんざりするほど狭い道に戻ったが、イタリアの太陽の道《ストラーダ・デル・ソル》を満喫したように、なんだかうっとりしていた。

第二十一章

われわれの最良の行動は
突拍子もない結末を迎えるものだ。

『人間の弱さと不幸に対する風刺』（サミュエル・バトラー作）

ともあれ、上りのほうが下りより多少は楽だった。

さっき下ったときは運転に没頭していて路面しか目に入らず、早朝に上ったときは周囲が暗くて、懐中電灯と地図を相手に苦戦していた。いま、爆弾並みの大型車でこのひどい道を上りながら、わたしは車道と線路の関係を必死に思い出そうとした。

確か、合流地点は二カ所だけだ。車道は駅の上方で何回かカーブして線路にぶつかり、百ヤードあまり並走してから、線路は急斜面をよけて左手の山際を走り、車道は森の外れの下で大きく弧を描いて右手へ引き返していく。二番目の合流地点は石切り場で——車道の行き止まりだ。そして、そこはわたしが列車を捕まえる最後のチャンスになる。

冷静になれば、あのとき捕まえられるとは思えなかったが、わたしは頭が働かなくなり、この重い車でヘアピンカーブを回り損ねたらどうなるかを考えなくなった。車は重くて道路は走りにくく、ギアから手を離せないので、セコンドに入れて力任せにカーブを切った。タイヤが減ろうが塗装が剝げようがかまわなかった。あとで、ホイールキャップの傷と、車体の右側のエナメルに長い引っかき傷が見つかったが、なぜそんなことになったのか、ちっとも覚えていない。わたしはひたすら、できるだけ大型車を飛ばして、あとどのくらいで線路に出るかを思い出そうとしていた。

五回目か六回目の、そこまでよりやや緩やかなカーブを回ると、林を抜ける長い直線コースが現れた。木々に射す陽射しが明るくなり、轍のついた道路を何度も何度も横切り、枕木で筋のついた線路を思わせた。この道のずっと向こうで、黒い煙が出て、立ち上り、ガタゴトと進んでいった。

わたしはアクセルを踏み込んだ。道路を横切る縞模様の影がスピードを上げて一気にちらちらと揺らめいた。そこへ、不意に左手からまぶしいレールが現れ、道路と合流した。

そこから百三十ヤードほど、線路と道路が並走しているようだ。長く伸びた線路には何も見えないが、相変わらず木立に黒煙が漂っている。わたしは車を狭い道路で安定させ、できるだけ窓から身を乗り出し、線路がカーブして暗い森に入らないうちに、はるか前方を懸命に見渡そうとした。森では崖が続いて陽射しから線路を遮っていた。

あそこだ。小さな機関車の四角い後部にランプが吊るされている。朝霧に備えて灯され、遠ざかる小さな赤いひとつ目が木々のトンネルへ入っていく。その上に、もうもうたる黒煙が立ち上っていた。

機関車はゆっくりと走っている。あまりにも急勾配なので、機関車の向こうに貨車の屋根が見えた。今度はその斜面の先に、またラックレールのいらだたしいカーブがあり、歯車が嚙み合うたび、煙を吐くたび、機関車を引っ張り上げている。運転台にはふたりの男がいて、ひとりは窓から身を乗り出して線路を見つめ、もうひとりはビールの瓶らしきものを夢中になって傾けていた。わたしはクラクションを押し込み、そのままにした。

ベンツのために言っておこう。この車のクラクションは最後の審判の日さながらの大音響がした。怒れるエリヤがかなり騒音を立てていたはずだったのに、あのクラクションは森をつんざいた。

ふたり組はどちらもぎょっとして振り向いた。わたしは窓から顔を出し、がむしゃらに手を振って、大声で——無駄なあがきでも——思いついた適切なドイツ語を叫んだ。「危ない！《アハトゥング》 アハトゥング！」

一瞬のもどかしい間があいて、どちらかひとり——運転士——がブレーキらしきものに手を伸ばした。

さらに数ヤード先で、道路は再び線路を離れる。わたしはブレーキをかけて窓から身を乗り出し、いよいよ激しく手を振った。

運転士は手を伸ばしていた物をつかみ、ぐっと引いた。それは汽笛だった。機関車はプーッ、プーッという優しい音を長々と鳴らした。もうひとりの男はご機嫌でビール瓶を掲げた。機関車は三回目に最後の汽笛を鳴らして、背後から森が迫り、機関車は消えた。

なぜあのときベンツを線路に乗り入れなかったのだろう。間一髪で車の鼻先を回すと、道路は線路からそれ、森の周辺を下っていった。まだチャンスは一回ある。激しい怒りを通して、これは願ってもないチャンスだと気がついた。よけいに走るはめになるとしても、ベンツなら楽々と鉄道員の詰所に着いて、列車を止められる……。

止めないと大変なことになる。もうひと頑張りして、列車がティムに向かっていると教えなくては。彼もさっきはどう感じていたにしろ、いまは冷や汗をかいているだろう。線路で身動きが取れず、機関車が煙を上げるたびに迫ってくるのだから。

幸い、一ヤード走るたび、カーブを曲がるたびに、わたしは車に慣れてきた。さらに、カーブのたびに傾斜が緩やかになって道幅も広くなった。最後の六、七マイルはどのくらいスピードを出していたかわからないが、まるで斜面じたいが通り過ぎていき、ちらちらと揺らめく陽射しと日影の中を下ったような感じだった。と思うと、車は最後のカーブを回りかけていて、前方に鉄道員の詰所の敷地が見え、そこにピカピカ光る線路が並行して走っていた。

さっきの列車が見えない。

ベンツは最後の直線を巣に戻る蜂のようにビュンビュン飛ばし、タイヤをきしらせスプリングを揺らして急停車した。詰所から一ヤード足らずのところで。わたしは車から飛び降りて、線路に駆け込んだ。

やった。下のほうに煙が見える。四分の一マイルくらい向こうで、機関車がのっそりと、面白くなさそうにラックレールを進んでくる。当然ながら、あちらはまだわたしの姿が見えない。五十ヤードあまり向こうで機関車が木立に覆われて故障しない限り、見ようとしないはずだ。こんなに朝早くても、乗員が線路に目を光らせていればいいけれど。またクラクションを鳴らすとか、何か振るとか……赤い物を持っていれば……。

でも、さっきクラクションを鳴らしたときの、あの人たちの反応ときたら。手を振ったときもそう。もう一度やってみたところで、また不愉快な光景が目に浮かぶようだ。わたしがクラクションを鳴らしても、手を振っても、ふたりの鉄道員は陽気に手を振り返して、機関車は走り過ぎ、揺れている赤いランプが遠くのカーブを回って消えていく……。

赤いテールライト。少なくともベンツにはそれがある。

わたしは車に駆け戻った。飛び乗ってドアを閉めると、左手の木立に黒煙がもくもくと上がり、貨車の丸みがある前部が見えた。車のライトを全部点け、ぐっとギアを入れて、力任せに線路に突っ込んだ。

前のタイヤがレールに当たるなり、車は線路をそれていくと思ったが、タイヤが食い込み、しがみつき、上り、もたれかかり、うしろのタイヤがそれに続いて、ベンツはまた停車した。前輪は右側のレールに、後輪は左側のレールにかかり、ブレーキランプやその他もろもろのライトが迫り来る列車にメッセージを送っている。念のため、わたしはクラクションも思いっ切り押しながら、身を乗り出して、あいた手で右側のドアを乱暴にあけた。列車が二十五ヤードの距離に近づいてから飛び出そう。車に気づいてもらえなかったら万事休すだけれど、あの列車が大した被害を及ぼすとは思えない。レール上の歯車に固定されて、衝突を免れるだろう。

なぜさっきは機関車がのろいと感じたのかしら？　突然、それは特急のスピードで轟音を上げて山を上ってきたように見える。黒煙がぱっとまき散らされた。けたたましいクラクションに負けじと小型機関車が喘ぐ音がして、盛大な拍動が聞こえた。あと三十五ヤード。三十。そのとき、叫び声が聞こえた気がした。わたしはクラクションから手を放し、ドアから飛び出そうとした。そこへカランカランというベルの響きと、耳をつんざく笛の音が機関車から届いた。わたしは車から転がり出て線路を駆け下りた。

ブレーキがぞっとする金属音をあげ、またしてもプーッと汽笛が鳴り、怒号が飛び交う中を、怒れるエリヤはベンツの七ヤード手前で停止した。

ふたりの鉄道員が運転台を跳び下りて近づいてきた。三人目――車掌がいたのだ――は貨車から降りた。交代運転士はビールの瓶を持ったままだが、今回はそれが凶器だとでも言いたげで、その顔つきからして、振り回す覚悟でいるように見えた。三人いっぺんに話し出し、というよりわめき出した。ものすごい剣幕のドイツ語で——逆上するのにこれほどうってつけの言語はないと思う。まるまる三十秒、わたしがオーストリア人だったとしても話に割り込めなかっただろうが、嵐の前でなすすべもなく立ち尽くし、ビール瓶の一撃をかわそうとするように両手を突き出していた。

ようやく間があいた。わめき声で質問攻めにされ、一語も理解できなかったが、その要点は単純明快だった。

わたしは必死に訴えた。「すみません。本当にすみません。でも、しかたなかったんです。線路に少年がいます。上のほうの線路に。ずっと上、ここを進んだ、少年、若者……。ええと——少年《ユンゲ》、線路《アイゼンバーン》の上に。あなたたちを止めるしかありませんでした。彼は怪我してます。どうか、許してください」

ビール瓶を持った男が隣にいる男のほうを向いた。大柄な男で、濃い灰色のシャツと灰色の古いズボンを身に着け、ひさしのある柔らかそうな帽子をかぶっている。運転士だ。「なんであんなことを？《ヴァス・マイント・ズィー》」

運転士が隣の男に何やら言い返し、それからしわがれ声でわたしに話しかけた。あの場面は、たとえ名優ジョン・ギールガッドが演じるシェイクスピア劇とでも引き換えにできない。「あんた、頭おかしいか？　線路に若いのいない。線路にいるの車だ。またどして？　どしてこうなった？」

「まあ、英語を話すんですね！　助かった！　聞いてください、あなた《マイン・ヘル》。すみません、あんな真似はしたくなかったんですが、どうしても列車を止めないと——」

「ああ《アッハ》、そう、あんた列車止めたが、これ危険。警察、話すからな。うちの弟は警官で、あんた言って聞かせるぞ。こんなことした罰金、払わにゃいかん。警察署長《ヘル・ディレクトア》は……」

「ええ……ええ……わかってます。ちゃんと払います。でも、聞いて、聞いてください。大事な話で、助けがいるんです」

手のひらを返すように、運転士はわたしの味方になった。怒りとショックがもたらした最初の反応が消え去ると、わたしの顔にはっきり表れていたものが見えたのだ。腫れ上がったあざだけでなく、昨夜の緊張感とティムを案じている気持ちだ。わたしはいつしか、でっぷり太った威張りやではなく、優しい青い目をした大男と向き合っていた。彼はこちらをまっすぐ見つめてから言った。「困ったことある、そだね？　どんなこと？　なんでおれの列車止める？　言って」

「若い男がいて、友達ですけど、上の線路に落ちました。足を怪我しています」わたしは精いっぱいのパントマイムを加えた。「いまも線路にいます。動けません。心配です。列車を止めるしかなかったんです。わかってもらえます？　わかったと言ってください！」

「ああ、わかった。その若い奴、幅ある？」

「それほどは。実のところ、やせっぽちです」わたしはそこで黙り込んだ。「彼がなんですって？」

「幅《ワイド》があるか」運転士は上のほうの線路へ手を振った。「言葉が違うな。そだろ？　ドイツ語で遠く《ヴァイト》だ。若いのは、ここから幅があるか？」

「ああ、遠く《ファー》に……。遠くにいます。すごく遠くないけれど、あのトンネルよりもう少し——もっと——先にある、最初のトンネルに」どうしたらパントマイムでトンネルを伝えられる？　必死にやってみたところ、運転士にわかってもらえたのか、彼はこの説明を無視して、ちゃんと理解できた部分に従って行動することにしたようだ。

「案内してくれ。まずはその車、運び出す」

三人の屈強な男たちがベンツを動かすのに時間はかからないような気がした。わたしは手伝おうとしなかった。どっと疲れが出て、枕木の山に腰を下ろし、三人の作業を見るともなしに眺めていた。ルイスの哀れな車は引っ張られたり揺すられたりして、やっとことさレールを外れて線路の外へ押し出された。そして、わたしは男たちの手で、荷物か何かみたいに機関車の運転台に押し上げられて、怒れるエリヤはことさらすさまじく黒煙をあげて歯車をきしらせ、ゆっくりと走り出した。

思うに、男女問わず誰であれ、ある程度は、ある年齢になると、機関車を運転したくなるものだ。不安が消えたいま、わたしは旅を楽しんでいるも同然だった。事実、いままでに見た機関車の中で、これは一番すばらしいとは言わないまでも、一番面白く、十九世紀の遺物であり、子供時代のおもちゃの汽車の忘れかけていた魅力を備えていた。平地ではみっともなく見える斜めの車体が、山を登ると客車の床が水平になった。タンクは黒くずんぐりして、大煙突は巨大でじょうご形、この機関車は隅々まで、管やワイヤや思いもよらない使い方をする装置に覆われているようだ。車体は黒、車輪には赤いペンキを塗られている。何もかも臭くて、汚くて、ひどくうるさくて、まさにチャーミング。バロック時代に機関車が作られていたら、きっとこんなふうだったろう。

機関車はじきに木立を抜けて、前方に朝の陽光を浴びた線路が伸び、白い石灰岩に深い引っかき傷が三本ついているようだ。リンドウが生い茂る緑地に覆われた山肌でむき出しのカーブを縫って進むと、線路は切通しに入り、切り立った岩肌が両側から迫って貨車の屋根を優に上回る高さになった。間近に迫られ、わたしは運転台の奥に引っ込んだが、それより早く、数百ヤード前方に第一トンネルの黒い口が見えていた。

必要もないのに、わたしは運転士に叫んだ。彼はにこっとして頷き、運転台に下がって屋根の下に隠れろと合図した。そんな手間を省いてもよかったのに。わたしはとっくに隠れていた。トンネルはおよそ魅力的ではなく、大きいと言うには程遠く、列車がそこを通ると、断言してもいいが、せいぜい一フィートのゆとりしかなかった。

かなり長いトンネルだった。このわたしが掘っていたとしても、もちろん必要以上に広く掘らなかったが、ここを通過するのは細いビーズに綿を通すようなものだった。狭くて真っ暗闇では騒音が恐ろしい。機関車から激しく吹き上がる煙の音が千倍に増幅し、一斉に飛んで左右の岩肌からこだまのように返ってくる。さらに、蒸気もある。トンネルに入って二十秒足らずで、内部は蒸し風呂と化した。しかも、不潔な蒸し風呂だ。誰でも恐ろしい思いをさせられるが、運転士がスロットルに手をかけてスピードを落とすと、わたしは——ティムのことがあってもなくても——運転士にわめき、この熱と闇と轟音の地獄を全速力で抜け出してくれと訴えたようなものだった。どの車掌でも——この真っ暗闇のあとで急に浴びる光に目が慣れたとしても——前方を警戒していられず、線路にいるティムを見つけられなかっただろう。

トンネルを縁取る汚い煙に光が射してきた。岩の割れ目と突き出た部分が見えた。光がだんだん強くなる。空気がきれいになった。立ち上がると、ふいに陽光が真正面に当たった。目の前の、貨車の前面に日が射し、黒い影の鋭い角がまぶしく光る屋根を滑って機関車に戻った。

ベルが甲高く鳴った。またしてもブレーキのきしむ音がして、鋼に鋼が当たる絶叫が聞こえた。列車は巨大な煙をふうふう吐きながら停止し、シューシューと音を立てて出ていく蒸気をすぱっと消して、静かな山の空気の中で機関車を蒸気窯のようにくすぶらせた。

わたしは運転台の手すりにつかまって砂利に飛び降りた。

「ティム、ティム、わたしよ！　大丈夫？」

ティムはさっきの場所にいて、足はラックレールに挟まったままだった。わたしが駆け寄ると、ティムはひどく窮屈そうに見える姿勢から、のろのろと体を伸ばした。列車が近づく音を聞いて、ひょろ長い体をラックレールとレールのあいだに押し込もうとしたらしい。最悪の事態になって、前方不注意の列車に轢かれても、どちらかの車輪をよけられるように。ところが、うまくいかなかったことは一目瞭然で、それは本人もわかっていたに違いない。ティムは先ほど青ざめていたとすれば、いまは死人のような顔だが、体を起こして座り、晴れ晴れとして、ほほえみらしきものを浮かべてみせた。

わたしはティムの傍らにひざまずいた。「ごめんなさい。ずっと列車の音が聞こえていたでしょうね。わたしにはこれが精いっぱいだったの」

「ちょっと……大げさだよ」わたしの言葉を大げさに受け取るまいと、ティムはがむしゃらになっていたが、声はかなり震えていた。「女優のパール・ホワイトにでもなった気分だったね。二度とスリラー映画を笑いものにしないよ」彼は背筋を伸ばした。「ほんとのとこ、これで正解だったんじゃないの。交通手段とルイスの援軍がいっぺんに手に入ってさ。機関車を運転させてもらえた？」

「頼もうとも思わなかったわ。帰りがけに、あなたには運転させてくれるかも」

わたしはティムの肩に腕を回して彼を支えようとした。鉄道員たちも線路上を走ってきていた。ティムは努めて気を落ち着け、知っているドイツ語を探して説明しようとしたが、その必要はなかった。運転士と車掌はすぐにティムの靴に手をかけ、腫れ上がった足からあっという間に紐を解いて、靴の革をそろそろと切っていった。交代運転士も機転が利いた。仲間が作業にかかると、彼は貨車に取って返し、緑色の平たい瓶を手に戻ってきた。彼は瓶の蓋をあけ、ドイツ語で何か言いながらティムに差し出した。

「この瓶はガストハウスに持ってくが」運転士が言った。「ヨハン・ベッカーはだめと言わないよ」

「そうだよね」ティムは頷いた。「これ、なんなの？」

わたしが答えた。「ブランデーよ。さあ、これを飲まなきゃ。ああ、頼むから全部飲まないで。わたしだって半パイント欲しいのに」

やがて、ブランデーの瓶が回されて——鉄道員たちは、さっきの騒動でティムやわたしに負けないほど緊張していたはずで——ティムの足が靴の残骸からゆっくりと引き出され、働き者たちが彼をなかば運び、なかば支えながら、待ち受ける列車へ戻った。

わたしたちが乗せられた貨車には荷物が積み上げられていたが、床には座る余地があり、扉は（よく見ると）施錠できた。

「これから」運転士がティムに声をかけた。「あんたたちをまっすぐ旅館へ連れていく。ベッカーのかみさんが足を介抱して、ヨハン・ベッカーが朝めしを出してくれるよ」

「金を持ってりゃな」車掌がぶっきらぼうに言った。

「そりゃ大丈夫だ。おれが払う」運転士が言った。

「なんて言ってるの？」わたしが訊くと、ティムは教えてくれた。

「ええと、朝食は約束できないけど」わたしは切り出した。「実は列車で山に登るのが一番なの。あの悪党を村に下ろすのに、この貨車よりいい方法が思いつかない。それに、ルイスに頼まれた、頼れる市民も手配した——運転士には警察官の弟さんがいるし、話しぶりからして、三人ともベッカー夫婦と親しくないわ。出発の前にあの人たちに説明できる？　旅館では、うちの夫がベッカー夫婦ともうひとりの男に拳銃を突きつけている、あなたたちは頼れる市民として、ありとあらゆる点で力になり、警察の到着を待ってくれと」

「うん、言ってみる。いますぐ？」

「出発前に説明しないと話を聞いてもらえない。怒れるエリヤは存在感をアピールするほうだから。さあ、やってみて——といっても、ちゃんと説明できるドイツ語を知ってればね」

「わかった。やってみるだけさ。ドイツ語でコカインはなんていうのか、わかればいいのになあ……。どうしたの？」

「コカイン」わたしはぼんやりとして言った。「すっかり忘れてた。アノラックのポケットに入れたまま、車の後部座席に置いてきちゃった」

「なんだって？　ああ、ドアをロックして——」

「ないのよ。それどころかキーを差したまま」

わたしたちはしばらく恐怖におののいて見つめ合っていたと思うと、同時に笑い出し、弱々しい、間の抜けた笑いは止まらない忍び笑いになった。三人の味方は気の毒そうにこちらを見下ろして、ブランデーで暇つぶしをしていた。

「まあ、あとは祈るのみだね」しまいにティムが涙を拭った。「あなたがルイスに説明できる英語を知ってますように」

そういうわけで、ルイスはベッカー夫人の厨房のテーブルの端に腰かけてベッカー夫人が淹れたコーヒーを飲みながら、ベッカー夫人、その夫、夫の仲間にベレッタの銃口を突きつけていたが、見張りから解放された。助っ人は、彼が待ち受けていた冷静でタフな玄人ではなく、素人の寄せ集めだった。そのうちふたりは軽薄とは言わないまでも、浮かれ気味だし、揃いも揃ってベッカー氏のブランデーの匂いをぷんぷんさせていた。

それから四時間あまり経った。

コカインは無事に回収され、囚人たちは冷静でタフな玄人の元にきちんと運ばれて、壊れたベンツはなんとかわたしたち三人をツェヒスタイン城へ連れ帰っていた。ティムは城で医者に足を治療してもらい、捻挫しているので一日寝ていなさいとなだめるように言われた。わたしはお風呂を出ると(すっかりか弱い気分で)、安心してベッドに向かうという幸せな夢にふわふわと浮かんでいた。かたやルイスは古着を脱ぎ捨て、スーツケースから剃刀を探していた。

そのとき、わたしははっと気づいて立ち止まった。

「リー・エリオット！　ここではそう名乗るんでしょ！　宿帳にリー・エリオットと書いてきた？」

「何も書かなかった。フロントの女性に愚痴っぽい声で話しかけられたが、〝あとで〟とだけ言って、エレベーターのボタンを押したんだ」ルイスはセーターを部屋の隅に放り投げて、シャツのボタンを外していった。「それで思い出したが、ポーターがぼくのスーツケースを逆方向へ運ぼうとしたから、引き取ってこっちへ来たんだよ」

「ルイス――ねえ、ちょっと待って……すぐに下りて、解決したほうがよくない？」

「一日で解決する問題はすべて片づけてしまったよ。朝になってからでもいいさ」

「ちなみに、もう朝ですけど」

「じゃあ、明日の朝だ」

「でも――ああ、ダーリン、まじめになってよ。十時を過ぎてるわ。誰かが入ってきたら――」

「無理だね。ドアに鍵をかけた」ルイスはほほえみ、シャツがセーターのあとから飛んでいった。

「連絡を再開する必要があれば、あとからできる——電話を使って。だが差し当たり、受話器を外しておいていいだろう……。さてと。物事には順序がある。ぼくの望みは風呂に入って髭を剃って——あの医者の話を聞かなかったのかい？　ぼくたちにはベッドで一日過ごすことが必要なんだよ」

「そうみたいね」

エピローグ

そのいななきは君主の命令のごとく、
顔つきは忠誠の誓いを強いる。

『ヘンリー五世』（ウィリアム・シェイクスピア作）

その広間は白と金色で、まるで舞踏室のようだ。巨大なシャンデリアはすべて明かりが灯され、照明というよりそれじたいが飾りに見える。並んだ大窓から九月の陽射しが降り注いでいるからだ。かつては磨き抜かれたダンスフロアだったと思しきところは、四方におがくずとタン皮が撒かれている。初め、そこはきれいに掃かれて細い線が引かれていたが、白馬が歩いたり踊ったり、音楽に合わせて厳かで美しい隊形を作ると、蹄に踏まれて寄せ波になっていた。

そしていま、その床はがらんとしている。五頭の白馬は一列になって広間の奥のアーチ道から退場し、通路に姿を消して廏舎へ向かったのだ。ボッケリーニ作曲のメヌエットの音が小さくなって消えた。

アルコーブ席を埋めた観客が首を伸ばした。どこもかしこも満席で、バルコニーでは立ち見の客が、前の人の肩越しに見ようとしていて、その動きとささやきとプログラムをがさごそさせる音が日の当たる幕間を満たしていた。隣でティムが身を乗り出し、興奮したように顔を引きつらせている。反対側に、日焼けしたルイスがのんびりと座り、プログラムを読んでいる。まるで、この九月の日曜の朝にほかにすることなどないと言わんばかり。名馬ナポリターノ・ペトラがスペイン乗馬学校に帰還して、校長がじきじきに騎乗することになり、ウィーン市民がこぞって見に来たのだから。

アーチ道の向こうでライトが明るくなってきた。両開きの小さな扉があいた。一頭の馬が現れ、騎手は彫像のように身じろぎもせずまたがっている。馬は広間へゆっくりと歩を進めた。耳をそばだて、鼻の穴を膨らませ、その歩みは誇らしげで冷静で極めて落ち着いているが、それでいて、どこか喜びに溢れている。

もうぎくしゃくした動きは見られなかった。馬が近寄ってくると、その静けさでダンスのステップがいっそう美しくなった。曲のビートが砂を打つくぐもった音さえかき消すので、蹄が宙を舞うような動きが白馬を楽々と跳躍させ、羽を広げて飛ぶ白鳥を思わせた。白い毛皮に光が注いで飛び散った。黒い影が残ったところは脱色されていた。たてがみと尻尾は豊かな絹糸となって揺れ、にわか雪が降ったようだ。

曲が変わった。校長は微動だにしない。老馬は鼻を鳴らし、はみをくわえ、体を起こして、騎手もろとも最初の〝空中馬術〟を披露した。

それが終わると、馬は挨拶しようと落ち着いた足取りで進み出て、拍手が聞こえるほうへ耳を動かした。観客は立ち上がろうとしている。騎手は帽子を取って皇帝の肖像画に伝統的な敬礼をしたが、どこか控えめな態度を取って、馬だけを目立たせていた。

まだら馬が頭を下げた。六フィート離れて、まともに向き合っていて、なんだか（気のせいか）わたしたちを見つめているようだ。でも、今回は歓迎するいななきもなく、誰だかわかったという大きな黒い目の輝きも認められなかった。その目は馬の態度と同じく、真剣で、集中していて、内向きだ。馬は遅れを取り戻して、皮膚のようになじむ昔の訓練を積んでいた。

まだら馬が後退して、向きを変え、まばらになる拍手に送られて退場した。灰色の扉が閉まった。照明が暗くなり、白馬の姿はだんだん小さくなってアーチの向こうの通路に消えた。いまでも馬房に名前が書かれ、新鮮な飼葉が用意されている場所へ。

訳者あとがき

夫は出張でストックホルムに行ったはず。なぜオーストリアの山村で、サーカス会場の火事に巻き込まれたの？　なぜわたしに嘘をついて……。

ロンドン在住のヴァネッサ・マーチは、ある日ニュース映画で夫のルイスの姿を見て、ショックを受ける。夫には秘密があるのだろうか？　彼が抱き寄せている美少女は誰なの？　ヴァネッサはいてもたってもいられなくなり、友人の息子ティモシーを父親の元へ送り届けることを口実に、ウィーンへ向かう。サーカスの失火、謎の死を遂げた男、ルイスの秘密。冒険の果てに、ヴァネッサがつかんだ真相とは？

二〇一九年刊行の『銀の墓碑銘』に続いて、イギリスの作家メアリー・スチュアートによるロマンチック・サスペンス『白馬の秘密』をお届けします。一九六七年十一月の『リーダーズ・ダイジェスト』誌上に『サーカスの怪火』の題名で掲載されましたが、全訳を刊行するのは初めてとなります。ダイジェスト版をお読みになったかたも、今回は細部まで堪能していただけると思います。本作は、一九六六年ＭＷＡ（アメリカ探偵作家協会）のエドガー賞最優秀長編賞の候補となりました。また、一九九〇年にCWA（英国推理作家協会）の会員投票により選出されたオールタイムベストのロマンチック・サスペンス部門で、七位にランクインしています。このように英米で高く評価された作品をお楽しみください。

今回のヒロイン、ヴァネッサは二十五歳。獣医の資格を持ち、行動力があって、溌溂とした女性です。ただし、ちょっとそそっかしいのが玉に瑕。「夫のルイスがグラーツ近郊の村にいるらしい」という情報だけで、なんの計画もなくロンドンを飛び出しました。そんな彼女の頼れる相棒となる十七歳のティモシーは、「アーチー・グッドウィンに憧れていて」、得意のドイツ語を駆使し、人懐こく情報を探ります。ヴァネッサとティムのコンビが姉弟のようにずけずけとものを言い合い、事件の謎解きに取り組む場面は読みどころです。本作はヒロインが既婚者なので、いつものスチュアート作品のようなロマンスはありませんが、陽気なやりとりに溢れています。

もうひとつの主役は美しい白馬です。ティモシーが働きたいという、ウィーンのスペイン乗馬学校は、一五七二年に創設された世界最古の乗馬学校であり、現在もホーフブルク宮殿にある室内馬場で華麗な高等馬術を披露しています。そのバロック様式の馬場は、マリア・テレジアの父カール六世が設けたものだそうですから、長い歴史がわかります。そこで本作に登場する名馬リピッツァナーが活躍しているのです。この優美な白馬はヨーロッパ最古の品種のひとつであり、学習能力が高く、たくましいため、ハプスブルク家に重用されました。その名はイタリアの町リピッツァ（現スロベニアのリピカ）にちなみます。ヨーロッパの国土の分割、疫病、戦争、なによりオーストリア＝ハンガリー帝国の解体という苦難を越え、今日に生き続ける奇跡と言えるでしょう。

メアリー・スチュアートは二〇一四年に惜しまれつつ亡くなりましたが、英米ではいまなお、親から子、孫へと読み継がれ、特に女性のあいだで絶大な人気を誇っているようです。日本でも、多くの愛読者を得ることを願ってやみません。

最後に、これまで三作のスチュアート作品を訳す機会を与えてくださった論創社編集部の黒田明さま、本作の翻訳でお世話になった同編集部の林威一郎さまに心からの感謝を捧げます。

二〇二〇年七月

木村浩美

スチュアート作品はロマンチック・サスペンスか

横井　司（ミステリ評論家）

昨年（二〇一九年）は、メアリー・スチュアートの『この荒々しい魔術』（一九六四）が筑摩書房の世界ロマン文庫の一冊として刊行されてから、ちょうど六十年目にあたる年だった。その記念すべき年に、フランシス・アイルズ（アントニイ・バークリー）が評価し、スチュアートの代表作として名高い『銀の墓碑銘《エピタフ》』（一九六〇）が初邦訳なったのも、何かの縁だろうか。その刊行から程なくして、ここに『踊る白馬の秘密』（一九六五）が上梓されることになった。

もっとも本書は今回が初めての紹介ではない。一般的に『この荒々しい魔術』がスチュアートの本邦初紹介と見なされることが多いが、一九六七年に『リーダーズダイジェスト名著選集』の一巻として、他三編の作品とともに、まとめられたことがある。その際は「サーカスの怪火」という邦題だった。訳者の記名がない抄訳とはいえ、これがスチュアートの本邦初紹介となる。筆者（横井）もすっかり失念しており、サーカスもののミステリについて書いた際（論創海外ミステリ既刊のクリフォード・ナイト『〈サーカス・クイーン号〉事件』およびアンソニー・アボット『サーカス・クイーンの死』参照）に書き漏らしてしまったわけだが、それはともかく、その「サーカスの怪火」が今回初めて完全な訳で読めるようになったことは喜ばしい。

『踊る白馬の秘密』は一九六五年度の英国推理作家協会Crime Writers Associationのゴールド・ダガー賞(最優秀長編賞)の候補作に選ばれている。ゴールド・ダガー受賞作はロス・マクドナルド『ドルの向う側』で、次点がディック・フランシスの『興奮』とエマ・レイサンの『死の会計』だった。『踊る白馬の秘密』はまた、アメリカ探偵作家クラブMystery Writers of America最優秀長編賞(エドガー賞)の候補にもなっている。同賞受賞作はアダム・ホールの『不死鳥を倒せ』で、候補作の中にロス・マクドナルド『ドルの向こう側』のタイトルが見られるのも面白い。他にレン・デイトン『ベルリンへの葬送』、H・R・F・キーティング『パーフェクト殺人』の名前が見られる。CWAでは候補になりつつ受賞を逃したハリイ・ケメルマンの『金曜日ラビは寝坊した』が、MWAでは新人賞を受賞しているのも興味深い。候補作の名前を見ていると、いろいろ想像されて厭きないが、いずれにせよ、当時、英米両国で評価されていたことがうかがわれよう。それが後年になって、英国推理作家協会の会員によって選出されたオール・タイム・ベスト100のロマンチック・サスペンス部門で、第七位にランクインすることにつながったのだろうと考えても、あながち間違いではあるまい。『リーダーズダイジェスト名著選集』に収められたことだけでも、当時、好評だったことがうかがわれるわけだが、一般読者によく読まれたというだけではなく、プロの作家・評論家にも評価されていたことがよく分かろうというものだ。

『踊る白馬の秘密』は、『この荒々しい魔術』に続いて上梓された、スチュアートのミステリ作品としては第九作にあたる。

結婚して二年目になって、ハネムーン以来ひさしぶりに夫のルイスとイタリアで休暇を過ごすはずだったヴァネッサは、夫に急な仕事が入ってしまい、ロンドンで一人過ごす羽目となった。そこへ母親の同期生である知人の婦人から、オーストリアの山村で起きた火災のニュース映画で夫を見たと言われ、それが確かにルイスであり、若い娘と一緒であることを知る。ニュース映画のことを教えてもらった婦人から、オーストリアに住む別れた夫に会いにいく息子に付き添ってくれないかと依頼されたのを渡りに船と、十七歳の少年ティモシー（ティミー）とともにオーストリアに向かうのだが……。

ここまでが導入部で、ティミーが父親と会って、その自由行動が保障されてからは、ヴァネッサとともに夫ルイスの謎を解き明かすために行動をともにする。ティミーの家庭事情がそれなりに大変なものだからというより、十七歳という年齢に由来する自尊心から、ヴァネッサに心を開かなかったティミーだが、それもオーストリアに向かう飛行機の中で解消してしまい、以降はまるで冒険に乗り出す姉弟のように描かれる。ルイスと出くわすまでは、そして出くわしたあとも、この疑似姉弟関係がいい雰囲気を醸し出しており、ある意味、凸凹コンビの探偵活動が作品の面白さをいや増しているともいえよう。

ティミーは、「前からジェイムズ・ボンドの仲間になりたかった」が、「大好きな探偵は」「ハンサムで、てきぱきしてて、女の子にめちゃくちゃもてる」「ネロ・ウルフの助手」アーチー・グッドウィンだと言う（第四章）。これにはびっくり。イギリス・ミステリの中でアーチー・グッドウィンがお気に入りという台詞を登場人物が言うくらい、ネロ・ウルフが知られていたことはもとより、ジェイムズ・ボンドよりもお気に入りと言わせるところに、驚かされた。イギリスの一般的な青少年なら、ジェイムズ・ボンドよりも、シャーロック・ホームズあたりをあげるのが相場ではないだろうか。これがスチュアートの趣味なのかもしれないが、リアルな現実を捉えているのだとしたら、当時のイギリスにおいて若者のロール・モデルとなるような探偵のキャラクターがフィクションには存在しなかったことをうかがわせて、興味深い。

シャーロック・ホームズではなく、アーチー・グッドウィンをあげるというような、関節を外すようなオフ・ビート感、作者が楽しんで書いているような要素は、他にも見られる。もっとも微温的なものとしては、ジェイムズ・ボンド物語を皮肉るような、ある登場人物の次のような台詞。


別に危険な仕事じゃないんだ……。みんながみんな、武器と自決剤を搭載した特別仕様のアストンマーチンを飛ばしたりしない。それより、山高帽をかぶってブリーフケースを抱え、横柄な情報屋に握らせる札束を持っている人間のほうが多い。（第八章）

アストンマーチンが、００７映画の第三作《007ゴールドフィンガー》（一九六四）以来の、ジェイムズ・ボンドが常用する自動車であることは、いうまでもない。映画公開の翌年に上梓された『踊る白馬の秘密』で、はや象徴的に言及されていることに驚かされるが、それほど印象的だったということだろう。

映画への言及ということでは、ラスト近くのあるシーンでティミーが「女優のパール・ホワイトにでもなった気分だったね。二度とスリラー映画を笑いものにしないよ」と言うのが印象的だ。パール・ホワイト（一八八九～一九三八）はアメリカの映画女優で、《ポーリンの危難》The Perils of Pauline（一九一四）や《エレーヌの勲功（拳骨）》The Exploits of Elaine（同）など、サイレント時代の連続活劇（シリアル）などで主演を務めた。こうしたシリアルものには危難のパターンがあり、ティミーが本作品の終盤で経験するものも、そのひとつ。

ティミーは第二章の最後で、ヴァネッサと自分のことを指して「嵐の中の孤児か」と呟いているが、これまた、D・W・グリフィス監督のサイレント映画《嵐の孤児》Orphans of the Storm（一九二一）を踏まえているのかどうか、原文が確認できないので何ともいえないが、もしそうだとしたら、ティミーは十七歳にしては古風な趣味を持っているというか、渋すぎるようである。それとも、当時のイギリスにおいて、これらのサイレント映画は簡単に観られるものだったのだろうか（どちらかといえば、作者スチュアートが若いころに観たものという気がしないでもないのだけれど）。

ジェイムズ・ボンドへの言及は、前作にあたる『この荒々しい魔術』でも見られた。ヒロインが悪漢が隠した品物を探している時に、「ジェームズ・ボンド級の探偵」にようやくなれたとひとりごつシーンがあるのだ（原文ではどういう言葉が使われているのか分からないが、丸谷才一訳では「探偵」と訳されている）。ボンド映画の流行ぶりをうかがわせるような場面だが、ここでもシャーロック・ホームズが引き合いに出されないのが興味深い。

これは、作者スチュアートが自分の書くものを、ホームズ物語よりもボンド物語に近しいと考えていた痕跡ではないか。そう考えてみたくなる誘惑を避けるのは難しい。ひとつには、『この荒々しい魔術』が邦訳されたとき、オビの惹句は「魅惑と恐怖のロマンチック・スリラー」となっていたということがある。もうひとつには、『冷戦交換ゲーム』（一九六六）でMWA新人賞を受賞したロス・トーマスが、スパイ小説の女性作家としてヘレン・マッキネスとメアリー・スチュアートの名前をあげていることを知ったからでもある。ロス・トーマスがスチュアートの何を読んで、スパイ小説作家だという印象を持ったのかは分からない。ただ、『この荒々しい魔術』にしても『銀の墓碑銘』にしても、発表当時のギリシャを巡る政治的背景が事件の謎やプロットに深く関わっていることは明らかだ。

本書『踊る白馬の秘密』の場合は、情報局の人間まで登場させているわけで、スチュアート作品が意外とスパイ小説と近接していることをよく示している。

メアリー・スチュアートの作風は、ロマンチック・サスペンスと評されることが多い。このロマンチック・サスペンスについて、たとえばH・R・F・キーティングは『ミステリの書き方』（一九八六）で一章を設け、「またの呼び名はゴシック・ロマンだ」といい、『オトラント城綺譚』（一七六四）や『ジェーン・エア』（一八四七）、『嵐が丘』（同）などの「純粋なゴシック小説の流れに、やがて、犯罪あるいは犯罪らしき要素が加えられるようになり、ロマンティック・サスペンスが誕生した」（長野きよみ訳）と説明している。そして「もっとも著名なロマンティック・サスペンスのひとつ」としてメアリ・ロバーツ・ラインハートの『螺旋階段』（一九〇八）をあげるのである。こうした認識は海外のミステリ評者には共有されているようだ。*The Oxford Companion to Crime & Mystery Writing*（一九九九）でジュディス・ローディスが、メアリー・スチュアートの作風は「もし私が知ってさえいたら」派（"Had-I-But-Known" School＝ＨＩＢＫ派）になるという結果をもたらすと述べているのは、そのためだろう（ＨＩＢＫというのは、ハワード・ヘイクラフトがラインハートの作風を評する際に使用した造語である）。ＨＩＢＫ派の特徴は、ヒロインを視点人物に置き、たいていはヒロインの無謀な行動によって、謎をはらんだストーリーが曲折し、それが読者の興味をつなぎ止めるところにある。物語は、本来なら入って行くべきでない場所にヒロインが入り込むことによって始まることが多い。そして最終的には男性の救出者が現われて、ヒロインは救い出され、事件の真相が白日の下に晒される。だから最後にヒロインが、自分の無謀な行動を省みて、もし知っていさえしたら、と反省するわけだ。ジェイムズ・サンドーは、後でふり返った時に小説が破綻をきたすような矛盾や偶然が露呈することを皮肉って、〈エウリュディケー主義〉"Eurydiceam"と呼んだそうだけれど、こうした特徴は一見すると、スチュアート作品にも当てはまるように思われる。だが、果たしてそう捉えてもいいものだろうか。

先にも述べた通りティムは、第二章の冒頭でヴァネッサと自分のことを指して「嵐の中の孤児」だと呟いている。この時点ではふたりの関係は、ティムの意識としては共に同等と捉えていたか、姉弟的な関係として捉えていたように思われる。

ところがヴァネッサの夫ルイスと出会い、その職業を知り、冒険を重ねるうちに、ルイスをロールモデルとしてアイデンティティの確立を目指すように変化していく。そのことをよく示しているのが、第二十章におけるヴァネッサのモノローグだ。

> ティムの口調がどこか気になり、わたしは彼の顔を盗み見た。押しつけるわけではなく、保護者ぶっているわけではなく、えらそうな態度はみじんもないが、あの男が女に話すときの、聞き間違えようのない響きがあった。感じのいい男の人でさえ、女に男の世界を垣間見させるときはこういう話し方をする。ティモシーもその仲間入りを果たしていたとは。（第二十章）

両親が離婚してしまい、父親の方は現在、ウィーン女性と婚約しており、その関係維持に専心している。そのため、本当の父親がロールモデルになり得ない少年にとって、ルイスとの擬似的な父子関係を築きあげる傾向を見せるのは、極めて自然なことだろう。こういう視点から読むと『踊る白馬の秘密』は少年の成長小説としてのプロットを有しているということができる。

先に引用したヴァネッサのモノローグからは、「男の世界」に入ってしまったティムに対する屈託がうかがえないこともない。ティムの変化に戸惑っているヴァネッサは、親の手を離れていく子どもに対する母親の想いを彷彿させもする。ティムがルイスと擬似的な父子関係を形成しているように、ヴァネッサもまたティムと擬似的な母子関係を成立させていたのだと見なすことができる。

ところで、ティムが入っていくような「男の世界」について、書き手のスチュアート自身はどう考えていたのか。

『踊る白馬の秘密』の前作である『この荒々しい魔術』の中で、犯罪に手を染める男性キャラクターとヒロインが、次のようなやりとりを交わす場面がある。

「人間って、どんなにしたらあなたみたいになれるのかしら？　自分が誰を破滅させようが、何をめちゃくちゃにしようが、まったく気にならないのね？　あなたは自分の母国に対する裏切り者よ。そして、お客になってる、この国をも裏切るんだわ。それだけじゃなくて、その上にどれだけの人々を破滅させたか知れやしないわ（略）」

「センチメンタルにならないでほしいな。男の世界では、そんなこと言ってられないんだ」

「滑稽だわ。その『男の世界』ってのが、しょっちゅう、少年犯罪者の盛り場みたいな作用をするのよ。爆弾も虚偽も外套の下に短剣をかくすナンセンスも、軍服も大声も（略）」（丸谷才一訳）

作中のキャラクターの台詞を、そのまま書き手のイデオロギーと見るのは、拙速な判断かもしれないが、「男の世界」という認識や発想は、世界を破滅に向かわせることもあるという意識が、スチュアートにはあると考えてもいいのではないか。

『踊る白馬の秘密』では「男の世界」は大人の世界と同義に捉えられている。そしてそこには、女性の居場所などないということを、ヴァネッサは冷静に捉えているようにも思われる。そのことを示すのが、第十八章で夫ルイスに、自分の行動についてこられるかと尋ねられた時の、ヴァネッサのモノローグだ。


「(略) 大丈夫かい?」

ルイスは先へずんずん歩いてゆく。思うに、彼の問いかけはよくある感じのいい譲歩に過ぎず、女の生活を男の生活よりはるかに面白くする (とわたしはずっと思っていた)。実際ルイスは、わたしが彼の予想どおりに動けるし、動くものと思い込んでいた。ただ、これほど稀有で、貴重で、か弱いものが、男たちの厳しい世界と渡り合えるのは奇跡だとも言えるのは、たまには悪くない。「あなたの行かれるところは、どこへでも行きます。より高みへ」わたしは勇ましく宣言して、ルイスのあとから線路沿いの歩きやすい小道を進んだ。


最後のパラグラフで訳者は「あなたの行かれるところは、どこへでも行きます」というヴァネッサの言葉は、旧約聖書のルツ記に由来するのだと註を入れている。それに従って以下、この部分を解釈してみよう。

ルツ記での「あなた」とはルツの姑である。夫と息子を失って故郷へ帰るという姑が、息子の嫁たちに自分の国へ戻るように言うも、ルツが異なる民族である姑に付き従うことを宣言するという箇所で、右の台詞が出てくる。そういうルツ記のフレーズをヴァネッサが発したということは、夫（男性）と自分（女性）とは民族が異なることに喩えられるくらい離れた関係（異なる存在）だが、それはそれとして、運命共同体として共に行動するということを意味しているように思われる。そして、この部分は夫ルイスを崇める台詞ではなく、夫の信ずるものは自分にとっても信ずるものであるということを意味していると捉えるべきだろう。夫に付き従うのではなく、夫の信ずるものに付き従うのであり、それはある意味、「正義」とかフェアネスとか呼ばれるようなものだと考えてもいい。

ここには救出されるヒロインとしての女性キャラクターは存在していない。男性とともに、同等に行動する女性キャラクターとしてのヒロインがいるだけだ。それが救出されるヒロインとしての女性キャラクターに見えるとしたら、それは作中に登場する男性キャラクターたちが、そのような眼差しを向けているからに過ぎない。ティムの語り口が「男の世界」を匂わせるようになったとき、ヴァネッサが屈託を抱いたのは、そうした眼差しを通して自分（ヴァネッサ）を見るようになったことへの屈託も含まれていたかもしれない。

娯楽小説に対して必要以上に深読みをする結果になったかもしれないが、このように読んでみると、スチュアート作品の現代的な意味というか、魅力が、前景化してくるのではないかと考えるのである。

フランシス・アイルズは『銀の墓碑銘』を取り上げた『ガーディアン』紙の書評において、ヒロインについて「見かけは非常に女性的だが、その本質は女性の顔をした英雄であり、断固たる態度を取りながらも親切で、謎めいていながらも直感的である」（三門優祐訳）と評している。そのようなヒロイン像は、「正義」という神を信じ、異性とともに歩もうとする姿勢に由来することを、『踊る白馬の秘密』は明かして／証してくれているように思えるのだ。

●参考文献

H・R・F・キーティング『ミステリの書き方』長野きよみ訳、早川書房、一九八九
メアリー・スチュアート『この荒々しい魔術』丸谷才一訳、筑摩書房、一九六九
——『霧の島のかがり火』木村浩美訳、論創社、二〇一七（解説・真田啓介）
——『銀の墓碑銘《エピタフ》』木村浩美訳、論創社、二〇一九（解説・三門優祐）
ハワード・ヘイクラフト『娯楽としての殺人——探偵小説・成長とその時代』林峻一郎訳、国書刊行会、一九九二
三門優祐『アントニイ・バークリー書評集 Vol. 3』アントニイ・バークリー書評集製作委員会、二〇一五
Lesley Henderson ed. *Twentieth-Century Crime and Mystery Writers. 3rd ed.* St. James Press. 1991.
Rosemary Herbert ed. *The Oxford Companion to Crime & Mystery Writing.* Oxford University Press, Inc. 1999.
Dave Mote ed. *Contemporary Popular Writers.* St. James Press. 1997.
Roger M. Sobin ed. *The Essential Mystery Lists: For Readers, Collectors, and Librarians.* Poisoned Pen Press. 2007.
Dilys Winn ed. *Murderess Ink: The Better Half of the Mystery.* Workman Publishing Co. 1979.

〔著者〕
メアリー・スチュアート
本名メアリー・フロレンス・エリナー・レインボウ。1916年、イングランド北東部、ダラム州サンダーランド生まれ。38年、ダラム大学英語科を卒業後、ダラム大学で英語や英文学の講師を勤める。55年、メアリー・スチュアート名義の著書 "Madam,Will You Talk?" で作家デビューした。2014年死去。

〔訳者〕
木村浩美（きむら・ひろみ）
神奈川県生まれ。英米文学翻訳家。主な訳書に『霧の島のかがり火』や『銀の墓碑銘』（ともに論創社）、『シャイニング・ガール』（早川書房）、『悪魔と悪魔学の事典』（原書房、共訳）など。

踊《おど》る白馬《はくば》の秘密《ひみつ》
——論創海外ミステリ 257

2020年8月20日　初版第1刷印刷
2020年8月30日　初版第1刷発行

著　者　メアリー・スチュアート
訳　者　木村浩美
装　丁　奥定泰之
発行人　森下紀夫
発行所　論 創 社

〒101-0051 東京都千代田区神田神保町2-23 北井ビル
TEL:03-3264-5254 FAX:03-3264-5232 振替口座 00160-1-155266
WEB:http://www.ronso.co.jp

組版　フレックスアート
印刷・製本　中央精版印刷

ISBN978-4-8460-1975-4